ハヤカワ文庫SF

〈SF2303〉

地球防衛戦線3

スカム皇帝殺戮指令

ダニエル・アレンソン
金子 浩訳

早川書房

8573

EARTH RISING
EARTHRISE, Book 3
by
Daniel Arenson

Translated by
Hiroshi Kaneko
First published 2020 in Japan by
HAYAKAWA PUBLISHING, INC.
This book is published in Japan by
arrangement with
LAUNCH BOOKS
acting in conjunction with
INTERCONTINENTAL LITERARY AGENCY LTD
through JAPAN UNI AGENCY, INC., TOKYO.

地球防衛戦線3

スカム皇帝殺戮指令

登場人物

エイナフ・ベン - アリ………槍先《スピアヘッド》小隊隊長。中尉
ボー・ジョーンズ……………同小隊付一等軍曹
ベレット…………………………同第一分隊分隊長。二等軍曹
マーコ・エメリー……………〝詩人《ポエット》〟。同第一分隊隊員。伍長
アディ・リンデン……………〝カエデ《メープル》〟。マーコの幼馴染。伍長
レイラニ・デラローザ………〝ちび《タイニー》〟。マーコの恋人。伍長
オシリス…………………………同小隊付汎用アンドロイド
ロバート・ヴェリッシュ……アヴァレリオン飛行隊隊長。少佐
ケミ・アバシ……………………同飛行隊隊員。マーコの幼馴染。少尉
ロポ・アバシ……………………ケミの兄。ヴェリッシュ少佐の戦友
エヴァン・ブライアン………オーディンの槍作戦司令官。大将

1

空が落ちてきたのは、ヤードリー大佐が珍しく晴れたバンクーバーを楽しんでいるときだった。

八十六歳のヤードリーは、めったに老人ホームから出なくなっていた。うっとうしい雨が降っていたり、くそ寒かったりする日が多すぎるし、ジャックだかダニエルズだかの友が一緒でないと、いまいましい関節が痛むからだ。厄介なことに、歩くときは杖《つえ》をつかなければならなかった。髪を緑色に染めたりぴっちりしたズボンをはいたりしている近頃の若者のように、ちょっとしたおしゃれを楽しんでいるだけだと人にはいっていた。自分にもおなじことをいい聞かせていたのかもしれない。ヤードリーのゆがんだ脚は、彼の誇りとは裏腹に、しっかりしたオーク材のステッキを頼りにしていた。ヤードリーの両脚にはいまも、五十年前の戦争中に食いこんだ弾の破片が埋まっている。脚の痛みがおさまることはなかった。

きょうで五十年か、と大佐は考えた。制服の袖をめくって腕時計で時刻を確認した。正確には、あと二時間七分で五十年だな。

先に小便をする場所を見つけてからでないと式典会場にはたどり着けそうになかった。これも老年の楽しみのひとつだった。

ヤードリーは杖をつきながら歩いた。胸で勲章がジャラジャラ鳴っていた。きょうは、二十五年前に退役して以来、はじめて古い制服を着ていた。いまではぶかぶかだった。最後にこの制服を着て以来、ヤードリーはかなり縮んでしまったので、風が吹くたび、制服がオリーブグリーンのテントのようにはためいた。だが、ほかの制服を着たり、この制服の寸法を縮めたりする気にはならなかった。まっぴらだ。これが、部下を率いていたときの、スカムを殺したときの制服だからだ。それに、背負っている小銃も、まさに昔、敵を撃った小銃だった。いまの兵士が着ている新しいしゃれた制服を着るつもりなどさらさらなかった。〝アムステルダムの戦い〟のときに着ていたグリーンの上下にしか袖を通したくなかった。瓦礫《がれき》から子供たちをひっぱりだして命を救い、地球に戦いつづける機会を与えたときに着ていたのもこの制服だった。

　コツコツ。杖が音をたてた。まだ数ブロックしか歩いていないのに、もう尿意を催《もよお》していた。

　だが、すくなくとも、大人用おむつはしてないぞ、とヤードリーは考えた。〈オーシャンビュー養護ホーム〉の友人の何人かに、それだけは誇れた。

　軍は式典会場までの交通手段を提供していた。ヤードリーのようなガタが来ている老兵を満載したバスを。だが――老人ホームからの数年ぶりの外出になる――きょうという一日をほかの退役軍人と一緒に過ごすなんて願いさげだった。老人が昔の戦争についてだらだらしゃべるのを聞きたくなかった。ヤードリーは、その古い戦争を、もう五十年間生きていた。まっぴらだ。ヤードリーは世界を見たかった。自分が救ったこの街を見たかった。若者たちを、自分が可能にした暮らしを見たかった。

　海と山のあいだの日差しが燦々《さんさん》と降り注いでいるこの通りのいたるところに若者たちがいた。子供たちが板張りの遊歩道を、カモメを追って笑いながら走っていた。水兵たちがボートを漕いで日曜日を過ごしていたし、この太平洋の港は白い帆でいっぱいだった。近くの公園では、家族連れがめったにできない外出を満喫していた。全員がガスマスクの箱を携帯しているが、スクールバスがスカムに襲われて二十三人の子供が犠牲になって以来、この街では三週間、攻撃がなかった。とはいえ、戦争はいまも激化したりおさまったりをくりかえしている。アフリカの砂漠で、南米の森で、すべての大都市の市内で、あいかわらず戦闘がくりひろげられている。おびただしい数の恒星船《スターシップ》が、いまなお宇宙でスカムと戦っている。だが、真の戦争——数十億人が毒と炎で命を落とした悲惨な〈激変〉——は終わっていた。その戦争ではヤードリー大佐と戦友たちが勝利した。いまでは一種の日常が、長く続く曇天のあいまの晴れの日があった。希望があった。人間性があった。

　ヤードリーは、バンクーバーの陽光あふれる通りで、何百人もの兵士とすれ違った。近頃は、世界じゅうのどの街のどの地区でも、兵士がパトロールしている。スカムのポッドがいつどこに落ちてくるかわからないからだ。ヤードリーとすれ違った兵士は、彼の階級章に気づいた。両肩の三つ星に。若い兵士たちが、現場で大尉よりも高位の将校と顔をあわせることはほとんどないし、大佐より高位の将校を間近で見たことがない者も多いはずだった。すれ違うとき、兵士たちは直立不動になって敬礼した。ヤードリーは全員にうなずいた。

　兵士は、男ばかりでなく女も多かった。近頃では女も戦闘に参加するし、彼女たちは男に負けず劣らずタフな戦士なのだ。「なおれ」とヤードリーは敬礼を解かせた。

　式典会場の公園が見えてきた。ヤードリーは、背中が曲がっているし脚も弱っているが、目はまだ鋭い。百人ほどの老人たちが、早くも芝生広場に集まっていた。人数は毎年減っていた。ヤードリーは〈激変〉十周年記念式典を思いだした。あのときは退役軍人が何千人も参加していたものだ。あのときは、まだ十年しかたっていなかったので何千人もいたのだ。だが、ここ最近は、同輩たちが次々と寄る年波に屈していた。地下に葬られた者もいる。たんに、老人ホームを抜けだすために看護師と戦う気力をなくした者もいる。

なにしろ五十年だからな、とヤードリーは考えた。スカムが世界を滅亡させかけてから五十年たったんだ。だが、われわれはいまも戦いつづけている。

ヤードリーは道端に顔を向けて、スクールバスに乗っていて犠牲になった子供たちへの供え物を、山のような花と熊のぬいぐるみとカードを見た。ちょっと前にエイリアンの犠牲になって亡くなった子供たちを思って、ヤードリーの目に涙がこみあげた。

いまも腐れスカムどもの攻撃はやんでいない。

杖をつきながらよたよたと進んで、ようやく式典会場に到着した。ヤードリーとおなじくらい古い、巨大なスターシップが真ん中にそびえていた。〈激変〉当時の北米艦隊旗艦《人類防衛軍艦艇《HDFS》コンスティテューション》だ。いまでは記念碑になっていた。船体には穴がいくつもあいている。スカムの攻撃を受けた跡だ。戦争の記憶を風化させないために、このスターシップの穴をふさがず、傷ついたままにしてあるのだ。ヤードリーは、かつてこの宇宙船に乗り組んでいた。当時、大尉だったヤードリーは、右舷の砲塔を指揮して、敵ポッドを地球軌道上で十八機、撃破したが、その後、このスターシップはスカムの攻撃を受けてモンゴルの平原に墜落した。《コンスティテューション》は、古くておんぼろで傷だらけだが、とんでもなくタフだ——そのまわりに集まっている〈激変〉の退役軍人たちと同様に。

友人たちが近づいてきた。何人かは杖をついている。ひとりは歩行器を使っている。ふたりは車椅子に乗っている。

「よう、老いぼれども」ヤードリーは友人たちに挨拶した。

「やあ、くそったれ」と白髪頭の老軍人、テイバー少佐が、胸の勲章をジャラジャラ鳴らしながら応じた。テイバーはバイキング戦士の子孫であることを自慢にしていた。

「それが上官に対する口のききかたか？」ヤードリーはテイバーに文句をつけた。

別の元戦友、ガーザ大尉が一笑に付した。「いま、あんたがおれたちよりも上なことがあるとしたら、それは偏屈さくらいのもんだ。おれたちはみんな、あの艦とおなじ、過去の遺物なのさ」

ヤードリーはふんと鼻を鳴らした。「あの艦は、近頃、宇宙へ打ちあげられてるどのブリキ缶よりもいまだにタフさ。それに、われわれ老兵も、ここに送られてきてる若造どもよりも、いまだにタフだ」

「なにいってるのよ」とローラ・ブローカー軍曹が歩いてきていった。「わたしはまだ六十九歳よ。まだ若いのよ！」

全員がむっとして鼻を鳴らした。「きみは当時も若造だったし、いまも若造さ！」とヤードリーはローラに向かって杖を振りながらいったが、思わず口元がゆるんでいた。ヤードリーは当時のローラを覚えていた。ヤードリーの指揮下で目をきらきらさせながら戦っていた十代の二等兵は、大砲をぶっ放してスカム船を撃破したものだった。ローラは、頭は白くなっていても、あいかわらずはねっかえりだった。

老兵たちが芝生に集まってきた。人類防衛軍《HDF》はプラスチック椅子を用意していたが、着席している退役軍人は数えるほどだった。みな、脚は疲れていたが、昔なじみを見つけては歩みよっていた。戦友と再会するのが一年ぶりの者がほとんどだった。家族をもうけた者もいた。だが、身寄りがいない者も多かった。ヤードリー大佐は天涯孤独だった。軍に人生を捧げて妻をめとらず、子供をつくらなかった。若かりしころには何人かの女性を愛した――バンコクに駐留していたときにある女性とつきあったし、スカムに殺されたメリッサもいた。だが、結婚はしなかった。家族はいなかった。肩に手をのばして小銃のストックをぽんと叩いた。この銃が、ヤードリー大佐にとって妻にいちばん近い存在だった。

「集まった老いぼれどもはこれでぜんぶか」ヤードリーはぐるりと見まわしながらいった。

「いつもよりすくないな」

「いちばんタフな連中だけが残ってるのさ」とテイバー少佐。

　ヤードリーはうなずいたが、その言葉には疑問を覚えた。スカムがはじめて攻撃してきた五十年前の激戦を思いだした。体を張ってスカムを食い止め、自分はずたずたにされて絶命したが、部下たちが逃げる時間を稼いだこわもての軍曹を思いだした。死を、ほかの兵士たちを生かすための死を覚悟しながら敵陣に突撃した、下は十五歳からの若き二等兵たちを思いだした。この老いぼれどもがいちばんタフだって？　違う。ヤードリーたちは指揮官だった。タフだったのは、ブリッジや掩蔽壕《えんぺいごう》からの指揮に従って戦っていた兵士たちだ。若者たち、勇敢な少年少女たち、みずからの命を捧げた者たち——彼らがいちばんタフなのだ。地球が生きのびられたのは、彼らが犠牲になってくれたおかげなのだ。

　ヤードリーは退役軍人たちを見まわした。ほかの退役軍人たちの目には、昔なじみの戦友たちが映っていた。しかし、ヤードリーの目に映っているのは、無数の死者たちだった。ここに来られなかった友人たちだった。彼が知るもっともすばらしい人々だった。

　数人の若い兵士たちがやってきてラッパが鳴り響き、退役軍人たちは着席した。若い——いまいましいことに、いまのヤードリーには、六十歳以下はみな若く見えるのだが——将校が登壇した。ヤードリーは、数知れないポスターとプロパガンダ映画でその女性将校のえくぼと蝶のペンダントを見たことがあった。ＨＤＦの現在のスポークスマン、〝ミズ・バタフライ〟ことイードゥン大尉だ。大尉は《ＨＤＦＳコンスティチューション》の陰に立って聴衆に語りはじめた。

「五十年前」イードゥンはスピーチをはじめた。「人類は恐ろしい現実に直面しました。地球がファーストコンタクトした異星種族には敵意があったのです。彼らのポッドが雨あられと降りそそぎました。彼らの毒霧が大気を汚染しました。彼らの鉤爪が子供たちを切り裂きました。数十億人が命を落としました。街が、国が壊滅しました。けれども、勇敢な人々が灰燼《かいじん》のなかから立ちあがりました。世界各国の軍隊の兵士たちが団結しました。血と炎のなかで〝人類防衛軍《ヒューマン・ディフェンス・フォース》〟が結成されました。彼らは敵に告げたのです。もうたくさんだと」

「もうたくさんだ！」という声が聴衆からあがった。

イードゥン大尉は続けた。「みなさんの勇気、みなさんの献身、みなさんの強さ、みなさんの統率力――それらのおかげで、地球はスカムの攻撃によって壊滅せずにすんだのです。それらのおかげで、敵に思いしらせてやれたのです。人類はおまえたちの母星を攻撃できるのだと。人類は侵略されるがままでいたりはしないのだと。人類は生きのびるのだと。人類は戦うのだと」

ヤードリーは周囲の聴衆を見まわした。毎年、来るのではないかと期待していた。戦争の英雄が。伝説の操縦士が。地球でもっとも偉大な兵士が。だが今年も来ていなかった。五十年前、エヴァン・ブライアンが、命知らずの若き操縦士が、スカムの防衛線を突破した。数千隻のスターシップが撃破されたが、ブライアン大尉ひとりが小型単座宇宙戦闘機で猛攻撃をかいくぐり、スカム船を機敏にかわした。そして五十年前のあの日、エヴァン・ブライアンはスカムの母星、アバドンに地球の怒りを解き放った。核の地獄が膨大な数のスカムを殺し、惑星上の巣を多数壊滅させた。それで〈激変〉が終わった。そしてブライアンは英雄になった。その日以来、スカムは地球で大量殺戮《さつりく》をしようとしなくなった。その日以来、敵は、数えきれないほどの小規模な攻撃で惑星が滅びることを期待して、地球をすこしずつしつこく痛めつける消耗戦をしかけてきた。その日以来、地球は——毎日血を流し、痛めつけられ、犠牲者を出しながらも——どちらかが相手を滅ぼそうとすると必ず共倒れになってしまう相互確証破壊という新たな状態のおかげで、滅亡はまぬがれてきた。ブライアンが、怒りの炎と熾烈《しれつ》な復讐によってその状態を生みだしたのだ。

ヤードリーは、戦時中に十五歳年下のその若き操縦士と顔をあわせたことがあった。それ以来、会えていなかった。会ったことがある者はほとんどいなかった。英雄は隠棲《いんせい》してしまった。インタビューを受けたり、本を書いたりせず、雲隠れしてしまった。そのため、崇拝の対象は、アバドン攻撃の前日に撮影された、二十一歳の若者がほほえんでいる古い写真しかなかった。それが世界でいちばん有名な写真になった。その写真はポスターやマグカップやTシャツや旗に印刷された。その写真をもとにアクションフィギュアやビデオゲームのキャラクターやロマンス小説の表紙がつくられた。ハンサムな若者がほほえんでいるその写真は人類に希望を与えた。

「けさ」とイードゥン大尉が続けた。「深宇宙からニュースが届きました。勇猛な中隊が、衛星コーパスでスコロペンドラ・チタニアの巣を全滅させ、王を殺しました。退役軍人のみなさんの魂が、いまも若い世代の戦士たちに勇気を与え、彼らを勝利に導いているのです」

大尉は演壇からスピーチを続け、かつての激戦や、兵士たちの英雄的行為について語りだした。ヤードリーは、すぐに膀胱《ぼうこう》がいっぱいになって話に集中できなくなった。気をそらそうと、式典に集まった民間人を見まわした。退役軍人の家族もいるし、日差しに誘われて公園に来て、さびたロケットの前に集まっている老兵たちを眺めている野次馬もいる。そうした民間人たちのなかには四肢を失っている者も交じっている。顔に絆創膏を貼っている者も、首に呼吸のための管が入っている者もいる。彼らも戦争を知っていた。幼いころから戦争を知っていた。若者が着席している退役軍人たちに歩みよって敬礼した。その若者は片腕をなくしていた。

わたしは彼らのために戦ったんだ、とヤードリーは考えた。栄光のためでも、英雄気分を味わうためでもなく。みんなのためだったんだ。命を救うためだったんだ。

「見て、ママ！」と聴衆のひとりの幼い少年が空を指さした。「紫色の雨が降ってきたよ！」

多くの人が空を見上げた。女性が悲鳴をあげた。

空襲警報が鳴り響いた。

ヤードリーは上を見た。空に、五十年前とおなじものが見えた。スコロペンドラ・チタニアのポッド群だ。スカムだ。

この五十年間、スカムはこの街に、毎週、一機か二機のポッドを送りこんできた——住人をおびえさせるには充分だが、自分たちの母星への再度の核攻撃を誘発するほどではない攻撃だ。きょうは数千機——数万機——のポッドがかん高い音を響かせながらバンクーバーに、この太平洋の宝石に落下してきていた。

ヤードリーはそれを見ながら、人々が空を見上げ、悲鳴をあげ、逃げ惑っているあいだに考えた。われわれがやつらの巣のひとつを全滅させたからだろうな。だから、やつらは人類の巣をひとつ全滅させようとしてるんだ。

閃光と業火《ごうか》と毒霧の雲とともにポッドの群れが街に降ってきた。

公園の外では、ポッドが次々とガラス張りの摩天楼に激突した。高層ビルが粉砕され、粉塵と破片をまき散らした。丘の下の港では、紫色のポッドが海に落下して海水を沸騰させ、高波を起こした。船が燃え、沈没した。ポッドが次々と街じゅうに落下し、高層ビルが一棟、また一棟とトランプの家のように倒壊した。彼方では、ポッドが山脈に雨あられと降りそそぎ、毒ガスが渦巻きながら街に押し寄せてきた。

これは、威嚇のための、制裁のための攻撃ではなかった。この攻撃の意図は五十年前の攻撃とおなじだった。徹底的に破壊するための攻撃なのだ。

人々が公園から逃げだした。ポッドが木立に落ちて木々が燃えあがった。公園のあちこちで、ぬらつく――ひとつが自動車ほどもある――卵が割れて巨大ムカデが出現した。

「シェルターに避難してください！」イードゥン大尉がそう叫びながら演壇から飛びおりた。

「下がってください、退役軍人のみなさん、下がって！」若い兵士たちがそう叫びながら公園に駆けこんできてＴ57アサルトライフルを撃ち、スカムの大群に殺された。芝生に血が飛び散った。

ヤードリー――つまり、大量の弾の破片が埋まっている両脚はゆがみ、背中は曲がり、銀髪がまばらに残っているだけの八十六歳の老人――は、数十年ぶりに背中にかついでいた小銃を構えてねらいをつけた。

「さて、どうする、老いぼれども？」ヤードリーは戦友たちに呼びかけた。「最後にもう一度、戦わないか？」

老兵たちはヤードリーを見た。老いた男女のなかには九十代の者もいた。ふたりは百歳を超えていた。六十九歳という元気な若者はひとりしかいない。全員が銃を構えた。杖をついている者も、歩行器を使っている者もいた。何人かは車椅子にすわっていた。だが、それでも全員が、頼りになる古い小銃を構えた。

「T57だと？」とティバー少佐がいった。老人はあざ笑った。「青二才どもに、昔懐かしいR14になにができるかを見せつけてやる」小銃を構えた。

「ガキどもに見せつけてやらんとな」と銀髪のガーザ大尉。

「昔のようにか」とジェンセン曹長は杖を投げ捨てた。

「ああ、昔のようにだ」ヤードリーは同意した。

ポッドが市内のいたるところに落下し、高層ビルが次々と倒壊していた。何千機ものポッドが降っていた。公園では若い兵士たちが殺されていた。ムカデたちが四方八方から老退役軍人たちに迫っていた。逃げ場はない。

「地球のために」とヤードリー大佐が叫んだ。「友よ、最後の戦いだ。地球のために」

「地球のために！」百人がしゃがれ声で応じた。

蹂躙《じゅうりん》されている街のなかの公園で、スカムが、何万匹もの怪物がすばやく前進し、百人の退役軍人たちが、過去の戦争の遺物たちが発砲した。このひととき、この最後の戦いのあいだ、彼らは若者に戻っていた。

2

マーコは《HDFSミヤリ》のブリッジに立って、星々のあいだで燦然《さんぜん》と輝く人類の大要塞に目を凝らしていた。

「ナイトウォールか」マーコはいった。「人類最強の軍事要塞。闇のなかの光。辺境に突きだしたこぶし。宇宙空間の輝ける剣」

隣に立っているアディが背中をかいた。「あそこにビールはあるかな？　くそっ、もう何カ月もビールを飲んでないんだ」

ブリッジにはマーコとアディしかいなかった。操縦席で宇宙船をあやつっているアンドロイドのオシリスを入れれば三人だった。コーパスの荒廃した採鉱コロニーで救出したボストンテリアのスタンピー軍曹もいた。だがブリッジはがらんとしていた。しんとしていた。大勢が死んだ。大勢があの地獄のような暗黒の鉱山で命を落とした。コーパスに着いたときは、二百名の武装した屈強な戦士からなる一個中隊と一緒だった。ここにたどり着いたのはひと握りの憔悴《しょうすい》した生き残りだけだ。

親友のひとりだったベニー・〝エルヴィス〟・レイの、「アディを酔いつぶしてやる」という声が聞こえそうな気がした。いまにもサーシャ・〝けだもの《ビースト》〟・ミケイロフがブリッジに飛びこんできて、「ロシアのウォッカのほうがビールなんかよりずっと上だ」といいだしそうだった。〝原始人《ケイブマン》〟がここにいて花について語ってほしかった。〝ジャッカス〟の本についての話を聞きたかった。ディアス伍長とシン軍曹に助言と指導をしてほしかった。だが、友たちは死んでしまった。地球の砂漠基地で灰になった者も、黒い衛星の鉱山に永遠に埋もれた者もいた。

マーコはアディを見た。幼なじみの親友を。マーコが母親を亡くしたときに両親を亡くした少女を。十一歳のときからマーコの父親の図書館で同居していた少女を。ともに訓練を受け、ともに戦った女性を。アディは長身でがさつでブロンドでタトゥーを入れているが、心根は繊細でやさしくて高潔なことをマーコは知っていた。

きみが一緒にいてくれてうれしいよ、とマーコはアディを見ながら考えた。きみ以上の友達なんて――

アディがマーコの肩を殴った。「じろじろ見るな！　気持ち悪い。顔にバーベキューソースでもついてるのか？」げっぷをした。「チキンウィングを十個しか食ってないっていったよな。じつは十五個食ったんだ」うなった。「わかったよ、ほんとは二十個ぜんぶ食っちまったのさ。だけど、ナイトウォールに着く前に片づけておかなきゃならなかったんだ」

マーコは窓に向きなおった。恒星船《スターシップ》が接近するにつれ、巨大な前哨基地がどんどん大きく見えてきた。ナイトウォールは人類防衛軍《HDF》の宇宙部門、宇宙防衛軍管区《STC》の司令部だ。STCの構成員の人数はHDFの約一パーセントにすぎないが、予算の九十パーセント以上を使っている。《ミヤリ》が近づくと、どこにその予算が使われているかがわかった。

ナイトウォールは浮遊惑星の上に――というか、内側に――つくられている。岩石と金属からなるその黒い球体は、恒星の周囲をめぐっておらず、水星サイズの巨大な小惑星のように、宇宙空間を自由に浮遊しているのだ。惑星の奥深くで作動している原子炉が、地表の――戦争遂行を目的とする――全都市に電力を供給している。ここからでも、真っ暗な惑星上の諸都市の明かりが見分けられた。まさにここで人類軍の最高首脳たちが作戦を立案し、最高の科学者たちが新技術を開発し、最高の戦士たちが戦闘訓練をしているのだ。

無数の宇宙船が惑星付近を飛行していた。マーコは、一カ所にこれほど多数の宇宙船が集まっているのを見たことがなかった。小型の単座宇宙戦闘機が《ミヤリ》の周囲を軽快に飛んでいる。《ミヤリ》を十隻積みこめそうなほど図体の大きな輸送艦が、上下を重々しく航行している。乗組員が数千人級のものも含め、船体に大砲がずらりと並んでいる優美な戦艦が前後に浮かんでいる。惑星の軌道上では、おびただしい人工衛星のなかの百もの宇宙ステーションが、宇宙船に保守と修理のための停泊を提供している。

「こんな光景を見るのははじめてだ」マーコはささやいた。「地球では、〈激変〉から五十年もたったのに、なにもかもが……停滞してる。フォート・ジェミラでは、テントは穴だらけだし、銃は三十年ものだし、装甲車はさびだらけだった。だけどここは……」目を見張りながら首を振った。「〈激変〉なんか起こらなかったみたいだ。未来にタイムスリップしたみたいな気分だよ」

アディはうなずいた。「そうだな。ＳＴＣが税金を洗いざらい吸いあげてるからなのさ。地球じゃ、ごみみたいなものしか食えない。骨つきのチキンウィングとかな。だけど、ここじゃジューシーな肉が食えるんだ」

マーコはあきれ顔をした。「いいかげん、チキンウィングの話はやめろよ」

「なんだって？」アディは腹をぽんと叩いた。「あたしはまだ腹が減ってるんだ！」

マーコはアディの平らな腹を見た。「きみが腹に詰めこんだものは、いったいどこへ消えちまうんだろうな」

「エネルギーはすべて、スカムを殺すために使ってるのさ」とアディ。「あとはそっくり尻に行くんだ」

操縦席のオシリスがふたりのほうを向いた。顎までの長さのプラチナブロンドの髪のアンドロイドはラベンダー色の目をまばたきした。どこをどう見ても、オシリスは人間にそっくりだった。だが、どこかが――マーコにはどこがどうと指摘できなかったが――不気味だった。真に迫りすぎていて薄気味悪い人形のようだった。完璧すぎ、美しすぎて、生身の人間ならあるはずの欠点がないせいかもしれなかった。

「ステーション57ターミナルBピア47へのドッキングが許可されました、ご主人さまがた」とオシリス。「十三分五秒後にドッキングします」アンドロイドは立ちあがると、ブリッジの奥のほうを向いて敬礼した。「こんにちは、中尉どの！」

マーコもそっちを向くと、ベン‐アリがブリッジに入ってきたところだった。マーコとアディとおなじで、上官もまだSTC《ETC》に統合されていないので、いまもぼろぼろになったくすんだ色の地球防衛軍管区の戦闘服を着ていた。制服はひどいありさまだったが――両膝が破れ、シャツに血がついていて、ベレー帽は焦げていた――なぜかエイナフ・ベン‐アリ中尉はあいかわらず凛《りん》として見えた。アディのように背が高いわけではなく、年齢もたいして上ではない。それなのに、胸を張って顎を上げている姿勢のよさと、おだやかな決意が浮かんでいる目のせいで、ベン‐アリは、ぼろぼろの制服を着ていても、いかにも指揮官らしく見えるのだ。

「エメリー。リンデン」中尉はふたりに歩みよった。「超空間から出てすぐに、鉱山でなにがあったかについての報告書をナイトウォールに送った。わたしたちは徹底的な訊問を受けるだろう。そのほとんどはデラローザ二等兵に関してになるはずだ」目つきがやわらいだ。「マーコ、レイラニがわたしたちと一緒にＳＴＣに統合されないことはわかっているな？」

マーコはうなずいた。いきなり喉を締めつけられたように感じた。「はい」とささやいた。

レイラニがなにをしたかについて、彼女の正体がなんだったかについて考えると、いまも胸が苦しくなった。レイラニ・マリタ・デラローザと基礎訓練で出会ったとき、マーコは最初、坊主頭で小柄なフィリピン人少女を少年と間違えた。その後、マーコはレイラニを愛するようになった。レイラニと愛しあった。レイラニを抱きしめ、なぐさめながら、マニラのスラムでホームレスとして飢えに苦しみつつ育ち、十三歳の売春婦の娘として生まれて以来、父親とは一度も会ったことがない、という子供時代の話に耳を傾けた。

そして、ほんの数週間前……マーコは顔をしかめた。コーパスの鉱山での戦いのあと、レイラニは鉤爪を生やした。ぼくは刺されて死にかけた。レイラニは人間離れした野太い声で話し、彼女はスカムによって母親の子宮に仕込まれたのだと明かした。スカムのDNAを持つ怪物のスパイなのだと。

レイラニはぼくたち全員を殺しかねなかったんだ、とマーコは考えた。そして実際にエルヴィスを殺した。エンジンに破壊工作をして大勢を殺した。だけどぼくは、それでもレイラニは――ぼくが愛してる女の子は――どこかに存在していることを知ってるんだ。

「中尉どの、レイラニと話をしてもかまいませんか？」マーコはたずねた。「最後にもう一度」

ベン‐アリ中尉はうなずいてマーコの肩に手を置いた。「十分だけだぞ。会いに行ってやれ。ただし……」目がきつくなった。「近づきすぎないようにな」

マーコはブリッジをあとにした。ドッキングポートに向かってじりじりと進んでいる《ミヤリ》の狭い通路を歩いた。通路には戦闘の痕跡が認められた。壁がへこみ、ケーブルが切れ、窓にひびが入っている。マーコははしごをおりて狭い通路を進み、営倉に着いた。がっちりした金属製のドアを解錠してなかに入った。

その狭い部屋のなかで、レイラニはベッドに腰かけていた。

「やあ、マーコ」レイラニはささやいた。

最初の二日間、レイラニは手足を縛りつけられてベッドから動けないようにされていたし、ドアの外にはつねに武装した護衛が立っていた。一度も敵性行為をおこなわなかったので、わずかばかりの自由を許された。足枷をつけられ、片方の足首を鎖で壁につながれているが、ベッドにすわったり、横になったり、立って部屋のなかを——幅が二メートルあまりしかないので歩ける余地はほとんどないのだが——歩いたりできる。もう軍服を着ておらず、短パンに白Tシャツという格好だし、黒い髪はのびて耳にかかり、額をおおっている。

マーコはベン‐アリの注意に従って出入口に立っていた。「やあ、レイラニ」

レイラニは苦笑した。「近くに来ればいいのに。どっちみち、鎖はそこまで行けるだけの長さがあるんだから。ほら」

レイラニは立ちあがってマーコのほうにジャンプした。マーコは驚いて一歩あとずさった。鎖がぴんと張った。レイラニは両手をのばしてマーコをつかむと……抱きよせた。ふざけてマーコの鼻をかじった。

「がぶり！」レイラニはいった。「ズボンを濡らすなよ」

マーコは緊張をゆるめてレイラニを抱きしめた。彼女の鼻をかじった。「すくなくとも、きみと違って、ぼくはズボンをはいてる」

ふたりはベッドに並んで腰かけた。営倉に窓はなかったが、スピーカーからオシリスの

「ドッキングまであと六分です」という声が響いた。時間が足りなかった。この宇宙船に乗ってから三週間がたっていたが、時間が足りなかった。マーコはレイラニの両手を握って彼女の目を見つめた。

「レイラニ」マーコはおだやかにいった。「到着したら……」

レイラニはうなずいて自分の膝に視線を落とした。「わかってる。ベン‐アリ中尉どのは、なにがあったのか、あたしは何者なのかを報告した。あたしは連れていかれる。あたしは研究対象になる。実験材料になる」目がきつくなった。「そうはさせない。戦ってやる！　殺すんなら殺せばいい。あたしは――」

「レイラニ、聞いてくれ」レイラニの両手を握っている手に力をこめた。「約束する――ぼくはきみを取り戻す。永遠に離ればなれにはならない。きっと治してもらえるよ、レイラニ。きみが傷つけられると思ってたら、ベン‐アリ中尉どのはＳＴＣになにがあったかを報告したりしなかったさ。きっと見つかる……きみのなかの存在を取り除く方法が」

レイラニの目がうるんだ。「無理だよ、マーコ。わからないのか？　無理なんだ。スカムは……やつらはあたしの一部なんだ」声が震えていた。「やつらの夢を見るんだ。夢のなかで、あたしはやつらの仲間なんだ。トンネルのなかにいて皇帝の命令に従ってるムカデなんだ。それがあたしなんだよ」すすり泣きを漏らした。「あたしは殺したんだぞ、マーコ。エルヴィスを殺したんだ。友達を。殺したんだ。あたしは怪物なんだ。スカムなんだ」

「あれはきみじゃない」マーコはいった。「ぼくの目を見てくれ。ぼくを見てくれ」レイラニの頬をなでた。「きみはレイラニ・デラローザだ。人間なんだ。ぼくが愛してる女の子なんだ。きっと治してもらえる。頭のなかの怪物を取り除いてもらえる。そしてぼくのところに戻ってくる。約束する。約束するよ」

レイラニはうなずくと、うつむいたままマーコに抱きついた。「ずっとここであんたといられたらいいのに」とささやいた。

マーコはレイラニの頬に、そして唇にキスをした。「あいちてる」

レイラニはうなずいた。涙がまつげにたまった。「あいちてる」

スピーカーからオシリスの声が響いた。「ナイトウォール・ステーション57にドッキングします」

船内に鈍い音が響いて《ミヤリ》はドッキングした。

「出口まで一緒に行けるの?」とレイラニがたずねた。

「きみは営倉にいなきゃならないんだそうだ」マーコは答えた。「きみを移送するためのチームが送られてくるんだ。ごめんよ」レイラニを抱きしめた。「気をしっかり持ってくれ、レイラニ。きみがどこへ連れていかれようと、ぼくは絶対に見つけだす。そしてきみを連れ戻す」

出入口から声が聞こえた。「エメリー、時間だ」

そっちを見ると、ベン‐アリが立っていた。中尉はきびしい目でマーコを見つめていたが、そこにはおだやかさも、かすかな哀れみもあった。マーコはうなずくと、レイラニに向きなおった。レイラニはマーコの手を握った。マーコが立ちあがって歩きだすと、ふたりの腕がしだいにのび、とうとう触れているのが指先だけになって、ついにふたりは離れた。ついにマーコは通路に出た。そしてマーコは、ちぎれて落ちて血を流している心臓を営倉の床に置き去りにした。ベン‐アリがドアを閉めてロックした。バタンという音がマーコの胸に響いた。

「行くぞ、エメリー」中尉が命じた。「ナイトウォールに着いたんだ。やらなければならないことが山ほどあるんだ」

マーコはベン‐アリについて通路を歩きだしたが、目がちくちくしていたし、こみあげてくる怒りを抑えきれなかった。「レイラニがしたことを報告する必要はなかったんですよ、中尉どの」声が震え、うわずっていることに気づいてうんざりした。「あれは一度しか起こってないんです。きっとスカムがすぐそばにいたからなんですよ。レイラニは連れていかれて実験材料にされて――」

ベン‐アリが足を止めてマーコのほうを向いた。その目から哀れみが完全に消え、突然の怒りで燃えていた。ベン‐アリはマーコより背が低いし、力もマーコより弱いかもしれないが、巨人に見おろされているように感じた。

「デラローザは素手で兵士をひとり殺したんだ」ベン‐アリはいった。「そして、まさにこの宇宙船のエンジンに工作してコーパスに墜落させ、さらに百名を殺した。デラローザはスカムのDNAに汚染されているんだ、エメリー。だから、デラローザのせいでだれかの身がふたたび傷つけられる危険を冒《おか》すわけにはいかない。おまえがデラローザにどんな感情をいだいていようとな」

「しょうがないじゃありませんか」とマーコ。「レイラニはただのスカムのスパイじゃないんですよ、中尉どの。友達なんです。友達以上なんです。監禁してるだけで胸が痛むのに――」

「言葉を慎め、二等兵！」とベン‐アリ。「おまえがわたしに友達に対するような口のききかたをしているのは、わたしが規律のゆるみを許したせいなのか？　わたしは上官だぞ、二等兵。それを忘れるな。わたしは決定をくだしたのだ。正しい決定を。疑いは持っていない。おまえが疑いをいだいているとしても、それを口に出すな。いいな？」

マーコは体をこわばらせてうなずいた。「はい、中尉どの」

ベン-アリの声がやわらいだ。「おまえは精神的に動揺しているんだ、マーコ。傷ついているんだ。それはわかっている。だがわたしたちはプロだ。いまは戦時中なんだ。任務に私情をはさむな」

「はい、中尉どの」マーコはうなずいた。「口答えして申しわけありませんでした、中尉どの。自分は中尉どのの判断力と指導力を尊敬しております」

ベン-アリはマーコの肩に手をかけてぎゅっと力をこめた。「ありがとう、マーコ。おまえはいい兵士だ。それを疑ったことは一度もない。さあ、行くぞ。きっと山ほど質問をされるだろうな」

ふたりが出口区画に入ると、スタンピー軍曹が根元しかない尻尾を振ってマーコを迎え、彼の指をなめた。ほかのふたりの兵士、すなわちコーパスのもうふたりの生存者も待っていた。ぼろぼろの古い制服を着て立っているアディはガムを嚙んでいたので、ベン-アリが即刻吐きださせた。その横にケミ・アバシも立っていた。マーコの元カノのジュリアス軍学校士官候補生がここに来たのは、ベン-アリのもとで学ぶため……そしてマーコと一緒に過ごすためだった。

ケミはかすかなぎこちない笑みをマーコに向けた。涙ぐんでいた。きょうはケミとの別れの日でもあるんだ、とマーコは思いだした。ケミはここへ、マーコとの愛を再燃させるために来たのだが、コーパスの深みで恐怖と責め苦を体験するはめになった。ケミはまもなく故郷へ、地球へ戻る——傷つき、おびえ、マーコと別れて。

マーコはケミに歩みよった。「ナイトウォールには何日か泊まるのかい、ケミ？」

ケミは首を振った。「何分か前に確認がとれたの。きょう、地球行きの便があるそうなのよ。出発は五時間後。それに乗って地球に戻るわ」

マーコはうなずいた。この別れもつらかった。戦死した友人たちの死をいまだに悼《いた》んでいた。レイラニと別れることになっていた。そのうえ、いまケミと別れたら、あまたの恒星系に広がっているこの巨大な軍隊という迷宮のなかで、再会できる見込みはまずなかった。

銀河系はばらばらになりかけてるんだ、とマーコは考えた。ぼくは愛する人全員を失いかけてるんだ。深呼吸をした。ぼくまでばらばらになるわけにはいかない。

搭乗ブリッジがナイトウォールの宇宙ステーションの一基と接続し、出口区画のドアが開いた。マーコたちはブリッジを歩きだした。マーコはぐるりと見まわした。金属製の狭い床を除いて、壁も天井も透明なチューブなので、ナイトウォールを一望できた。開けた宇宙空間を歩いているように感じてめまいを覚えた。左側には浮遊惑星の、宇宙空間を高速で運動しているこの母星を持たない球形の岩塊の表面が見えていた。軍事基地と兵士の家族が住む街が地表に広がっている。電力源は地下で稼働している原子炉だ。道路、建物群、滑走路、巨大な宙港、街とおなじくらいの大きさのパラボラアンテナが見える。惑星の表面のあちらこちらからケーブルが、長さ数百キロの光の線となってのび、軌道上の何基かの宇宙ステーションとつながって宇宙エレベーターを形成している。それらのケーブルを上下して宇宙ステーションと惑星のあいだで人と物資を運んでいる、丸みのある車輛を見分けられた。

下を、上を、右を向くと、惑星の周囲をめぐっている多くの建造物が見えた。何基ものキノコ形の宇宙ステーションが、無数のライトで輝いている。スターシップ巡洋艦の何隻かは宇宙ステーションに負けず劣らずの巨大さだった。航宙母艦も一隻見かけた——ファイアーバード宇宙戦闘機が甲板に百機も並んでいるさまは、まさしく浮かぶ滑走路だ。多くのファイアーバードが、浮遊ブイによって規定されている経路にそって飛びまわっていた。

マーコは、現代に迷いこんだ中世の農民のような気分になった。こんな技術は見たことも、想像したこともなかった。搭乗ブリッジを歩いて宇宙ステーションに向かいながら、奇妙なことに、畏怖とともに怒りがこみあげてきた。

地球は崩壊しかけてるんだ、とマーコは考えた。いまだに〈激変〉から立ちなおろうともがいてるんだ。ぼくたちは貧困に苦しみ、残飯並みのものを食べて生きのびてる。なのに、宇宙《ここ》では、人類の富が満ちあふれてるんだ！

ブリッジは軌道上の宇宙ステーションの一基とつながっていた。ドアを抜けてぴかぴかの通路に足を踏み入れたとたん、防護服を着て銃を構えているSTC兵士の一団に止められた。

「制服を脱いで両手を上げ、除染に備えろ！」ひとりが大声で命じた。

「ハイブリッドはどこだ？」別の防護服姿の兵士がどなった。

「デラローザ二等兵なら艦内の営倉です」ベン‐アリが答えた。「ほんとうにこんなことが必要なんですか？　わたしたちは――」

鎖を持ちごついライフルを構えた兵士たちが中尉の横を走り抜けて艦内に駆けこんだ。ヘルメットのなかの顔は見えなかった。マーコは顔をしかめた。その兵士たちはレイラニのもとに向かったのだ。

「制服を脱げ！」最初の男が叫んだ。「服も、装備も、銃も、すべて――その容器に入れろ」

マーコ、アディ、ケミ、そしてベン‐アリは顔を見合わせた。しぶしぶと、まず背嚢《はいのう》、それから武器、最後に服を容器に入れた。容器は即座に密封されて運び去られた。マーコは、みんなの裸を見る時間がなくてほっとした。防護服の男たちは、すぐさまホースから蒸気を噴射したのだ。マーコたちは霧を浴びた。ぴりぴりしたし熱かったので、マーコは、表情をゆがめながら悲鳴をあげないように耐えた。スタンピー軍曹も噴射を浴びせられて吠えていた。

衛生兵たちはマーコたちの傷を調べてうなずいた。マーコたちは新しい制服を渡された――ETCの緑の制服だが、ぼろぼろの古い戦闘服よりもきれいだった。装備は返してもらえなかった。マーコは、ケミの写真をはさんである『ハード・タイムズ』を容器に入れていた。返してもらえるんだろうか、とあやぶんだ。

「よし、ついてこい」と防護服がいった。「さあ。急げ」

兵士たちに続いて通路を進みながら、マーコは《ミヤリ》のほうを振り向いて、あの男たちはレイラニを除染してるんだろうか、レイラニを痛がらせていないだろうか、怖がらせていないだろうかと考えた。

気をしっかり持て、レイラニ。またきみを見つけるから。約束する。

通路が分岐しているところで、マーコは一方の通路に導かれたが、ほかの防護服の男たちは仲間たちをほかの通路へ連れていった。ひとりの男はスタンピー軍曹をキャリーケースに入れて運び去った。

「アディ！」マーコは呼んだ。「ケミ！」

ふたりの少女は、連れていかれて見えなくなる前に、マーコのほうをちらりと見た。手袋をした手がマーコの両腕をつかんだ。

「こっちへ来い、エメリー二等兵。それから大声を出すな。友人たちを傷つけたりはしない」

マーコは、男について歩きながら、囚人のような気分になっていた。マーコはスカムの巣を壊滅させた。怪物どもの王と戦った。多くの兵士が命を失ったが、生きのびた。英雄として歓呼の声に迎えられるとまでは思っていなかったが、くそっ、囚人扱いされるとも思っていなかった。

マーコは狭くて真っ白な部屋に連れていかれ、デスクの前にすわらされた。訊問室にそっくりだった。そこで長いあいだ、ひとりで待たされた。鍵をかけられた部屋のなかを歩きまわった。ようやく、ＳＴＣのネイビーブルーの制服を着たふたりの将校が入ってきた。男たちはマーコにほほえみかけた。そしてマーコに水のボトルを渡した。

マーコは長時間、質問されつづけ、答えつづけた。

《ミヤリ》はどうしてコーパスからの救難要請を受け入れたのかと問われた。

どうやって鉱山のなかを進み、女王のもとへたどり着けたのかと問われた。

どうやってケミをスカムのネットワークから解放したのかと問われた。

目にした光景を描けと何度も命じられた。チューブがつながれていたときのケミ。マーコの顔を持った奇妙な怪物。スカムのラボにいた、人間とスカムの体をつないでつくったハイブリッドたち。

レイラニについては特にしつこく質問された。マーコはレイラニとどのように出会ったのか、どれくらいレイラニと親しかったのか、訓練中、レイラニはどんな様子だったのか、レイラニは〝ジェミラの戦い〟でスカムを殺したのか、レイラニの体になんらかの特徴があることに気づかなかったか、レイラニはスカムのスパイと接触しなかったか、などと千もの質問をされた。

時間がたつにつれ、訊問はどんどん奇怪になった。「調査対象者はきみにどんな過去を語ったのかね？　その話に矛盾はなかったかね？　彼女がある特定の食べ物をためこんだり、食べたりしていることに気づかなかったかね？　彼女は特定の方向を向くことが多いと思ったことはないかね？　彼女の隣で寝ているときに腐った肉の夢を見なかったかね？　混みあった部屋で調査対象者のそばにいるとき、戦友らしき声がさそり座について語っている声を聞いた覚えはないかね？　調査対象者と接触したあと、小便や便器におかしな色がついていることに気づいたことはないかね？」

マーコはできるだけ正直に答えたが、ふたつの事実は秘密にした。レイラニとの関係は、つまり彼女と愛しあったことは話さなかった。ケミとアディとベン‐アリも、この事実を隠してくれることを期待した。エイリアンのスパイと愛しあったことを知ったら、訊問官がよく思うはずがなかった。

ふたつめの秘密はたんなる疑惑、ベン‐アリが巣のなかで口にしたひとことだった——〝知ってたんだ〟。

アンドロイドのオシリスによれば、コーパスからの救難信号が発せられたのは、《ミヤリ》が受信する四年前だった。それがほんとうだとしたら、ＨＤＦのだれかが、スカムの侵攻について知っていたのに、それを何年も隠していたことになる。だが、マーコと友人たちにどんな証拠がある？　いやな予感がするだけだった。マーコはこの疑惑についても話さなかった。ＨＤＦ上層部のだれかがなんらかの形でスカムと通じている可能性がある以上、マーコはその疑惑を口にする気にならなかった。営倉にぶちこまれて一生出られなくなるおそれがあるからだ。

「もしも嘘をついたりしたら、エメリー、重罪になるぞ」と将校のひとりが脅した。

「レイラニについて知っていることはすべてお話ししています」マーコは応じた。

「調査対象者と呼ぶように。調査対象者のそばに来た昆虫が異常な行動パターンを示していることに気づいたことはあるかね？」

「そうですね、シルクハットに燕尾服という格好のマルハナバチがタップダンスをしているところなら見たことがあります。それはあてはまりますか？」訊問官たちは冷ややかに見つめるだけだったので、マーコはため息をついた。

訊問は何時間も続いた。途中で将校コンビが交代したが、おなじ質問をくりかえしただけだった。時間がたつにつれて、マーコはどんどん犯罪者のような気分になった。ついに――八、九時間はたっていただろう――マーコは立ちあがって、「自分は法を犯したのですか？　どうしてここに監禁されているのですか？」とたずねた。

「すわれ、二等兵」訊問官のひとりが命じた。

「自分は一日じゅうここにすわらされています。自分たちはコーパスで奮戦しました。スカムを打ち破ったのですよ」

訊問官はうなずいた。「きみのことは高く評価しているよ、二等兵。きみは、スコロペンドラ・チタニアのラボと女王と王、さらにはクローンされたスパイを目《ま》のあたりにしながら生き残った数すくない兵士のひとりでもある」

「レイラニはクローンじゃありません」とマーコ。「自分の友人です。レイラニはどこに監禁されているのですか？　会わせてください」

　訊問官たちはちらりと顔を見合わせてからマーコに視線を戻した。

「きみが調査対象者と再会することはないだろうな、二等兵」

　マーコは、胸のなかで心臓が硬化し、砕けるのを感じた。「レイラニをどうするつもりなんですか？　傷つけるつもりですか？　ひょっとして……殺すつもりなんですか？」

「きみに教える必要はない。さっさとすわれ、二等兵」

「すわりません！」マーコは逆らった。「レイラニは自分の友人です。自分たちと一緒に戦ったんです。レイラニは――」

「きみ自身の報告によれば、二等兵、調査対象者は百名以上のＨＤＦ兵士を殺した。彼らはきみの友人ではなかったのかね？」

　ふたりの将校ににらみつけられて、マーコは自分が窮地におちいっていることに気づいた。もしも共犯者と思われたら……〈激変〉直後の混沌とした数年間以外、ＨＤＦが死刑を執行したことは一度もないが、忘れられた小惑星のじめじめした独房に死ぬまで監禁されるおそれは確実にあった。マーコはすわった。

「すみませんでした。次の質問をしてください」

　だがマーコは、内心では震えていた。激怒していた。おびえていた。〝きみが調査対象者と再会することはないだろうな〟という言葉が頭のなかでこだましていた。

とうとう、感覚としては数日たったあとで、マーコは部屋から出してもらえた。護衛たちに両腕をつかまれながら通路を戻った。暗いトンネルを歩いているうちに、コーパスの地下の巣が、怪物の悪臭が、死者たちの叫びがよみがえってきた。護衛たちはマーコをごついドアの前まで連れていき、空《から》の寝棚が何台か備えられている部屋に入れた。ドアが閉まった。ほどなくしてドアがまた開き、ネイビーブルーの制服を着たほかの男たちが——文句をつけたり悪態《あくたい》をついたりしている——アディを部屋のなかに押しやった。ドアがまた閉まった、施錠された。

「くそ野郎どもが！」アディはそう叫んでドアをどんと叩き、床につばを吐いた。うめきながら向きを変えてから、やっとマーコに気づいたようだった。「やあ、マーコ。おまえも昆虫が妙な振る舞いをしなかったかって訊かれたか？」

マーコはうなずいた。「何度もね」

「ゴキブリが〈ラ・クカラーチャ〉（メキシコ民謡。〝ラ・クカラーチャ〟は〝ゴキブリ〟の意）を踊るのを見たっていってやったよ」とアディ。

「ぼくは、燕尾服を着たマルハナバチがタップダンスをするのを見たっていった」とマーコ。

「腐れ野郎どもめ」アディはマーコをハグし、ふたり並んで寝棚に腰かけた。「ほかのみんなとは話したか？　ベン‐アリ中尉どのとは？　ケミとは？」声を落とした。「レイラニとは？」

　マーコは首を振った。「きみ以外のだれとも会ってないよ」

「犯罪者扱いしやがって」アディは枕を殴った。「ちくしょうめ。あたしたちはスカムの巣を壊滅させたんだぞ。地下で戦友たちが死ぬのを見たんだぞ。勲章をくれて当然なんだ。なのにこんなところに閉じこめやがって」

「アディ」マーコはためらった。「きみは話したのかい……その、レイラニとぼくとの関係について……？」

「おまえがレイラニと寝てたこととか？　いうもんか」アディはポケットからタバコの箱を出して一本に火をつけた。「あたしは馬鹿じゃない。心配するな、ケミもベン‐アリ中尉どのもなにもいいやしないさ。ふたりとも、話したりしたら、ＳＴＣはおまえのチンコを切りとってラボで研究するはずだってわかってる」寝棚から立って部屋を歩きまわりはじめた。「ラ・クカラーチャ、ラ・クカラーチャ……ああ、くそっ、歌が頭のなかで止まらなくなっちまった。踊るか？　コンガラインダンス（一列につながって踊るダンス）でも？」

「腹ぺこで踊る気にならないよ」とマーコ。「きみが《ミヤリ》でチキンウィングを平らげちまってから、なにも食べてないんだ」

アディはうなずいた。「あたしも、おまえの腕をもいで食いたいほど腹が減ってる。マーコウィングだな」

「食えるものなら食ってみろよ」とマーコ。「待て。やめろ。アディ！　痛い！」腕をさすった。「くそっ、噛みつきやがった！」

「腹が減ってるんだ！」

マーコはアディを押しのけた。「自分の寝棚へ行けよ。そばに寄るな、凶暴な獣め」

アディは寝棚にごろりと横になった。部屋は、マーコが手をのばせば正面の寝棚に寝ているアディに届くほどの狭さだった。マーコも横になって天井を見上げた。長いあいだ黙っていた。

「地球が恋しいよ」と沈黙を破った。「青い空が見たいよ。顔に日差しを感じたいよ。フォート・ジェミラにいたときはいやでたまらなかったけど、いまはあそこも懐かしい。スパム・サンドイッチはうまかったな。夜、テントでみんなと話すのも楽しかった。テントをこっそり抜けだして自動販売機へ行ったっけ。あそこは……」ため息をついた。「あそこは安全だった。いつもおびえていなくてよかった。あのころは、基礎訓練が軍隊生活でいちばん大変だろうと思ってた。これよりつらいことなんてないと思ってた。だけどあったんだ、アディ。宇宙へなんか来なければよかったよ」

「もういっぺんおまえの腕をかじりたいよ」とアディ。「さっきかじったせいで食欲に火がついちまった」マーコのほうを向いてにんまりと笑った。「すくなくとも、あたしたちにはおたがいがいる。だよな？　あたしたちは親友だよな？」

　マーコはうなずいた。「親友さ」アディの寝棚のほうに腕をのばして彼女と指先を触れあわせた。「あの日のことは覚えてるよ。トロントでのあのひどい日のことは。人生最悪の日のことは。ぼくたちが十一歳だった、雪のなかでスカムがぼくのかあさんときみのご両親を殺した日のことは。ぼくは葬式で泣いたけど、きみは泣かなかった。覚えてるよ。ぜんぜん泣かなかった。きみは怒ってた。きみは強かった。あれがぼくの人生で最悪の日だった」声がかすれた。「だけど、あの日は、きみが図書館の上の狭いアパートメントでぼくのとうさんとぼくと一緒に暮らしはじめた日でもあった。あの日、きみはぼくの親友になったんだ」

「しょっちゅう喧嘩してたっけな、マーコ」とアディ。「覚えてるだろ？　それに長いあいだ、無視しあってた」

「そうだね」とマーコ。「ぼくたちが本物の友達になったのは、人生で二番めにひどかった——軍に入隊した——あの日だったのかもね。だけどアディ、もしもきみがいなかったら、ぼくはきっと頭がおかしくなってただろうな。正気じゃいられなかったと思う。一緒にいてくれて、ほんとに感謝してるんだ。本気で愛してるんだ」

アディはほほえむと、マーコに舌を出した。「まったく、おまえってやつは。マジで痛い〝詩人《ポエット》〟だな」マーコの指を自分の口に入れて指先を噛んだ。「がぶり」

がぶりか。レイラニもおなじことをしたな。そのとき鋭い痛みが走った。

ドアを解錠する音がした。マーコとアディは、また訊問されるのではないかと思って寝台で上体を起こした。だが、ドアが開くと、入ってきたのはベン‐アリ中尉だった。中尉は顔色が悪く、熱に浮かされたような目をしていた。ドアを閉めると、マーコとアディを見た。無言だった。十歳も年をとったように見えた。

「中尉どの？」マーコはいった。「だいじょうぶですか？」

「すわってくれ、マーコ、アディ」中尉がおだやかにいった。

ふたりがひとつの寝棚に並んで腰かけると、ベン‐アリは正面の寝棚にすわってふたりと向かいあった。中尉は両手を膝に置いた。「わたしたちがコーパスからの救難信号を受けたとき、それをナイトウォールに報告する手段はなかった。ここの司令部は何百光年も離れていた。信号を送ったとしても、ここに届くまでに何世紀もかかったからだ」

マーコはうなずいた。「覚えています。救援を求めることは不可能でした」

「長いあいだ」とベン‐アリ。「人類は超光速通信なしで宇宙に入植し、宇宙で戦ってきた。SF小説では〝アンシブル〟が出てくることがある――遠く離れたところと一瞬で通信できる装置だ。だが、人類という種族が宇宙へ進出したとき、超光速で航行する唯一の手段は、アゾスエンジンを搭載した大型スターシップを使って周囲の時空という織物をゆがめることだと判明した。《ミヤリ》はそうやって、太陽系からここ、辺境までひと月足らずで移動した。そして、長年、人類はそうやってナイトウォールと通信してきた。ワープ速度で航行する大型スターシップに託したメッセージを通じて、ナイトウォールと地球のあいだで連絡していたんだ。メッセージを伝えるのに三週間かかるし、そのためにはスターシップと勇敢な艦長が必要だったんだ。だが、そうした日々はいまや過去になった」

アディは問うように片眉を吊りあげた。「だれかがアンシなんとかをつくったんですか？」

「ワームホールをつくったんだ」とベン‐アリ。「ほんとうにワームホールをつくりあげたんだ」

マーコは目を丸くした。「物語に出てくるようなやつですか？　宇宙船で通り抜けて、銀河系のどこにでも一瞬で移動できる、宇宙にあけた大きなトンネルですか？」

「それの小型版だ」とベン‐アリ。「宇宙船が通れるワームホールを、一度の移動が完了するまでのあいだ維持するだけで、地球全体の電力使用量の一年分を超える莫大なエネルギーが必要になる。HDFが開発に成功したのは、幅が原子数個分という極小のワームホールなんだそうだ。だが、時空にあいた穴を通してメッセージをやりとりできる。HDFは、将来的には、そうした原子サイズのワームホールのネットワークを構築して、銀河系内に存在するすべての人類のコロニーをつなぎたいと考えている。じつのところ、これはスカムの技術の真似だ。スカムは、ワームホールを使ってほかの恒星系にフェロモンを送っているんだ。ほんの一週間前、わたしたちがまだここをめざして航行中だったときに、人類初のワームホールが開通した。一方の端は地球。もう一方の端は、ここナイトウォールだ。いまや、地球とリアルタイムで通信できるんだ」

　とんでもない技術だ、とマーコは考えた。画期的な技術だ。二十世紀末のインターネットのように人類文明を変えるかもしれない。だが、マーコはベン‐アリが浮かない表情をしていることを思いだした。

「そしてそのワームホールを通じて地球から知らせが届いたんですね」マーコはゆっくりといった。「悪い知らせが」

　ベン‐アリはうなずいた。「スカムはわたしたちがコーパスを攻撃したことを、巣が壊滅させられたことを知った。やつらの報復は……〈激変〉以来、最大規模だった。マーコ、アディ、残念だ。スカムはおまえたちの国を攻撃したんだ。バンクーバーが標的になった。バンクーバーは壊滅した」

　ふたりは、つかのま無言でベン‐アリを見つめた。

「壊滅?」とマーコ。「つまり、スカムの攻撃が激しかったんですね? 死亡者が何千人も――」

「バンクーバーは失われたんだ」とベン‐アリ。「正確な死者の数はまだ判明していない。だが、バンクーバーに居住していた五十万人が死亡したと推定されている。残念だ」

　マーコはベン‐アリを凝視した。中尉の言葉の意味をよく理解できなかった。アディとマーコはトロント、つまりカナダの反対側の街の出身だが、それでもバンクーバーは、なじみ深い、おなじ国の街だ。口のなかが乾いた。めまいがした。アディは腕をのばしてこぶしを握った。顔が真っ青になっていた。

「これで、戦争はいっきに拡大する」とベン‐アリ。「消耗戦はもう終わりだ。この五十年間とは様相ががらりと変わる。人類は全面戦争に突入するんだ。そういうわけで、人類は報復する。それも激烈に。将軍たちはすでに、報復を、スカムの母星、アバドンへの大規模攻撃を計画している。明日の朝、おまえたちふたりはSTCに公式に統合され、一ヵ月間のきびしい訓練を開始する。そして一ヵ月後、人類はアバドン攻撃を開始する」ベン

‐アリは立ちあがって出口に向かった。立ちどまって振りかえった。「今夜は睡眠をとるように努めろ。つらい知らせなのはわかっている。今夜は悲しめ。なぐさめあえ。だが、朝になったらしゃんとしろ。この戦争に勝つためにはおまえたちの力が必要なんだ」

中尉は部屋を出ていった。

アディとマーコは、長いあいだ寝棚に腰かけたままでいた。無言で、告げられたことを消化しようとしていた。

「あたしたちのせいだ」アディがつぶやいた。「あたしたちがコーパスを攻撃しなかったら、スカムはこんなことをしなかっただろう。ああ、マーコ。あたしたちのせいなんだ」

「アディ！」マーコはアディの両肩をつかんだ。「ぼくたちのせいなんかじゃない。絶対に違う。スカムのせいなんだ。悪いのはやつらだ。スカムがぼくたちの親を殺したんだ。スカムが何十億人も殺したんだ。ぼくたちはスカムと戦って――」

マーコはアディにさえぎられた。アディがマーコを、息が止まるほどの勢いでぎゅっと抱きしめたのだ。アディは涙を流していた。

「もううんざりだ」アディは泣きながらいった。「うちに帰りたい。怖いんだ。まだ見えるんだよ、マーコ。まだあの巣のなかのスカムが見えるんだ」

マーコもアディを抱きしめた。マーコの目にも涙がこみあげていた。「ぼくたちにはおたがいがいるじゃないか」しゃがれた声でつぶやいた。「いつだってだ、アディ。いつだってだよ。ぼくたちならきっと切り抜けられる」

そして突然、マーコはアディにキスをした。それとも、アディがマーコにキスをした。涙とタバコの味がした。アディの唇はやわらかかった。無我夢中だった。アディの指がマーコの背中に食いこんだ。アディはマーコの腕のなかで震えていた。まだ涙を流していた。目をつぶっていた。ふたりは唇を堅くあわせていた。マーコは、こんなことをしちゃだめだとわかっていた。アディもわかっていた。それを感じた。だが、アディの恐怖も感じた。胸にアディの激しい鼓動を感じた。かごにとらわれている小鳥のようだった。ふたりはおたがいを必要としていた。このなぐさめを必要としていた。仲間を、愛を、慈《いつく》しみを、セックスを、涙を、キスを、熱を、食いこむ指を、どきどきする心臓を——まわりのみんなが死んでしまったいま、宇宙が燃えているいま、内なる悪夢が叫んでいるいま、空気のようにそれらを必要としていた。

アディはマーコの目を見つめ、両手で彼の頬を包んだ。目に涙をためていた。無言でマーコに語りかけた。これの必要を説いた。エイリアンの怒りを前にしての人との触れあいの必要を。愛しあっているあいだは夢を見ているかのようだった——愛ゆえのセックスではなく、催眠術にかかっているような、夢のなかのようなセックスだった。闇と熱気のなかで汗にまみれているあいだは現実と思えなかった。星界を漂っているかのようだった。そしてアディが大声をあげながらマーコをぎゅっとつかんだ。絶頂に達した瞬間、爪がマーコの肌に食いこんだ。その後、アディはマーコの寝棚で、彼と並んで眠った。マーコに背中を向け、彼の手を胸にかかえこんで。

マーコは、自分が目覚めているのか夢を見ているのかわからなかった。超空間じみた現実にとらわれているような感じだった。まだ迷宮のなかで迷っているかのようだった。友人たちが死んだ。レイラニがいなくなった。世界が燃えている。マーコは裸のアディを抱いている。いつ眠ったのか、いつ本物の夢にするりと移行したのかわからなかったが、気づくとまた巣のなかで迷っていた。出口を、帰り道を探していたが、どこまで行っても闇のなかだった。千匹ものマーコの顔を持つ怪物たちがやかましく鳴いているだけだった。

3

ケミ・アバシ士官候補生は、地球に向かう宇宙船が接続するポートを探して宇宙ステーションの通路を歩いていた。訊問に何時間もかかったせいで、すでに地球行きの宇宙船を一隻、乗り逃がしていた。なにがあっても、次の地球行き恒星船《スターシップ》に搭乗するつもりだった。

地球を離れるなんて馬鹿だった。泣きそうになっているのを感じながら、マーコからもらったπ《パイ》の形のペンダントに触れた。恋に目がくらんだせいで、男の子を追いかけて地獄へ飛びこむなんて、ほんとに馬鹿だった。

ケミは気持ちを静めるためにしばし足を止め、窓に目を向けて広大無辺な宇宙を眺めた。おびただしい数のスターシップが浮遊惑星の軌道上に浮かんでいた。ナイトウォール。宇宙防衛軍管区司令部《STC》。ここに、人類の総力を結集したこの要塞にいれば安全なはずだったが、ケミは手が震えていたし、動悸が激しかった。この宇宙ステーション、これらのスターシップ、それに眼下の惑星上の基地の先では——星々のあいだでは恐怖が待ちうけていた。

わたしは宇宙へ来るべきじゃなかったのよ、とケミは考えた。だれも来るべきじゃなかったんだわ。ここには邪悪が存在してる。

ケミは顔をゆがめた。記憶がいっきによみがえった。

鉤爪につかまれた。

触角に探られた。

ムカデたちにトンネルをひきずられ、ねばつく膜で台に縛りつけられ、チューブを差しこまれた。なめられ、つつかれ、切られた。そのあいだ、まわりで大勢が叫んでいた。もがいていた。半分しか人ではないものたちが、たくさんの脚で蹴っていた。そして――

ケミは深呼吸をした。頭から悪夢を追い払おうとした。兄が戦死したとき、ケミは、呼吸に集中して不安をやわらげるという気分転換法を身につけた。息を吸って。吐いて。しばらくすると、ヤドカリが貝殻にひっこむように、恐怖が心の奥へと退いた。

ケミは窓から目をそらした。宇宙ステーションのなかをまた歩きだした。もうすぐスターシップに乗れる。もうすぐ地球に帰れる。もうすぐこのすべてを忘れられる。

ほんとに馬鹿だった。せっかくジュリアス軍学校に、名門軍学校に入れたのに、インターンプログラムに参加して、実戦でベン‐アリ中尉の見習いになりたいって教官に申し出るなんて。何単位か取得できるし、実戦経験も得られるからです、とケミは教官に説明した。学校には本音を明かさなかった。マーコのそばへ行きたいという本音は。愛する男の子の、自分が振った男の子の、なんとかしてよりを戻したいと願っている男の子のそばへ行きたいという本音は。

　馬鹿よ。大馬鹿よ。

　そしてケミは傷ついた。はるばるやってきてマーコと再会したはいいものの、この数ヵ月で、マーコはケミを忘れ、ほかの女の子と抱きあうことになぐさめを見いだしていた。マーコがほかの女の子、小さくてかわいいアジア系の女の子を選んで、ケミを捨てたことにはたしかに傷ついた。だがケミはつねに戦ってきたし生き残ってきた。そうするように叩きこまれていた。〈激変〉後、祖父母は貧しいナイジェリア移民として、海の反対側の、雪深く寒い街の街頭でがんばってフルーツを売った。両親は必死で働いてそこそこの豊かさを手に入れたが、ケミを甘やかさず、中流の暮らしを当然と思わないように教育した。彼らはケミと兄をきびしく育て——いつまた混乱状態におちいっても不思議ではない世界で能力を開花させようとした。だから兄は将校に、操縦士になって宇宙と空でスカムと戦い、南米上空で戦死した。だからケミは、自分も将校になって両親を喜ばせようと軍学校に入学した。

だが、ケミは心折れた。怖じ気づいた。

またしても記憶がどっとよみがえった。ラボのハイブリッドたち。なかば人間、なかばムカデのものたち。巣のイメージ。ケミを怪物たちの巨大な意識につなぐ化学物質が体内を流れる。痛み。自分がスカムの一員になる、怪物に変容するおぞましいイメージ。鉤爪。大顎。どろどろ。うじ虫。

息を吸って。吐いて。

ケミは歩きつづけた。

ドッキングポートに、ステーションから宇宙へ突きだしている長い通路にたどり着いたので――

大顎が突きだす。痛い。そして――

――ケミは、自分の宇宙船が到着するまでのあいだ、窓からおびただしい数の宇宙船を眺めながらそこで待った。あとほんの三週間で地球に戻れる。そうしたら、もう二度と出るつもりはなかった。ジュリアス軍学校を卒業して将校になったら、地球防衛軍管区《ETC》で服務するつもりだった。ふたたび宇宙へ出ることを拒否するつもりだった。恐怖に襲われることのない居心地のいいオフィスで仕事に没頭していれば、忘れられるかもしれなかった。

優美な魚を連想させるほっそりとしたスターシップがポートに接近してきたので、あれが地球行きの船かしら、とケミは思った。ダッフルバッグを持ちあげて背中にかついだ。すぐに宇宙はただの記憶になる。やがてすっかり忘れ去り、夜、おびえることもなくなる。

「アバシ士官候補生ですか？」

背後から声をかけられた。ケミが振り向くと、ネイビーブルーのＳＴＣの軍服を着た三人の男が立っていた。三人とも軍曹だ。ケミはうなずいた。

「はい、そうです」

「よかった」ひとりの軍曹がいった。「まにあったんですね。ただちに５０７号室に出頭してください」

男はケミに、ＳＴＣの印章が押されている書類を渡した。ケミは顔をしかめてその書類を見てから軍曹に視線を戻した。

「わたしはあと十五分で地球行きの宇宙船に乗るんですよ」ケミはいった。「時間がありません」

「ロバート・ヴェリッシュ少佐どののご命令です」と軍曹。「あなたの次の便への搭乗はキャンセルされました。ただちに５０７号室へご出頭願います」

ケミは振り向いてほっそりした銀色の宇宙船を見た。ドッキングし、搭乗ブリッジをポートに向かってのばしているところだった。ケミは表情をくもらせた。あの船に乗って地球へ帰れるはずだったのだ。だが軍曹に従うしかなかった。少佐の、上官の命令に逆らうわけにはいかない。そんなことをしたら、地球に帰ってから厄介なことになる。ケミはため息をついてうなずいた。

ポートを離れてエレベーターでレベル５に上がった。《ミヤリ》でここに到着したあと、まる一日、ＳＴＣの訊問官から質問を浴びせられつづけた。訊問は終わったものと思っていたが、どうやら、ＳＴＣはまだ満足していないようだった。ケミは不安になった。これ以上、訊問に耐えられそうになかった。コーパスでのつらかった出来事をふたたび説明し、またもあの恐怖を再体験できるとは思えなかった。

お願い、地球に帰らせて、とケミは願った。

ついに５０７号室に着いた。出入口で立哨している衛兵はケミが召喚されていることを承知していた。ケミはノックし、大声で名乗ってから部屋に入り、敬礼をした。

宇宙が見える窓がある部屋だった。古い羅針盤、革張りの望遠鏡、すり切れた羊皮紙の海図、真鍮《しんちゅう》の歯車でできている天体観測機器《アストロラーベ》などの航海用品のアンティークがおさめられている陳列ケースが壁に並んでいた。少佐はデスクについていた。三十代後半といったところで、こめかみに白いものが混じりはじめ、目元にかすかなしわが刻まれはじめていた。壁には若いころの写真が飾られていた。そのときはまだ大尉で、ひどく損傷したジェット戦闘機の前で白髪の将軍と握手していた。その横には額入りの証書が二枚。一枚は宇宙航行学の学士号で、もう一枚はジュリアスの任官証だ。

少佐はデスクの向こうで立ちあがってケミに答礼した。「おはよう、アバシ士官候補生。地球行きの船に乗る寸前に呼び戻してすまなかったな。わたしはロバート・ヴェリッシュ少佐だ。ナイトウォールではL16ファイアーバード飛行隊の隊長を務めている。すわってくれ」

L16ファイアーバード。ケミはその宇宙戦闘機をよく知っていた。兄がその操縦士だったのだ。子供のころ、ファイアーバードのコックピットにすわらせてもらったこともあった。実家のアパートメントには、いまもその写真が飾られている。ファイアーバードは軍の主力宇宙戦闘機だ。大気中でも宇宙でも飛行可能で、ひとりで操縦でき、スカムと真っ向から対決できるだけの戦闘力と機動性を有している。中尉だった兄は戦闘中に撃墜された。戦死しなかったら、いまごろ兄も少佐に昇進し、飛行隊を指揮していたかもしれなかった。

ケミは椅子にすわり、膝の上で手を組んで少佐を見つめた。

「アバシ、コーパスできみがどんな目に遭ったかは聞いている」ヴェリッシュがいった。目がおだやかになった。「ベン-アリ中尉は熱のこもったきみの推薦状を書いていて、窮地にあってのきみの勇気と意志の固さを称賛している。もうだいじょうぶなのか？」

ケミは何度か目をしばたたいて、少佐の前で涙を流さないようにした。この少佐とは初対面だったが、その目のやさしさのおかげでケミは心がやわらぎ、つねにまとっている鎧がはがれ落ちた。悪夢について、スカムに縛られ、感染させられ、スカムの心のなかに閉じこめられたことについて、この人に打ち明けたかった。ハイブリッドについて、女王の体につながれた女性について、焼き殺した赤ん坊たちについて語りたかった。だが、そんなことはできなかった。まだ、口にする準備ができていなかった。地球に帰ったら、ケミは精神科医との面談を希望し、トラウマにとりくむつもりだった。だが、いまは無理だった。ここでは。一刻も早く地球に戻りたいだけだった。

「だいじょうぶです」ケミはささやくように答えた。

ヴェリッシュはすわったまま上体をひねって窓から艦隊を眺めた。摩天楼並みの巨大さの航宙母艦が数隻、窓の外に浮かんでいた。いきなり、五機のファイアーバード宇宙戦闘機が窓の外を、光の筋をひきながら高速で通過した。遠くで演習している百機かそこらの戦闘機が光の点として見えていた。

「軍は長年にわたってファイアーバード編隊を増強してきた」ヴェリッシュ少佐がいった。

「宇宙戦闘機は銀河系の工学の精華であり、軍の総力を結集した真の驚異だ。二十年前にわたしが入隊したときは、まだ二千機しかなかった。現在、艦隊には五万機のファイアーバード戦闘機が配属されている」ケミに向きなおった。「だが操縦士が足りないのだ」

ケミはうなずいた。「兄はファイアーバードの操縦士でした。訓練がいかにきびしいか、飛行学校の卒業生がいかにすくないかは承知しています」

ヴェリッシュ少佐はうなずいた。「わたしはきみの兄上をよく知っているんだ。わたしは彼と一緒に飛び、一緒に戦った。彼とは友人だったんだ」

ケミは目を丸くした。「ロポをご存じなんですか？」

「ああ」少佐は目を伏せた。「彼が撃墜されたとき、遺体を回収し、故郷に持ち帰ったのはわたしなんだ」

ケミもうつむいて、あの恐ろしい日を、世界が崩壊したあの日を思いだした。「ありがとうございます」

操縦士は立ちあがって、壁に飾ってある、旧式の飛行機が写っている白黒写真を見た。

「これは一九四一年に建造された、イリューシンＩＬ‐２攻撃機の写真だ。第二次世界大戦中、ソビエト連邦はこのＩＬ‐２攻撃機をなんと四万機も建造した。たった数年でだ！人口も多いし、技術もはるかに進んでいて資源もずっと豊富な現在でも、それだけの数の攻撃機をつくるのは容易ではない。だがソ連は、二百年後の現在とおなじ問題に悩まされた。操縦士不足に」うなずいた。「わが軍は、長年にわたって、戦闘機操縦士にきわめて高い水準の技量を求めてきた。戦闘機操縦士になれるのは精鋭中の精鋭だけだった。そして、これまでは、それで問題なかった。同時に数百機以上のファイアーバードを投入するような作戦はめったになかったからだ。ほかの機は格納庫で、いつか全機を同時に投入する必要が生じるかもしれないというわずかな——多くがほとんどありえないと考えていた——可能性に備えて待機していた」かすかににやりとした。「どうやら、戦争では、ありえないことなどないらしい。大規模な作戦が近づいている。かつてなかったほど大規模な作戦が。多くの操縦士が必要になったので、ほんのすこし条件をゆるめることになったんだ」

「そして、すぐにわたしのことを思いだしたんですね？」とケミ。

ヴェリッシュ少佐は笑みを大きくした。「この話の流れだと、きみはあんまり気分がよくないだろうな。だが、そのとおりだ、ケミ。きみが必要なんだ。わたしの飛行隊に入ってほしい。兄上が操縦していた戦闘機で飛んでほしいんだ。それもすぐに。明日の朝、飛行学校に入学してくれ。卒業までには、通常なら六カ月かかる。きみには六週間で修了してもらう」

ケミは立ちあがった。「少佐どの！　わたしは操縦士ではありません。まだ将校ですらないんです。飛行学校ですか？　軍学校もまだ卒業していないんですよ！　わたしはただの士官候補生なんです」

　ヴェリッシュ少佐はデスクの引き出しをあけた。少尉の、最下級の将校の階級章をとりだした。てのひらに金色の棒状の階級章を載せた。「申し出を受けてくれたら、いま、この場で任官させる」

　ケミは目を丸くした。ケミは少佐が差しだしている金色に輝く棒を見つめた。ケミ・アバシの肩で輝き、彼女を人類防衛軍《HDF》の真の将校にしてくれる棒を。

　マーコはわたしに敬礼しなきゃならなくなるってわけね、という思いが浮かんだ。妙に気分が晴れる考えだった。

　だが、階級章から目をそらさなければならなかった。

「お受けできません、少佐どの」ケミは断った。「申しわけありません。ジュリアス軍学校に戻らなければならないのです。きちんとした形で任官したいと思います」

「ケミ、六週間後には、ジュリアスはないかもしれないんだ」とヴェリッシュ少佐。

　ケミは目をぱちくりした。「は？」

「この戦争の終結が近いんだ、ケミ。完全な敗北か最終勝利かのどちらかしかない。きみにはわたしと戦ってほしいんだ。兄上と同様に、わたしと一緒に飛んでほしいんだ。きみはジュリアスの前期で好成績をおさめているし、ベン‐アリ中尉からすばらしい推薦を受けているし、適性検査の成績も抜群だ。きみは少尉にふさわしい。六週間後にはわたしの隊で飛んでくれ」

ケミは目を細めて少佐を見つめ、首をかしげた。「ですが、それだけではないんですよね、少佐どの。ほかにも理由があるんですよね？　ＨＤＦには何百万人もの兵士がいるんです。わたしよりも経験豊富な兵士がいくらでもいるはずです。ということは……」思いあたった。「わたしの身に起きたことが、コーパスでわたしが体験したことが理由なんですね。だから……」言葉を続けられなくなって口を押さえた。

ヴェリッシュはケミに歩みよった。低い声で告げた。「きみは、数時間にわたってスカムの巣のネットワークに参加していた。ベン‐アリ中尉をコーパスの女王のもとへ案内できた。わが軍の科学者たちは、きみがいまもその能力を失っていないと考えている。現在、そのような能力を持つ兵士は、ほかにひとりしか確認されていない。そしてその兵士は、ほかの任務についている。飛行学校に入ってくれ、ケミ。そして六週間後にわたしと飛んでくれ。スカムの言語を話せる操縦士が、スカムがどんなふうに考え、どんなふうに感じ、現実をどう認識しているかを理解できる操縦士が必要なんだ。スカムの防御網を突破してやつらの母星に到達できた操縦士は、これまでにひとりしか――エヴァン・ブライアンしか——いない。きみにもそれができるはずだとわれわれは考えているんだ」

ケミは目をつぶった。脳裏でさまざまなイメージが踊った。巣のなかのスカム。ムカデの体を持つ赤ん坊。うじ虫を生みつづけていた女性。怒りと復讐に燃えている、無数のすばやく這う残虐な怪物。

「お引き受けするには、少佐どの」ケミはささやくようにいった。「ひとつ条件があります」目をあけた。「やつらを殺してください。報復したり、痛い目に遭わせたり、脅すだけではなく。六週間後には皆殺しにしてください」

ヴェリッシュ少佐はうなずくと、階級章をケミの両肩に留めた。「約束するよ、アバシ少尉。わが軍はやつらを皆殺しにする」

4

ベン‐アリは宇宙ステーションのジムに裸足で立っていた。身につけているのは戦闘服のズボンと黒のタンクトップと認識票だけだ。足先に体重をかけ、両こぶしを構え、目を細めていた。目の前に相手が立っている――要は詰め物をした手足が生えているサンドバッグである機械《M》戦闘《F》ロボット《R》だ。機械が、〝脚〟――詰め物をした鉄の棒――を振って速いまわし蹴りをくりだした。ベン‐アリは頭を下げてその一撃をよけ、半身になってロボットが横振りした腕をかわした。攻撃をかけたが、ロボットは両腕を上げてブロックした。

ベン‐アリは中肉中背だが、ヘビー級プロボクサー並みの大きさのＭＦＲを選んでいた。

「おまえは負ける」ロボットは抑揚のない、どういうわけかロシア語なまりの声でそういうと、ふたたび蹴りを放った。ベン‐アリはその蹴りを腕で受けた。痛かった。ひどく。

「ひねりつぶしてやる」

このロボットをプログラムしただれかさんは《ロッキー12》の見過ぎに違いないわね、

とベン‐アリは思った。設定を11、つまり最強に上げていた。ロボットは詰め物をした手足を、カンフーやカポエイラからチュン・クック・ドー（俳優で武術家のチャック・ノリスが創始した武術）にいたるまでのさまざまな武術を模倣して、猛烈な勢いで振りまわした。

　ベン‐アリはといえば、ひとつの武術しか使わなかった。クラヴ・マガ（イスラエルで考案された近接格闘術）だ。クラヴ・マガには必要な技がそろっている。ほかの武術は、ベン‐アリにいわせれば、派手なだけで、実戦向きというよりも観賞用だった。だがクラヴ・マガはひたすら実用的だった。

「ぶち壊してやる」ロボットは唱えるようにそういうと猛攻を開始した。こぶしと脚が飛んできた。ベン‐アリはうめきながら攻撃に耐えた。ひどいあざになるのがわかった。だが倒れなかった。ロボットの胸にこぶしを叩きこみ、赤いランプが光るのを見てほほえんだ。

　ベン‐アリはこういう訓練を長年続けている。十代のころは、ジムで何時間も、父親の部下たちとスパーリングをしていた。ひょろりとした十五歳の少女だったころは、筋骨たくましい軍曹たちにあざをつけられて帰宅していた。だが、ベン‐アリは軍曹たちに、その倍はひどいあざをつけていた。相手のほとんどはベン‐アリを見くびった。ブロンドの少女が巨漢を負かせるとは思わなかった。だがベン‐アリは機敏でひたむきですばやく、体の大きさのわりには力が強く、何発食らっても倒れなかった。何発の攻撃をくりだせるかで真の闘士かどうかは決まらないことをベン‐アリは知っていた。敵よりもひどい苦痛に耐えて立っていられるのが真の闘士なのだ。

それに、ベン‐アリにとって体の痛みなどなんだというのだ？　ベン‐アリは、幼いころから痛みを知っていた。一族の重荷と歴史という痛みを。早くに母を亡くし、将校だった父親は宇宙を飛びまわっていたので、人里離れた軍事基地で父親の部下たちに育てられるという痛みを。軍以外に家がなく、戦う以外の暮らしを知らないという痛みを。あざなどなんだというのだ？　なんでもない。まだ人間であることのあかしだ。殴られ蹴られると、内なる悪霊を忘れられる。マット上でスパーリングをしているあいだは、戦いのことだけを考えていられる。悲しみが消える。重荷が消える。対戦相手と自分だけになれる。

肩にまたも打撃を受けながら、ベン‐アリはとうとう、ＭＦＲの守備を突破する方法を見つけた。サンドバッグの胸に痛烈な一撃を見舞う。ランプがいくつも光った。機械は、ハンマーで叩いて鐘を鳴らす遊園地のゲームのような音をたてた。ロボットの手足から力が抜け、ＬＥＤのディスプレイに〝ノックアウト！〟という文字が表示された。

「おまえの勝ちだ」ロボットはそういって停止した。

ベン‐アリは荒い息をつきながら額の汗をぬぐった。必要なのはこれだった。ここ辺境で、スカムの版図《はんと》との境界に位置するこの宇宙ステーションで、数週間後に侵攻が実施されようとしているいま、ベン‐アリは痛みを、汗を、忘却を必要としていた。

「ロボットと戦うのと」背後で重々しいバリトンの声が響いた。「人間と戦うのとでは大違いですよ、中尉どの」

ベン‐アリは振り向いた。見たこともないような大男がジムのなかをベン‐アリに向かって歩いてくる。身長は二メートル前後とおぼしいし、腕はベン‐アリの胴よりも太そうだ。年齢は三十代なかばというところで、ベン‐アリよりもかなり年上だろう。肌は黒く、眉は濃く、スキンヘッド。袖の階級章を見ると一等軍曹だった。

下士官だ。軍学校に入学しなかったので将校にはなれないが、軍歴が長く、戦闘経験が豊富で、徴募兵から昇進してきた叩きあげの指揮官だ。下士官はみなベン‐アリよりも年上で年季が入っている。たとえ下っ端でも、一応は将校のベン‐アリのほうが、下士官よりも階級は上だ。どれだけ年が上でも、どれだけタフな古参兵でも、下士官は将校に敬礼し、服従しなければならない。ベン‐アリのような、軍学校を卒業して二年しかたっていない若い中尉にも。多くの下士官が、そのことを苦々しく思っていることをベン‐アリは知っていた。

ベン‐アリには、白髪まじりの年配の曹長から、敬礼して〝少尉どの〟と呼ぶことを拒まれたことがあった。そのとき、ベン-アリは二十歳《はたち》の自信のない少尉だったし、その曹長はスカムと何十年も戦いつづけている戦士だった。その曹長はベン-アリの権威を認めなかった。少尉のなかには、下級貴族が農民をどなりつけるように年上の部下を叱責する者もいるのだろうが、ベン-アリはとがめなかった。当時のベン-アリは自分の権威を疑っていたし、若くて不慣れでびくついていたので、自分はあくまで将校であり、人類防衛軍《HDF》の指揮階級の一員であって、バターに似ていることから〝バターバー〟と呼ばれている少尉の階級章が軍における貴族のあかしだということがよくわかっていなかった。だから、傷痕があるこわもての古参兵が、自分に失礼な口をきき、〝お嬢ちゃん〟と呼ぶことを放置したのだ。その曹長から逃げたのだ。ベン-アリは、その年のうちに、その曹長が、またも、こんどは気が強い中尉におなじような態度をとったため、軍法会議にかけられて降格され、僻地の小惑星に飛ばされたと聞いた。

　そんな経験をして以来、ベン-アリは、下士官、特にこの一等軍曹のような長身でたくましい下士官が少々苦手になった。ジムにあらわれた大男は、スカムの大群との戦いを生き抜いてきたようだった。だがそのとき、ベン-アリは、男の目が笑っていて、その表情に慇懃《いんぎん》無礼さがかけらもないことに気づいた。

「つまり、このロボットよりも自分のほうが強いといっているんだな、軍曹？」ベン-アリは応じた。

「ボー・ジョーンズと申します、中尉どの」男はいった。「あなたの新しい小隊の小隊付軍曹です」頭を下げた。「わたしの役目は、副官として、右腕として補佐と助言をすることです。でも、いまは……」笑みが大きくなった。「格闘についていくつかお教えすることです」

　新しい小隊。ベン-アリは身震いを抑えこんだ。そう、ベン-アリは上層部から、この艦隊の司令官本人から辞令を受けていた。ベン-アリはここで、百戦錬磨の兵士を、艦隊の精鋭を集めて新しい小隊を結成することになっていた。来たるべき侵攻作戦で重大任務を遂行する部隊を、ベン-アリが指揮することになったのだ。どんな任務かは、まだ聞かされていなかった。聞かされたのは、司令官がベン-アリの小隊のために最高の兵士を選りすぐったということだけだった。その新しい小隊の指揮官に、ここナイトウォールにあまたいる有能な将校のなかで、なぜベン-アリが選ばれたかについては見当もつかなかった。

　ベン-アリはジョーンズ一等軍曹をまじまじと見た。前の小隊付軍曹だったアマル・シンは、タフだが心やさしい戦士で、ベン-アリの親しい友人だった。コーパスの鉱山でシンが死んでしまったなんて、いまだに信じられなかった。ジョーンズがどんなに有能でも、シンの代わりを務めるのは容易ではない。この長身でスキンヘッドの男は、まだ見知らぬ他人だった。まだ友人ではなかった。

だけど、この男が戦えるかどうかはすぐにわかるわね、とベン‐アリは考えた。

ベン‐アリは脚を広げ、両こぶしを構えた。「いいぞ」

ジョーンズ軍曹はブーツと制服のシャツを脱ぎ、タンクトップとズボンだけになった。男の体の大きさに、あらためて驚かされた。体重が百数十キロはあるだろう筋肉質の体は、ベン‐アリが戦っていたロボットよりもずっと大きい。

もしも司令官がわたしたちの任務に力の強さが必要だと判断しているのなら、とベン‐アリは考えた。この男は正しい選択ね。

下士官は猛然と突進してきた。ベン‐アリは、まず後退してジョーンズの強打をかわしたが、軍曹は容赦がなかった。女だから、体が小さいから、上官だからという理由で勝ちを譲るつもりはさらさらないようだった。それだけは明らかだった。ジョーンズは猛烈な勢いでキックとパンチをくりだしたので、ベン‐アリにはよけることしかできなかった。

「機敏ですね」ジョーンズがいった。

「機敏である必要があるんだ」

ジョーンズは飛びかかってベン‐アリの両肩をつかもうとした。ベン‐アリは半身になると、脚をかけて巨体を突いた。ジョーンズはマットに叩きつけられた。ドスンという音の大きさに、ベン‐アリは顔をしかめた。

「だいじょうぶか?」とベン‐アリは気づかった。

巨漢はあお向けになってうめいていた。ベン‐アリは手を貸して助け起こした。

「どうやらわたしは、力はあっても速さや敏捷さに欠けているようですね」ジョーンズがいった。

「かまわないさ」とベン‐アリ。「新しい小隊では力が必要になるときもあるはずだ」

ジョーンズの表情が沈んだ。「中尉どの、教えていただけませんか……噂を聞いたんです。聞き過ごせない噂を、わたしたちの小隊は決死隊だという噂を。具体的には、どこへ向かうんですか?」

ベン‐アリはなんの情報も与えられていなかったが、察しはついていた。その推測を思うと身震いがした。ベン‐アリは長身の男の目を見上げた。

「いまいえるのは、準備をととのえなければならないということだけだ。隊員を鍛えあげろ。そして時が来たら、ジョーンズ軍曹、おまえの強い力の最後のひとしずくまで必要になるだろう」

〝全面戦争〟

その言葉が宇宙ステーションの通路で反響し、兵士たちの前に浮かび、通気口から立ちのぼり、壁からしたたり、ここで服務している全員の目と耳を満たした。消耗戦は、敵をじわじわと痛めつける戦いは、スカムの鉤爪でなぶられる戦いはおしまいだ。全面戦争。全面衝突。〈激変〉の日々が――戻ってきたのだ。

マーコとアディはステーションの通路を歩いていた。ふたりは、この日の朝、新しい制服に袖を通した。もう地球防衛軍管区《ETC》のオリーブグリーンの制服姿ではなかった。いまふたりが着ているのは、しっかりした生地にベルトやらバックルやらポーチやらが備わっている宇宙防衛軍管区《STC》の黒い戦闘服だ。黒いヘルメットには黒いバイザーもついている。携帯している銃は、地球軍のT57ではなく最新式の銃、より軽量なファイア7プラズマ小銃だった。ファイア7小銃の銃身は短いが、威力はより強力だ。この銃にはモードが三つある。安全装置《セフティ》モード、鋼鉄をも貫通する銃弾サイズのプラズマ塊を発射するセミオートモード、そして火炎放射器のように地獄の業火《ごうか》を吹くオートマチックモードだ。

「この銃と比べたら、前のアサルトライフルはまるで空気銃だね」とマーコはいった。

「あたしが使ってたアイスホッケーのスティック並みに強力だな」アディはいった。

ふたりは、きょうからＳＴＣの兵士として訓練を開始することになっていた。これから浮遊惑星ナイトウォールの暗い地表に降り立ち、そこで一カ月にわたる訓練を受けてから、アバドンへの大侵攻に参加するのだ。

アディと並んでステーション内を歩いているマーコの脳裏を千もの思いが去来した。レイラニを思いだし、どんな目に遭っているんだろうと心配した。ケミを思いだし、いまごろは地球へ向かう宇宙船に乗ってるんだろうな、と考えた。前夜にアディとしたことを思いだした。あのおびえた夜にしたさびしいセックスについては、ふたりともいっさい触れていなかった。この戦争の行く末に、人類がスカムの母星に攻撃をしかけようとしていることに、目にすることになるはずの炎と死について考えた。まもなくそんな戦いがはじまるのだ。全面戦争が。全面衝突が。

だが、まず——戦いの前、訓練開始の前に——ベン‐アリ中尉から将校ラウンジに呼びだされた。ふたりは入室した。床から天井までの窓から百隻もの恒星船《スターシップ》、ほかの宇宙ステーションが二基、それに無数の星々が見える円形の部屋だった。やはり新品のSTCの制服を着ているベン‐アリが待っていた。だがベン‐アリが着ているのは戦闘服ではなく、真鍮《しんちゅう》のカフスボタンがついていて肩で金色の階級章が光っているネイビーブルーの正式な軍服だった。ベン‐アリのほかに、もうひとりの将校も立っていた。口ひげをたくわえていて肩のストラップに少佐の階級章——ひとつ星——をつけている。

　マーコとアディは踵《かかと》をかちんとあわせて敬礼し、出頭を報告した。ベン‐アリと少佐はうなずいて答礼した。

「マーコ・エメリー二等兵」ベン‐アリが呼びかけた。「アディ・リンデン二等兵。おまえたちはＨＤＦに入隊してからまだ数カ月しかたっていないが、両名ともあっぱれな軍功をあげた。フォート・ジェミラで勇敢に戦った。コーパスで勇敢に戦った。勇猛かつ献身的に戦って敵を打ち負かした」

　マーコとアディは、無言でこの称賛に耳を傾けていた。マーコはむなしい気分になっていた。勇猛？　マーコはびびりまくっていた。敵を打ち負かした？　マーコはいまもその敵の悪夢にうなされている。マーコは黙っていた。

「おまえたちはＳＴＣへ転籍となった」ベン‐アリは続けた。「そして一時間後、おまえたちはこの栄えある部隊に統合され、訓練を開始する。敵を攻撃するときは勇敢に戦ってくれるものと期待している。だが、まずは授けるものがある」目にかすかな笑みを浮かべながら、階級章を載せた手を差しだした。「誇りをもってつけろ、エメリー伍長並びにリンデン伍長」

　昇進式では、兵士は笑ったり歌ったりし、水を、あったらシャンパンをボトルからかけるものだとマーコは聞いていた。だが、マーコとアディは、このとき、喜びをまったく感じず、はしゃぐ気にならなかった。ふたりが無表情で立っていると、ベン-アリが——山形線二本の——階級章をふたりの腕につけた。これでふたりは伍長になった。もう新米の二等兵ではなくベテラン戦士だった。だがマーコは、自分がディアス伍長のような戦士だとは思えなかった。入隊初日の不安な若者だったときと気分は変わっていなかった。

全面戦争。全面衝突。

「妙な気分だよ」マーコは将校ラウンジを出たあと、アディにいった。ふたりは、何千人もの軍人が行き来している通路を歩いた。十代の二等兵もいれば白髪の大佐もいた。「徴兵されたばかりのとき、伍長どの——ディアス伍長どのとウェッブ伍長どのとセイント-ピエール伍長どの——を見て、ぼくは神さまみたいだと思った。ありえないほど強くて賢いと思ったもんだ。いまになって思うと、あの伍長どのたちもぼくたちと変わりなかったんだ。ただの若者だったんだ。軍に入ったばっかりで、一度か二度、戦闘を体験しただけだったんだ。自分があのときの伍長どのたちみたいに強いとはとても思えないよ」

「あいかわらずの〝詩人《ポエット》〟だな」アディはいった。「袖に布切れがついたからって、そこは変わらないってわけか」

だが、アディが間違っていることをマーコは知っていた。マーコは以前と違っていた。軍隊に入ったときとおなじではなくなっていた。あの人物にはもう戻れなかった。多くのものを見過ぎたし、多くのものを失いすぎていた。ふたりともそうだった。マーコがちらりと見ると、アディはあわててそっぽを向いた。アディも前夜の出来事について考えているのだとわかった。アディがさっと目をそらしたおかげで、あれはほんとうに起こったことなんだ、ただの夢じゃなかったんだ、とマーコは納得できた。

　マーコは、宇宙ステーション内を進みながら、ケミかレイラニがいないかときょろきょろ見まわしつづけた。そんなことはありえないと知りながら。ケミはいまごろ地球へ戻る途中のはずだし、レイラニはどこかのラボに監禁されているはずだとわかっていながら。いまならオシリスですら見かけたらうれしかっただろうが、あのアンドロイドは《ミヤリ》に戻って仕事を再開しているはずだった。元気な若者から難しい顔をした年配者まで、ここにはおびただしい数の軍人がいたが、目に入るのは知らない顔ばかりだった。

　アディとマーコは何度か道に迷ったが、ようやく宇宙ステーションの最下層にたどり着き、宇宙エレベーターの案内表示を見つけた。両側に透明な窓があってカーペットが敷かれている通路を進んだ。眼下に浮遊惑星の黒い地表が見えていた。軍事基地と街を示す光点が無数に認められた。マーコは、はるか下の地表まで続いているケーブルをかろうじて見分けられた。宇宙ステーションが、長さ数百キロの糸でつながれている風船であるかのようだった。

エレベーターのドアの脇に衛兵が立っていた。マーコとアディは、この日の朝、支給された電子パスを提示した。衛兵はチップをスキャンしてうなずいた。

「けっこうです。次のエレベーターは十二分後になります」

マーコは待ちながら、レイラニはまだこの宇宙ステーションにいるんだろうか、惑星の地表におろされたんだろうか、それともひょっとしてどこかへ永遠に連れていかれてしまったんだろうかと考えた。レイラニともう会えないかもしれないと考えると気分が沈んだ。

痛い思いをしてないかい、レイラニ？

マーコは、レイラニに怒りを、それどころか嫌悪を覚えるべきなのかもしれなかった。きのうの訊問官たちはそうした感情をあらわにしていた。レイラニは人を殺した。友人のエルヴィスを殺した。だがマーコは、あれがレイラニだったとは信じられなかった。レイラニの喉から出たのは別人の、低くて人間離れした声だった。

きみはやつらにとり憑かれてたんだ、敵にあやつられてたんだ、とマーコは考えた。あれはきみじゃなかった。ほんとのきみはあんなじゃない。ぼくは知ってる。いってやれ、レイラニ。ほんとのきみを見せてやれ。

ようやくエレベーターのドアが開いた。マーコは、地球のエレベーターのような簡素な金属の箱を予想していたが、実際にはぐるりと座席が設置してある透明な球体だった。球体の一方の端はケーブルに接続されていた――そしてそのケーブルは、直径が優に三メートルはあることにマーコはこのとき気がついた。ほかに数人の兵士たちがぞろぞろとなかに入って着席した。全員が黒の戦闘服を着てファイア7プラズマ小銃を携帯していた。マーコは一瞬、このような戦士と一緒になることに畏怖を、敬意を、さらにちょっぴり威圧感を覚えた。いまではマーコは彼らの仲間だし、たぶん端《はた》から見たら区別がつかないはずなのだから、妙な感覚だった。マーコはこんなふうになることを望んでいなかった。戦士になんかなりたくなかったし、宇宙でスカムと戦いたくなんかなかった。だからいまの自分をペテン師のように感じた。

　だけど、これがいまのぼくなんだ、とマーコは考えた。こうなっちゃったんだ。ぼくはスカムと戦った。何百人も死んだ戦いを生きのびた。ぼくはベン-アリ中尉どのとも、アディとも違う。戦いたいなんて一度も思っていなかった。なのにいま、前線で、総力戦の準備にとりかかろうとしてるんだ。

　エレベーターが下降を開始した。マーコは丸くふくらんでいる透明な壁を通して外を眺めた。何百隻ものスターシップが周囲に浮かんでいる。航宙母艦サイズの巨大宇宙船も見えるし、自動車くらいの小型戦闘機も飛びかっている。マーコは《ミヤリ》に気づくと、アディを肘でつついて指さした。ふたりは《ミヤリ》を見やった。ここからだと、損害がどれほど甚大《じんだい》だったかがよくわかった。船体はへこんだり亀裂ができたりしているし、一基のタービンエンジンは抜けかけの歯のようにぶらさがっていて、ソーラーパネルは無惨にちぎれ、まるでかさぶたのように残骸が船体に張りついている。この宇宙船がマーコたちをここまで運んできたなんて信じられなかった。いまにも分解しそうだった。マーコは、あらためて、自分たちがコーパスで九死に一生を得たことを実感した。

「もっと急げ！」アディがそういってエレベーターの床をどんと踏み鳴らした。「これじゃ一時間もかかっちまう」

「ふつうのエレベーターみたいなＢＧＭが流れてないだけましだと思えよ」マーコはいった。

　アディが目をきらりと輝かせた。「いいことを思いついたぞ！」といって〈イパネマの娘〉をハミングしはじめた。エレベーターに乗っている全員がうめき、やめないと撃つぞと脅してやっと、アディは鼻歌をやめた。

　エレベーターは降下を続けた。上の宇宙ステーションとスターシップがどんどん遠ざかり、下の黒い惑星がどんどん近づいていた。ナイトウォールは恒星の周囲をめぐっていない。温めてくれる太陽がないまま、宇宙空間をあてもなく突進している流浪《るろう》の星なのだ。だが、この星は闇に閉ざされているわけではない。眼下には無数の光が見えていた。道路と空港の線状の光もあるし、建物の明かりもある。再突入の炎はないし、振動もない。この星には大気がないか、あったとしてもごく薄いのだ。ＳＴＣはどうしてこんな殺風景な星を司令部に選んだんだろう、とマーコは思った。どうしてこの、光と熱とエネルギーの源から遠く離れていて、空気がなく、生命も存在しない岩の塊を選んだんだろう？　どうしてこの凍てついた不毛の星、想像できるかぎりでもっとも住みにくい星を選んだんだろう？　だけどたぶん、だからＳＴＣはこの星を選んだんだろうな、とマーコは考えた。近づきにくくて、荒涼としてて、苛酷きわまりない環境で、敵種族が見過ごしがち、場合によっては意図的に避けるような星だからなんだろうな。この星はただの司令部じゃない。巨大要塞でもあるんだ。

　エレベーターはロケットよりもずっと遅い。アディの懸念どおり、惑星の地表に着くのにたっぷり一時間かかった。黒い岩と塵《ちり》しか見えない陰鬱な風景だった。その風景を見て、マーコはコーパスを連想したが、街は何倍も大きいらしく、高層建築物と兵舎と格納庫は、すべて煌々《こうこう》と輝いていた。エレベーターはエアロックを抜けてチューブのなかをさらにくだりつづけ、とうとう地下で止まった。ドアが開いて兵士たちは外へ出た。

　そこは地下都市のなかだった。宇宙ステーションにそっくりで、曲がりくねった通路と出入口だらけで、何千人もの軍人たちが行き来していた。マーコとアディの新しいヘルメットのバイザーに組みこまれている拡張現実《AR》システムが、輝く矢印を表示して道案内してくれた——地球のちゃちな技術とは大違いだった。だが、そんなバーチャルマップがあっても、マーコとアディは何度か迷ってしまい、立ちどまって道をたずねなければならなかった。

　ようやくジムへの道がわかった。なかに入ると百人の、全員が黒い戦闘服姿の兵士たちが整列していた。ひとりの下士官が兵士たちの前に立っていた。マーコが見たことがあるなかでもっとも背が高い男だ。頭がスキンヘッドで肌が黒くて腕が筋肉隆々でがっしりした体つきの巨漢だ。男の袖の階級章は山形線三本と半円ふたつ。つまり、シンのようなふつうの軍曹のふたつ上の一等軍曹なのだ。この階級に昇進するまでに、この戦士はＨＤＦで十年も二十年も戦っているに違いなかった。

「ほう、重役出勤ってわけか！」下士官がマーコとアディのほうを見ていった。「おれの勘違いでなければ、マーコ・エメリー伍長とアディ・リンデン伍長がやっとお出ましになったんだな」

「申しわけありません、指揮官どの！」アディがいった。「コーパスでスカムを百万匹ばかり殺すのに手間どりました」

「アディ、黙れって！」マーコは小声でたしなめた。ここでの初日に訓練教官の軍曹に目をつけられたくなかった。

「たったの百万匹ぽっちか？」下士官は低く響く声でいった。「アバドン侵攻作戦を楽しみにしてるんだな。相手がスカム百万匹だけだったころを懐かしく思うはずだ。さっさと整列しろ」

マーコとアディは急いでほかの兵士たちの列に加わった。マーコはあたりを見まわして、二等兵がひとりもいないことに気づいた。全員が伍長か軍曹だった――歴戦の勇士だ。

「いいか、きさまら！」と大男の下士官がいった。「おれはボー・ジョーンズ一等軍曹だ。これからのひと月、おれはきさまらの最悪の悪夢になる。きさまらのなかには、そこのリンデン伍長とおなじで、自分をたいしたもんだと思いこんでるやつらがいるはずだ。きさまらは全員、スカムを百万匹殺しているからだ。きさまらは全員、戦闘で目覚ましい軍功をあげている。だから偉いさんはきさまらを地球で腐らせることなくＳＴＣに引き上げたんだ。だが、おれにいわせれば、宇宙《ここ》では、きさまらは特別でもなんでもない。きさまらは、自分は軍歴は短くても実戦経験は豊富だと思っているだろう。きさまらの経験なんかくそだ。宇宙《ここ》では、キンタマが縮みあがって赤い小便が出るほど恐ろしいことがざらにあるんだ。書類仕事専門の将校どのがおれを、アバドン侵攻作戦のためにきさまらを訓練する任務につけた。おれにいわせれば時間の無駄だ。きさまらは全員、スカムの餌だ。だが、ひょっとしたら、ひょっとしてひょっとしたら、きさまらのひとりが、まぐれでスカムの皇帝を殺すかもしれん。その可能性に賭けて、おれはきさまらを徹底的に鍛える。きさまらの人生で最悪のひと月へようこそ」

アバドン侵攻作戦。

マーコはちらりとアディを見た。アディが目を丸くしてマーコを見た。

スカムの母星への侵攻作戦。

マーコは気が遠くなりかけた。アディはおずおずとほほえんだ。

宇宙軍戦士としての日々がはじまった。

5

「ようこそ」とボー・ジョーンズ一等軍曹がいった。「新しい体へ」

百名の宇宙防衛軍管区《STC》訓練生が見つめた。格納庫に立っている百体の金属製の人型が見つめかえした。

アディがマーコの耳元に口を寄せて、「まったくだな」とささやいた。

最初、マーコはその百体をロボットと勘違いした。それらは丈が高くてごつくて黒い金属でできている。歯車とケーブルとボルトがむきだしになっていて、肩にロケットランチャーが載っている。ぬっと突きだしている頭部は黒くてうつろで、ガラスの目がのぞいている。よく見ると、中身がなかった。ロボットではなかった。スーツだった。ヤドカリが貝殻にもぐりこむようにして兵士がもぐりこむスーツだったのだ。

「そのとおりだ」とジョーンズ軍曹はスーツの前を行ったり来たりしながら続けた。「こいつらは、ＳＴＣがきさまらのような役立たずに無駄づかいすることを決めた、最新にして最高の軍事技術だ。練金《クリソペイア》社製で、商標登録ずみ、特許権保有のエグゾフレームW78bハードスーツをどうぞご覧あれ。スカムには外骨格《エグゾスケルトン》があるが、きさまらには外殻《エグゾフレーム》があるってわけだ」下士官はそびえたつ金属製スーツの一体を蹴った。「こいつらは鋼鉄と超硬質炭素素材《グラフェン》でできてるから、パンチや銃弾やスカムの鉤爪を受けてもへっちゃらだ。グレネードランチャー、空気濾過システム、重力調整ブーツ、環境制御システムを備えていて、ラジオはAMとFMを切り換えられる。新しい皮膚のなかに入れば、より高く跳べ、より速く走れ、より強いパンチを放て、もっとたくさんの、もっとずっとたくさんの敵を殺せるようになる。銀河系のこっち側でもっともタフな軍団になれるはずだ。このスーツを着れば、スカムを倒せるはずだ。だが、このなかできさまらが死んだら莫大な費用が無駄になるんだ。みんな、わかったか？」

「はい、指揮官どの！」兵士たちは大声で返事をした。

「カップホルダーはどこなんだ？」アディがうめくようにたずねた。

「なかに入れ！」とジョーンズ軍曹。「きょう、きさまらは本物の殺しの機械《キリング・マシン》になるんだ。文字どおりにな」

　何人かの兵士はエグゾフレームに駆けよった。マーコはもっと慎重に近づいた。マーコがエグゾフレームの腕に触れたときには、ほかの兵士たちはもうなかにもぐりこんでいた。

金属はひんやりとしていた。スーツは背が高かった。マーコよりも優に三十センチは高かった。マーコがガラスの目だと思ったものは、実際にはヘルメットに備えられているライトだった。胸部にはクリソペイア社の、みずからの尾を呑《の》んでいる蛇のマークが白で描かれていた。その横にはＳＴＣの——パイオニア探査機の金属板に刻まれていた男女の——マーク、さらに、人類防衛軍《HDF》のシンボルであるフェニックスも描かれている。

　マーコはスーツにもぐりこんだ。人型の棺桶に入るようだった。手足をしかるべき空洞におさめると、スーツのごついブーツをはいたことになるので、ふだんよりかなり背が高くなったように感じた。幼かったころに父親のコートと帽子を身につけたことを思いだした。そのときの写真はいまもうちに飾ってある。

「手を籠手《こて》に入れろ」とジョーンズ軍曹。「指を三回、曲げのばしするとスーツが密閉される」

　マーコが指示に従うと、突然、スーツに変化が生じた——あまりに唐突だったのでぎょっとした。金属の薄板がいっせいに動き、かちっと固定された。胸のプレートが冷蔵庫のドアのように閉まって胴を閉ざした。ヘルメットの内側からバイザーがすばやくおりてきた。マーコはスーツのなかに完全に閉じこめられた。スカムになったような気分だった——外骨格のなかのねばつくやわらかい怪物に。

「あたしがアイアンマンだ！」スーツのなかからアディが芝居がかった声でいった。そしてブラック・サバスの曲のリフを口ずさみはじめた（イギリスのヘビーメタル・バンド、ブラック・サバスの一九七〇年の曲〈アイアン・マン〉は、映画『アイアンマン』で使用された）。

「エグゾフレームは、内部センサーできさまらの動きを感知し、それに応じて動く」とジョーンズ軍曹。「前へ一歩踏みだせ」

どすんという音が響いて格納庫が揺れた。百名の兵士が同時に一歩踏みだしたのだ。スーツは重いが、ふつうに歩く以上の力は不要だった。

「もう一歩！」ジョーンズがどなった。

兵士たちはもう一歩踏みだした。スーツがシュッ、ガチャガチャと音をたて、またもどすんという振動が響いた。マーコは、フォート・ジェミラで装甲車を運転したときのことを思いだした。エグゾフレームを動かすのは、体にぴったりあっている装甲車を運転するのに似ていた。マーコはあたりを見まわし、ロボット軍団のなかにいるみたいだな、と思った。たぶん、実際そのとおりだった――エグゾフレームは、いうなればウェアラブルロボットなのだ。

ジョーンズ軍曹が自分のエグゾフレームに乗りこみ、プレートを閉じた。「ついてこい」マーコのヘルメットのスピーカーからジョーンズの声が聞こえた。「時間をかけて新しい皮膚に慣れろ」

兵士たちは教官の軍曹に続いて格納庫から通路へ出てエアロックに入った。背後で扉が閉まった。前方で扉が開いた。空気が勢いよく吹きだし、兵士たちの前に浮遊惑星の生命の気配のない地表が広がった。

「忘れるなよ！」とジョーンズ。「この惑星ナイトウォールの大気はごく薄い。地表でスーツを脱いだら約三十秒で死ぬ。スーツはパスワードを使って開くんだが、それをきさまらに教えるのは屋内に戻ってからだ。それまでは、ヘルメットを割らないようにしろ。さあ、おれに続いて前進しろ」

エグゾフレームを着用した百名の戦士がエアロックから岩がむきだしの黒い地表に進みでた。大気によるかすみがほとんどないので、頭上で星々がまばゆく輝いていたし、天の川銀河が渦状腕をのばしているのが見えた。星々のあいだで、人工衛星や宇宙ステーションや恒星船《スターシップ》が光っていた。

新しい皮膚をまとった兵士たちは、それから何時間も訓練を続けた。

ジョーンズに続いて走った——最初はゆっくりと、やがて時速百キロの全速で。ジャンプして高く舞いあがった。金属の指を岩に食いこませながら絶壁をのぼった。籠手で大岩を砕いた。前方宙返りをし、後方宙返りをし、這い、峡谷を跳び越えた。ジョーンズが兵士たちに七メートルの崖から飛び降りるように命じたこともあった。マーコはぞっとしてあとずさりかけた。入隊以来、一度、膝の皿を割っていた。もう一度あの激痛を味わいたくなかった。アディに突き飛ばされ、マーコは彼女を呪う言葉を叫びながら落下した。金属の膝で衝撃を受けとめた。足の下の地面にひびが生じたが、あざができただけで骨は割れなかった。

「STCにこの機械はわずかしかないんだぞ」とジョーンズ軍曹がいった。「自分がこの馬鹿高い機械にふさわしいことを証明しろ。エグゾフレームのほうがきさまらよりずっと貴重なんだ。スカムをわんさと殺せ。おれを鼻高々にさせろ。さもないと、このおれがきさまらの金属のケツを蹴飛ばしてやる」

敏捷性を上げる教練が数時間続いたあと、戦闘訓練がはじまった。

兵士たちは彼方の大岩を撃って粉砕した。遠くの山に擲弾《てきだん》を放った。仲間同士で格闘をし、金属と金属がぶつかる音を響かせた。マーコはアディと組みあった。アディは凶暴だった。金属のこぶしをくりだし、装甲された肩でぶつかってきた。ヘルメットのなかでにやにやしながら体当たりをくりかえした。スーツはマーコを、防弾チョッキが銃弾から守ってくれるようにパンチから守ってくれた。つまり、命は落とさずにすんだが、激痛を味わったのだ。

「アディ、くそっ！」アディに投げ飛ばされ、のしかかられて、マーコはいった。「きみは一トンもあるんだぞ――ほんとのほんとに！」

「おっと、スカムがしゃべったぞ！」アディはマーコの頭を地面に叩きつけた。「死ね、スカムめ！」

マーコの頭に痛みが響いた。「いい加減にしろ、アディ」そういってアディを蹴りのけた。アディは一メートルほど飛んでからがしゃんと地面に落下した。岩が砕けた。

エアロックに戻ったときには、マーコは疲れきり、あざだらけ、汗まみれになっていた。スーツは重くはなかった。服を着ているのとおなじ感覚だった。疲労困憊《ひろうこんぱい》しているのは、跳んだり走ったり転がったり落ちたり格闘したりをえんえんと続けたせいだった。

その夜、ジョーンズ軍曹が兵士たちに新しい寝棚を披露した。すくなくとも、基礎訓練のときよりはましだった。砂漠のなかのテントではなく、本物の壁がある本物の部屋だった。それに分隊でひと部屋ではなく、ひと部屋に寝棚が三台しかなかった。刑務所の監房と考えたら殺風景だし詰めこみすぎだろうな、とマーコは考えた。だが、フォート・ジェミラのあとでは、この狭くて詰めこみすぎの部屋でも贅沢に感じた。さらにマーコは、アディに脚をつかまれてひっぱられてもめげずに上段の寝棚を確保した。ほか四人の同室の兵士たちはほとんど英語を話せなかった。ひとりは中国人、ふたりはアフリカ人、四人めはスリランカ人だった。基本的におなじ地域の出身者ごとに大隊が分かれている地球防衛軍管区《ETC》と違って、STCは完全にごた混ぜだった。ジョーンズ軍曹がアメリカ人で英語を話しているのだから、この部隊の兵士のほとんどは、ヘルメットに備えられている翻訳機能の恩恵に浴しているのだろう、とマーコは確信した。

「朝の点検は午前五時だ！」兵士たちが制服から着替えていると、ジョーンズが戸口にあらわれて告げた。「つまり六時間は寝られる。しっかり寝るんだな」教官の軍曹は通路を歩いていき、隣の部屋でおなじことをいっている声が聞こえた。

六時間。故郷にいたとき、マーコはもっと長く寝ていたが、基礎訓練中の二、三時間と比べたら贅沢というものだった。宇宙の戦士マーコ・エメリー伍長は、打ちのめされ、あざだらけになりながら、六時間、ぐっすりと眠った。

一週間が飛ぶように過ぎた。一日十八時間、週六日の訓練が続いた。

兵士たちは、巣に見立てたトンネル網のなかを這い、スカムに見立てた鋭利な鋼鉄製ロボットと戦った。真っ暗な迷宮に四日間閉じこめられて敵ロボットを探したこともあった。どの基地や街からも遠く離れた完璧な闇のなか、浮遊惑星の黒い平原を何日も走って、銃を撃ち、ホログラムの敵の大軍団を相手に演習をした。山にのぼった——エベレストより三倍も高い山に。マリアナ海溝よりも深い峡谷に飛び降りた。エグゾフレームを着用した兵士たちは、まさに金属の心と鋼鉄のこぶしを持つロボットだった。

丸一週間、宇宙で過ごしたこともあった。真っ暗なスターシップの船内で、小惑星をねらって大砲を撃ったり、曲がりくねった通路でたがいに格闘したりする訓練だった。着陸艇から何度も暗い惑星に飛び降りては、石の雨が降るなか、硬い地面に激突した。また別の日には、着陸艇を使わずにスターシップから、この惑星の薄い大気をほとんどとらえられず、落下速度がほとんど落ちない巨大なパラシュートを使った降下をくりかえした。宇宙空間から惑星へ飛び降りるのは、宇宙一怖い体験だな、とマーコは思った。そして何度も夢に見た。

マーコが地球で受けた訓練とはレベルが違った。ここで受けているのは、市街を守ったり、通りに着陸したポッドからあらわれたわずかな数のスカムと戦ったり、数百万人からなる機械の歯車になるための訓練ではなかった。違う。宇宙《ここ》でマーコたちが受けているのは侵攻作戦のための訓練だった。本物の戦争のための訓練だった。装備は最先端だし、ベッドや食事はよりよかったし、武器の威力は地球の武器と比べものにならないほど強力だったが、この訓練は新兵訓練よりもずっと疲れた。日ごとに疲れがたまった。自分と自分がまとっている金属の皮膚との区別がつかなくなることもしばしばあった。

友人たちが恋しかった。エルヴィスとのジョークの飛ばしあいが恋しかった。そばにレイラニがいてほしかった。地球のなにもかもが懐かしかった。宇宙《ここ》では、みんなめったにほほえまない。ここにあるのは石と闇と炎と金属だ。マーコは毎日、すくなくともアディが一緒にいてくれることに感謝した。マーコはここで頭がおかしくなりかけていたが、心のうちでまだ一片の正気が燃えつづけているのは、たぶんアディのおかげだった。

うちが恋しかった。毎日恋しかった。走ったり、ジャンプしたり、戦ったりしながら、マーコは父親を、図書館を、故郷の街を思いだした。もう一度見られるだろうかと考えた。バンクーバーは失われた。人類はスカムへの大規模攻撃を計画している。全面戦争が勃発したら、うちに帰れる可能性はどれだけあるんだろう？　そもそもぼくはアバドン侵攻作戦を生き残れるんだろうか？　作戦後も地球は無事なんだろうか？　それとも第二次〈激変〉で破壊されて、ぼくの故郷の惑星のまだ無事な部分まで破壊されてしまうんだろうか？

訓練の日々が過ぎるうちに、マーコはあることに気がついた。

空の光点が、毎日、どんどん増えているのだ。

マーコがはじめてナイトウォールに来たとき、惑星の軌道を何百隻ものさまざまな宇宙船がめぐっていた。巨大な巡洋艦も、高速の小型宇宙戦闘機も、不格好な輸送艦も見た。

宇宙船はいっぺんに数隻しか見たことがなかったから、数百隻を見たときはめまいがした。

だがいま、宇宙船は日々、増えつづけていた。

この前、ジョーンズ軍曹に連れられて降下訓練のために宇宙へのぼったとき、マーコは何千隻もの宇宙船がナイトウォールの軌道をめぐったり、宇宙ステーションにドッキングしたりしているのを見た。何百機もの宇宙戦闘機を搭載している航宙母艦も見かけた。なかに人がもぐりこめそうなほど大口径の大砲が船体にずらりと並んでいる軍艦もいた。摩天楼サイズの輸送艦もいた。それら大型艦のあいだを無数の――シャトルや宇宙戦闘機や偵察機や爆撃機などの――小型艦が飛びかっていた。

アバドン攻撃が近づいてるんだ、とマーコは気づいた。人類はそのために総力を結集してるんだ。持てる戦力をいっきに投入する気なんだ。

マーコは歴史の本で読んだ過去の大侵攻作戦を思いだした。ノルマンディー上陸作戦。バルバロッサ作戦。ナポレオンの大失敗に終わったロシア遠征。ここで準備が進められている作戦と比べたら、どれもちっぽけに思えた。

ぼくたちは、コーパスで攻撃されたからスカムの巣を壊滅させたんだ、とマーコはその夜、ほかの同室者たちが寝ているなか、寝棚で横になりながら考えた。ぼくたちが巣を壊滅させたから、やつらはバンクーバーを壊滅させた。やつらがバンクーバーを壊滅させたから、こんどは人類が総攻撃をしようとしてるってわけだ。マーコはため息をついた。どうやらぼくは、最高のタイミングで軍隊に入ったみたいだな。

6

ケミは格納庫でL16ファイアーバードの飛行隊を見つめていた。

ケミが立っているのは、ニューヨーク市のフリーダムタワー並みに巨大な航宙母艦、《HDFSセーガン》の艦内だった。《セーガン》は人類最強の軍艦の一隻だ。大きな戦闘を戦い、巣をいくつも壊滅させている伝説の宇宙船だ。数千名の兵士が搭乗し、船体には、四個飛行隊の宇宙戦闘機を発進させられる格納庫が五十基並んでいる。いまは浮遊惑星ナイトウォールの軌道をめぐっている《セーガン》の接近を探知したら、どんな星でも用心したほうがいい。《セーガン》は、一隻で文明を全滅させられるだけの火力を有する飛行部隊だからだ。

だが、格納庫に立っているケミは、《セーガン》よりも搭載されている小型機のほうに感銘を受けていた。ケミの前で十五機のL16ファイアーバード宇宙戦闘機が戦闘準備をととのえていた。

もちろん、ケミはファイアーバードを見たことがあった。トロント上空を巡回飛行しているファイアーバードを。兄が操縦しているファイアーバードに乗せてもらったことまであった。だが、いつ見てもケミは心奪われた。

ケミは宇宙戦闘機の一機に近づいてためらい、手を上げて機体に触れた。

「練金《クリソペイア》社製L16ファイティングファイアーバード」とケミはいった。「全長十七メートル、二発の原子力エンジンを搭載。翼幅《よくふく》十二メートルの格納式の翼を装備し、大気圏内飛行も可能。機動性の高い超音速多用途戦術戦闘機にして、宇宙戦にも強いし爆撃機としても使用可能。バブルコックピットには非の打ちどころのないディスプレイと、コンピュータ化された最新の航宙システムおよび戦闘システムを装備。兵装は20ミリ弾を発射可能なG17機関砲、近接戦闘用の赤外線誘導式ダークミサイル六発、長距離用ナイトホークミサイル十二発、爆弾倉には下にいる者たちに地獄をもたらす爆弾を満載」機体をぽんと叩いた。「最高のマシンだわ」

「ファイアーバードにくわしいんだな、アバシ少尉」ヴェリッシュ少佐がケミの横に来てほほえみかけた。

「子供のころから知っていましたから」とケミ。「兄はファイアーバードのポスターとおもちゃをたくさん持っていました——そして最終的に、本物のファイアーバードに乗ったんです」

「きみもう、シミュレーターで百時間以上乗ってるじゃないか」とヴェリッシュ。「本物に乗る準備はできているかね？」

ケミは唇を嚙んだ。不安だった。シミュレーターは信じられないほどリアルで、実際の飛行とほとんど区別がつかないのだが、気の持ちようがぜんぜん違っていた。

「シミュレーターで二度、墜落しました」とケミ。

「初日だけじゃないか」とヴェリッシュ。「操縦士のほとんどは、ひと月たっても墜落するんだ」コックピットへのはしご《ラダー》をのぼりはじめた。「これは複座機だ。わたしは後部席に乗る」

ほとんどのファイアーバードは単座機だが、その機のコックピットの後部には座席がもうひとつあった。これは訓練に使われることが多い複座のL16Bなのだ。実戦でケミが乗るのは単座のL16Aのはずだったが、いまこの機に乗っておくのも悪くなかった。ケミがごくりとつばを呑《の》んでからヴェリッシュ少佐に続いてラダーをのぼり、前部席についた。ヘルメットをかぶってコックピットを閉めた。

目の前には操縦装置がずらりと並んでいた――ボタン、スイッチ、操縦桿、タッチパッド。ケミは深呼吸をした。

リディア・リトヴァクになったつもりになるのよ、とケミは自分に語りかけた。シミュレーターで飛行するときも、それがルーティーンになっていた。一九二一年生まれのリディア・リトヴァクは、はじめて敵機を撃墜した女性戦闘機操縦士だ。ユダヤ系だったリディアは、第二次世界大戦中、ソ連空軍の一員としてナチと戦った。六十六回、戦闘任務に出撃してナチの戦闘機を撃墜し、〝エース〟という栄誉ある称号で呼ばれた。それ以来、多くの女性が操縦士になった。いまでは、人類防衛軍艦隊《HDF》の操縦士の半数は女性だ。だが、それはすべて、敬愛するリディアのおかげだった。格納庫の扉が開きはじめたとき、ケミはリディアのことを思いだそうと努めた。

格納庫から空気が抜けると、ケミはスロットルを押しこんだが――速すぎた。ファイアーバードは急発進し、恐ろしい速度で《セーガン》の格納庫から飛びだした。ケミの周囲に宇宙が広がった。下に浮遊惑星、上に宇宙ステーションが見えた。あたりにはほかの宇宙船が無数に見えた。それとも、惑星が上で宇宙ステーションが下なのかしら？　速すぎた。あまりに速すぎた。そしてこれは、シミュレーターとはまったく違った。このままだと墜落する。

息をして。息をするのよ！　このままだと――

ケミは深呼吸をし、操縦桿をひいて機首を起こし、機体を右に傾けた。無数の浮遊ブイによって照らしだされている航宙ルートを見つけ、それにそって飛んだ。実際にはまだゆっくりという速度だったが、ファイアーバードにとってのゆっくりというのは時速数百キロだったので、光が左右を流れていた。

「いいぞ、少尉」と後部席のヴェリッシュ少佐が声をかけた。「このまま進んで、このルートを抜けたら五百キロ上昇しろ」

ケミはうなずいて速度を維持した。周囲にはほかにも何本ものルートがのびていて、光のリボンを形成していた。それらにそって多くの戦闘機が飛んでいた。外の軌道に目を向けると、何千基もの人工衛星が見えた。ここには決まりがあった。宇宙ステーション専用の軌道も、航宙母艦と巡洋艦専用の軌道も、人工衛星専用の軌道もあった。種別ごとに惑星からの距離が決まっているのだ。それでも、まるでラッシュアワーやパレードの最中の騒がしいマンハッタンの道路を走っているかのようで、目がまわりそうだった。やがて航宙ルートの端に到達すると、宙に浮いている矢印が上を向いていた——この軌道からの出口だ。ケミがぐいと操縦桿をひくと、ファイアーバードは機尾を浮遊惑星に向けて垂直上昇した。そのまま五百キロ上昇した。

「すばらしい！」とヴェリッシュ少佐。「では、徐々に加速しろ。マッハ十まで。まっすぐ上昇しつづけろ」

　ケミは加速しつづけた。ファイアーバードはぐんぐん加速し、ついに目がくらむほどの秒速三キロに達した。戦闘機は、宇宙ステーションや巨大な航宙母艦を眼下に置き去りにして、どんどん惑星から離れた。

「人工衛星に気をつけろよ」とヴェリッシュ。

「はい、見えています」

　ファイアーバードは飛びつづけた。マッハ十――つまり音速の十倍の速度――でも、人工衛星群のあいだを抜けるのにしばらくかかった。

　あなたはこんなに速く飛んだことはないでしょうね、リディア、とケミは心のなかで呼びかけた。

「よし、このあたりなら広々としているな」ヴェリッシュがいった。ブーツを脱いでいるとしても驚きではないほどリラックスした声だった。「じゃあ、きみがほんとうに飛べるかどうかをたしかめるとしよう。何人かの部下にドローンを飛ばすように命じておいたんだ。それらのドローンを吹き飛ばしてみてくれ」

　下方からいきなり、光と金属からなる球体の群れが、ブレードを回転させながら、流れるように高速で上昇してきた。

　ケミは顔をしかめた。「少佐どの？　つまり、本物の武器を使って――」

「ドローンに機体を切り裂かれたくないならな」とヴェリッシュ。

まったくもう！　とケミは内心であきれた。

ドローン群が接近してきた。大きさはオートバイ程度——目標としては小さい。側面のブレードを高速回転させ、光を放っている。見れば見るほど厄介そうだ。

ケミは上昇し、機体を傾け、回転させた。ドローン群が追ってきた。ドローンは五機だった。まったく！　ケミは加速したが、ドローンのほうが速かった。一機から光が放たれ、なにかが機尾にあたったかのようにファイアーバードが激しく揺れた。

「ドローンを始末したほうがいいぞ」とヴェリッシュ。

ケミは唇を噛んで操縦桿を押しこみ、惑星に急降下した。ドローン群は追ってきてファイアーバードにまばゆい光を照射した。ケミは急降下を続けた。さらに光が放たれてファイアーバードを照らすと、またも機体が振動した。環状に並んでいる人工衛星群がぐんぐん迫ってきた。頭上には鈍重そうな軍艦群が浮かんでいた。

自分はリディアだって思いこむのよ。

ケミは操縦桿を起こし、機体を回転させたが、あまりの速さに気が遠くなりかけた。トリガーをひくと弾の線がのびた。

ケミは搭載されている機関砲の発砲の振動を感じ、射出音を聞いた。ドローンの一機がこなごなになり、金属の破片が飛び散った。

残り四機のドローンが降下してきた。ケミはドローン群に向かって急上昇し、ミサイルを発射した。

金属が宇宙空間で爆発した。さらに一機がこなごなになり、またも破片が飛散した。ケミは急旋回して飛び散った破片をよけたが、残り三機のドローンから撃たれた。ドローンは背後で旋回して急上昇し、ファイアーバードをねらって射撃した。ファイアーバードが揺れた。一瞬、コントロールがきかなくなって機体が傾いたが、すぐに操縦桿をしっかりと握りなおし、大きくまわして弾をまき散らした。

さらに二機のドローンがこなごなになった。

残り一機の、最初いた五機のうち最大のドローンがファイアーバードに突進してきた。ブレードが回転した。ケミは目を細めて赤外線誘導ミサイルを発射し、急上昇して離れた。そしてすぐさま宙返りをすると、ミサイルがドローンに命中し、爆発の閃光がコックピットを照らした。

ケミは震える息を吐きながら、惑星が上になった逆さまのまましばらく飛んでいた。

「少佐どの！」ケミはようやくいった。「あのミサイルは一発で父の高級車アキュラよりも高いんです。それを二発も撃ったんですよ」

「軍には操縦士よりも金があるんだ」ヴェリッシュがうしろからいった。声だけでにやにやしているのがわかった。「よくやった」

ケミはごくりとつばを呑んだ。「少佐どの、あのドローンは、実際に当機に損害を与えられたんですか？　当機を破壊できたんですか？」

「甚大《じんだい》な被害を与えることはできた」と少佐。「操縦士の選択を誤らないでよかったよ。さあ、戻ろう、少尉。《セーガン》に帰投しよう」

ケミはゆっくりとなめらかにファイアーバードを帰路につかせ、動悸がおさまらないいまま格納庫に着艦した。格納庫の扉が閉まると、再加圧がすむのを待ってからファイアーバードから降りた。

「脚はどうだ？」ヴェリッシュがたずねた。

「震えています、少佐どの」ケミは白状した。「ありがとうございました。一緒に飛んでいただいて」ためらってから付け加えた。「ひと月前は地球へ帰りたいとしか思っていませんでした。恐怖から逃げだしたいとしか。でも……」深々と息を吸った。「こっちのほうがよかったようです。敵と立ち向かうほうが。臭いものに蓋をするのではなくて元から絶つほうが。あと二週間ですよね？　二週間後には……ああ、いえないんですね、わかってます。でも、二週間後には、わたしはやつらを殺す準備がととのいます。皆殺しにする準備が」

だがその夜、ベッドで眠りについたケミに、悪夢が大逆襲をかけた。ケミは、鉱山のなかでまた石板に寝かされてねばつくつるで縛りつけられ、ムカデたちにのぞきこまれていた。ムカデたちはケミを切り刻み、つなぎあわせて、多くの脚を持つ大ムカデにした。ケミとマーコとレイラニが一匹の、悲鳴のような声をあげている生き物にされていた。ケミは宇宙戦闘機を飛ばして敵を殺そうとしたが、体はコックピットにおさまらなかったし、半透明の卵を生みつづけていた。そしてケミは落ちた。落ちつづけて巣のなかに墜落した。いったんは真っ暗になったが、ふと気づくとケミは節足動物の巨大な女王になっていた。目が覚めたとき、ケミは汗だくだった。シーツまでぐっしょり濡れていたし、息づかいが荒かった。

上体を起こして窓の外の星空を眺めた。

やつらはあそこにいるんだわ、と考えた。スカムが。数えきれないほどのスカムが。

喉につかえている塊をごくりと呑みこんだ。

「殺してやる」とささやいた。「皆殺しにしてやる。皆殺しにしてやる」涙を流しながら、その言葉を呪文のようにくりかえした。「皆殺しにしてやる」

エイナフ・ベン-アリは宇宙服を着て、浮遊惑星ナイトウォールの黒く冷たい地表に立っていた。墓を見おろしていた。両のこぶしを握りながら、自分が泣きそうになっていることにうんざりしていた。いまだに腹をたてていることにうんざりしていた。いまだに傷ついていることに。

「地球に葬られることさえ拒むなんて」とベン-アリはひとりごちた。「わたしに墓参りさせるつもりもなかったのね」

墓石に刻まれている墓碑銘を見つめた――〝ヨーラム・ベン-アリ大佐。軍人。夫。父親〟。

「軍人が最初なのね」苦笑いした。「それで父親が最後。だけど、だとしてもほんと？ ほんとに夫だったの？ 父親だったの？ いつも軍人だったんじゃないの？」

まったくもう。いまや涙が頬を濡らし、ヘルメットがくもっていた。

そうだったのよね、とベン-アリは内心で答えた。父親はつねに軍人であって、それ以外ではなかった。父親は、そのまた父親と同様に、軍人以外の何者でもなかった――ベン-アリ家は戦士の一族であって、五十年前にスカムに祖国を滅ぼされて以来、根をおろしたことが一度もなかった。そしてそれ以前も、ベン-アリ一族は人類同士の戦争に命を捧げていた。ベン-アリは一度、父親に楯突いて、「パパはわたしよりも軍を愛してるんだわ！」とどなったことがあった。ベン-アリは、父親が見つめ返す顔を、その言葉を否定しなかったことを覚えていた。

ベン-アリは墓から目をそらした。ここへ来るべきではなかった。娘に墓参りをしてほしかったら、父親は墓を地球につくったはずだ。父親はナイトウォールで死んだわけですらなかった。遠隔地での戦闘中に宇宙空間で死亡した父親は、ここに葬られることを希望していたのだ。花と木々に囲まれた墓地にではなく。芝生があって鳥が鳴いている美しい墓地にではなく。そうではなくここに。宇宙に。軍事基地に。軍人しか墓参りできない場所に。

「わたしのような軍人しか」ベン-アリは声に出した。「わたしが知っているのは軍隊だけ。それだけしか教えてもらえなかった」

ベン-アリは子供のころのことを思いだした。母親を亡くしたのは、ベン-アリがまだ幼児のころだった——母親はスカムに殺されたわけではなかった。戦争の犠牲になったわけではなかった。蜂に刺されて死んだのだ。いまいましい蜂に刺されたせいで。母親にはアレルギーがあって、蜂にひと刺しされただけで命を落としたのだが、父親はそれが許せなかった。どうして許せる？　なにしろ、父親の一族は何世代にもわたっておおいなる戦いで命を落としてきたのだ——スカムとの戦い、テロリストとの戦い、ナチとの戦い、ロシア皇帝との戦いで。なのに、妻は——庭で蜂と戦って死んだのだ！

妻を亡くし、娘を育てるために軍を去る軍人もいるかもしれないが、ヨーラム・ベン－アリはその逆のことをした。それまで以上に軍務に没頭し、大尉から少佐へ、ついにはごく少数の軍人しか到達できない大佐へとたちまち昇進した。幼いエイナフを連れて基地から基地へと移動し、部下たちに養育をまかせきりにした。エイナフは子供時代のほとんどを鬼教官の軍曹たちと過ごした。空薬莢《からやっきょう》をおもちゃにし、砲弾を飾りつけ、戦車の大砲にまたがった。幼いエイナフはふつうの子供時代を渇望した。アパートメントのうちを。庭かバルコニーを。学校を。数カ月ごとに引っ越ししないですむことを。

そして父親はしばしば娘を置き去りにした。

一度に何カ月も。

どんな任務であっても、一度も娘を宇宙に連れていかなかった。父親は驚異の星々を訪れた。はるか彼方の海の惑星に住む知的な水生種族、グラミーとの和平交渉のために。何百光年も離れた星で樹上生活をしている種族、シルヴァンと技術貿易をするために。父親はそうした驚異の冒険に出かけて、はてしなく広がる結晶の星や、高さ数キロの木々が生い茂っている星や、海中にサンゴの森が広がっている星を見た。だがエイナフは、次々と変わるベビーシッターとともにとどまった。そして一カ月後、写真を見せられ、ちょっとしたおみやげをもらい、地球の埃《ほこり》っぽい片隅にある別の軍事基地へと移動するのだった。

　当然のことながら、若かったころ、エイナフは抜けだして兵士たちと酒を飲み、彼らの寝棚で寝た。父親のもとから逃げだしたことも何度かあったが、そのたびに父親の部下の軍曹に見つかって連れ戻され、こっぴどく叱られた。

　そのとおり。エイナフは反抗した。だが、十八歳になると軍に入隊した。士官候補生学校に入学した。エイナフは由緒ある軍人一族であるベン‐アリ家最後のひとりだ——徴兵されるわけにはいかない。とんでもない。蜂に刺されて死ぬよりひどい、父親が絶対に許してくれない恥辱になってしまう。だから義務をはたしたのだ。父親に対する義務を。先祖に対する義務を。はるか昔の戦争の勲章が、代々の一族が血の代償として得た勲章が収納されている古い展示ケースに対する義務を。ベン‐アリは将校に任命されて職業軍人となった。戦争しか知らない、軍隊しか知らない少女は——やはり軍隊に人生を捧げようと決意したのだ。将校になったベン‐アリは、引退するまでＨＤＦにとどまるだろう。ほかの職業につくことも、ほかの人生を送ることもないだろう。そしていつか、きっと軍人と結婚して未来の軍人を生むのだろう。

　最後の考えはベン‐アリをぞっとさせた。

「わたしはパパのようにはなれない」ベン‐アリは墓に向かっていった。「パパみたいな親にはなれない。わたしの子供がわたしみたいな子供時代を過ごすことになるなんて耐えられない」

苦い涙が唇を濡らした。ベン‐アリの父親は、部下から崇拝されていた。いまも軍学校で学習の対象になっている。異星種族にも、偉大なる大使、地球の技術と友情を贈ってくれた人物として知られている。エイナフ・ベン‐アリはその人物を心の底から恋しがっていた。心の底から憎んでいた。心の底から愛していた。あまりに若くして死んだその人物を。ひょっとしたら、いつか、異星文明との和平交渉に成功したように、娘との和平に成功したかもしれない人物を。いまは、太陽を持たない彼方の星のこの闇のなかで永遠に眠っている人物を。

ベン‐アリは向きを変えた。墓地をあとにした。この惑星上に点在している軍事基地のひとつに戻った。

ベン‐アリは涙を拭くとその基地の食堂へ行き、自動販売機を見つけた。コークと袋入りポテトチップスと、〈激変〉前につくられたとおぼしい謎の肉のサンドイッチを買った。コークは本物のガラス瓶だった。ベン‐アリは気にいった。

煉瓦《れんが》壁に面していて、何回か前のユーロのチェルシー対バルセロナの再放送が流れている小型テレビが見られるテーブルにすわった。サントスがゴールを決めた。ベン‐アリがポテトチップスの袋をあけたとき、影がさしたので顔を上げると、ジョーンズ一等軍曹がテーブルのそばに立っていた。

「一緒に観てかまいませんか、中尉どの？」と巨漢下士官がいった。箱に入ったフライドポテトを持っていた。

　ベン-アリは隣の椅子にすわるように身ぶりでうながした。「かまわないが、そのフライドポテトを分けてくれ。袋のふくらみかたからして、このポテトチップスにはスカムの赤ん坊が混入している可能性がありそうだからな」

　下士官はフライドポテトを差しだした。「どうぞ、中尉どの。宇宙はいかがですか？」

　テレビの画面で、アルバレスが放ったシュートがゴールバーにはばまれた。

　ベン-アリは弱々しくほほえんだ。「わたしが中尉だからといって宇宙に不慣れとはかぎらないんだぞ」

　ジョーンズもほほえんだ。「悪気はなかったんです、中尉どの」ベン-アリの肩の階級章をちらりと見た——下級将校のしるしを。「ただ……宇宙防衛軍管区《STC》は、二等兵だろうが将軍だろうが、加入したばかりのときは大変なところなんですよ。ここは寒いですから。暗いですから。腐れスカムにくそ近いですから」

「近頃じゃ、どこもスカムに近いさ、軍曹」とベン-アリ。「地球にいてもスカムは襲ってくるんだ」ため息をついた。「質問に答えるなら、ああ、ここは寒い。ここは暗い。それに地球が恋しい。だがここは前線だ。戦場におもむくための集結地点だ。戦う準備をするための場所だ」

ジョーンズはうなずいた。「地球は戦ってでも守るに値しますよ。わたしにはひと月前に生まれた息子がいるんです。まだ会ったことがない息子が」悲しげに首を振った。「でも、わたしはそのために戦ってるんです。妻と息子を守るために。この戦争を終わらせて故郷に帰り、ようやく家族になれる可能性に賭けてるんです」

ジョーンズは笑っている赤ん坊の写真をベン‐アリに見せた。ベン‐アリはその写真をじっくりと眺めた。

「かわいい子だな」おだやかな声でいった。

「中尉どのはどちらのご出身なんですか？」とジョーンズ。「答えたくなければ答えなくてけっこうですが。詮索するつもりはないんです」

ベン‐アリは食堂の窓のほうを向いて星々を眺めた。「どこの出身でもないんだ」とベン‐アリ。「ここ以外に所属する場所はないんだよ。ＨＤＦしか。戦争しか。ときどき、もしもこの戦争が終わったら、わたしにはどこにも行き場がないんじゃないかって思うことがあるんだ……」

ベン‐アリは黙りこんだ。どうしてわたしはこの男にこんなことを話してるんだ？　この男のことはほとんど知らないのに。ジョーンズがベン‐アリの新しい小隊に配属されることになっているのは知っていた。小隊付軍曹になることは。ドラゴン小隊の軍曹だったシンがそうだったように、自分の副官に、信頼すべきもっとも近しい味方になるこの男とともに戦うことになっているのは知っていた。ベン‐アリはジョーンズと力をあわせて戦うのだ。だが、この戦士のことはまだほとんど知らなかった。なのに、なんだってこの男に秘密を打ち明けてるの？

　このいまいましい場所のせいだ、とベン‐アリは思った。この孤独のせいだ。この冷たい闇のせいだ。外にある父親の墓のせいだ。ベン‐アリは、地球でもほとんど友人をつくらなかった。中尉は友人をつくりにくい。周囲の軍人のほとんどは階級が下か上かだからだ。軍曹を含め、部下たちとは、軍人として一定の距離をとらなければならないからだ。下級将校の呪いだ。宇宙で友人をつくるのはますます困難だ。何十万人もの軍人がいるナイトウォールで、ベン‐アリは、かつてなかったほど孤独だった。たぶん、ジョーンズを、友人に似たなにかと勘違いしたのだろう。

　これもパパのせいよ、とベン‐アリは思った。子供のころ友達がいなかったせいなんだわ。ひとりぼっちだったせいなんだわ。

ジョーンズ軍曹は気まずい沈黙に気づいたようだった。ポケットからトランプをとりだした。

「中尉は下士官とトランプをするものなんですか？」ほほえみながらたずねた。「それともそれは、執事が王女さまに石蹴りをしようと誘うようなものなんですか？」

「わたしは王女さまじゃない」とベン‐アリ。「ジンラミーはどうだ？」

ジョーンズはうなずいた。「わたしが親になります」

ジョーンズが親になり、ベン‐アリがカードを切った。ふたりはジンラミーをはじめた。もう一ゲームやった。そしてベン‐アリの怒りがゆっくりとおさまってほほえみを浮かべはじめ、それどころか笑い声をあげはじめた。数週間後には激しい戦闘がくりひろげられることをベン‐アリは知っていた。ベン‐アリたちは戦場へと、死地へと、宇宙的惨禍の地へと飛びたつ。だがいま、しばしのあいだ、宇宙の冷たさはほんのすこしやわらいでいた。

7

ナイトウォールにやってきてひと月後、マーコとアディは訓練を修了した——そしてその直後、汗にまみれて息を切らし、まだ脚がふらついているうちに、宇宙ステーション・ワンに出頭するよう命じられた。

「宇宙ステーション・ワン？」アディが額の汗をぬぐいながらいった。「あたしたちが？」

マーコはアディと並んで歩いていた。ふたりは浮遊惑星の地下に広がっている巨大なトンネル網の一本を急ぎ足で進んでいた。ふたりとも、襟の折りかえしに真新しいピンバッジ——宇宙防衛軍管区《STC》のマークをつけていた。ふたりとも、訓練中に着ていた戦闘服ではなく、新品のＳＴＣの正式な軍服を着ていた。ズボンもブレザーもネイビーブルーだ。ボタンはぴかぴかの真鍮《しんちゅう》製で、軍帽をかぶっている。マーコは、こんなりっぱな服を着るのははじめてだった。結婚式へ行くような気分だった……それとも葬式へ。

「宇宙ステーション・ワンってどんなところだろう？」とマーコはたずねた。

アディはあきれたというように片眉を吊りあげた。「そうだな、銀河系でいちばん重要な宇宙ステーションさ、ポエット。そこで将軍たちが仕事をしてるんだ。ペンタゴンの宇宙版、グレイスカル城（一九八〇年代にアメリカで人気を博したマテル社のアクションフィギュア・シリーズ『マスターズ・オブ・ザ・ユニバース』に登場する）の軍隊版だ。ダイノボットたちが下に埋まってる、山のなかのオートボット本部だ。いったいなんだって、あたしたちなんかが呼びだされたんだ？　それに、なんだってまずビールを一杯やる時間もくれないんだ？」

マーコには見当もつかなかった。ふたりは、きょう、訓練を修了して正式にＳＴＣ所属の戦士になったばかりだった。せめて今夜くらいはのんびり過ごしたかった。ビールを何杯か飲んだり、ラウンジで映画を観たり、おいしい食事を楽しんで、たっぷり寝たかった。地球での基礎訓練という、どうということのない課題をこなした日の夜ですら、パーティーをしたのだ。だが、ついさっき、ふたりは至急出頭せよとの命令を受けた。

マーコ・エメリー伍長。アディ・リンデン伍長。宇宙ステーション・ワン、レベル7、103号室にただちに出頭せよ。制服を着用のこと。

「また訊問されるのかな？」迷宮のようなトンネルを歩きながらマーコはたずねた。

「トイレを詰まらせたかどで軍法会議にかけられるのかもしれないぞ」アディがいった。

「あれはぼくじゃない！」マーコは猛然と反論した。

「はいはい」アディはマーコの頭をぽんと叩いた。「それにおまえが食堂でチーズを頼んだときも、あたしはガスマスクを着用する必要はないっていうんだな？」

「ぼくは、きみが寝棚部屋でブーツを脱ぐたびにガスマスクが必要になるけどね」とマーコ。「あれはスカムの毒霧よりひどい」

「よし、それじゃ、今夜、おまえを毒殺してやろう」アディはうなずいた。「やっとおまえとおさらばできる」

マーコはうめいたが心地よかった。昔に戻ったかのようだった。図書館でじゃれあっていたころに戻ったかのようだった。わずかな心の安らぎとちょっとしたふざけあいは、恐怖をまぎらす役に立った。そしてマーコは、アディも怖がっていることに気づいていた。手が震え、神経質に唇を噛み、髪をひっぱっているのでそうとわかった。

ふたりは宇宙ステーション・ワン行きの宇宙エレベーターの場所を見つけた。最初にドッキングしたときに使ったのとは別のエレベーターだった。ふたりは丸くて透明なエレベーターに乗り、不安な一時間を過ごして数百キロ上の宇宙にのぼった。上昇中、マーコは周囲を見まわして、浮遊惑星の軌道を何隻の恒星船《スターシップ》がめぐっているかを推計しようとした。いまや数千隻、ひょっとしたら数万隻がいそうだった。人類がこれだけの数のスターシップを所有しているとは思ってもいなかった。〈激変〉当時の人類防衛軍《HDF》とは比べものにもならないほどの大軍がここに集結していた。

　この大軍が使う予算で何百万人もの貧しい子供たちに食事を提供できるんだろうな、とマーコは考えた。地球上のホームレス全員に住む場所を与えられるんだろうな。〈激変〉の影響からいまだに立ちなおっていない世界を再建できるんだろうな。そしてマーコには、この戦争にはふたつの悲劇があるように思えた。ひとつは人命が失われる悲劇。もうひとつは悲惨な暮らしを続けなければならない悲劇だ。

　ふたりは宇宙ステーション・ワンに到着し、その通路を進んだ。一カ所でこんなに大勢の将校を見るのははじめてだった。ほかの基地に将校はわずかしかいないが、ここは将校だらけだ。それも、ベン-アリのような若い中尉だけでなく、白髪頭で、肩にバーではなく星をつけている年配の将校も多い。

　ふたりは第七レベルにたどり着き、１０３号室を見つけた。入室すると、そこは作戦室で、全員が紺の制服を着ている軍人が五十人いた。マーコの顔見知りはふたりだけだった。このひと月、マーコが訓練を受けた教官のジョーンズ一等軍曹。それに、ナイトウォールの到着以降会っていなかった元小隊長のエイナフ・ベン-アリ中尉。新しい制服と襟の折りかえしのピンバッジからして、ベン-アリもＳＴＣへの統合をすませたようだった。ほかの軍人は全員が軍曹と二等軍曹、つまり歴戦の戦士だった。

　マーコは中肉中背だが、ここではまるで子供だった。ベン‐アリを除く全員が大きかった。みなマーコより三十センチは背が高そうだった。みな筋肉隆々だった。レイラニ並みに小柄な兵士どころか、ケイブマンやジャッカスのような場違いな兵士もいなかった。全員が……そうだな、スーパーヒーローみたいだ、という表現がマーコの脳裏に浮かんだ。キャプテン・アメリカやワンダーウーマンといったヒーローや女性超戦士だらけの部屋にまぎれこんでしまったように感じた。GIジョーのような超人だらけの部屋では、マーコは惨めなほど小柄で幼い、痩せっぽちの図書館員だった。

　マーコとアディは中尉に敬礼した。「着任いたしました」とマーコは報告した。あいかわらず納得できないまま、あたりを見まわした。

「よし、これで全員そろったな」とベン‐アリは部隊を見ながらいった。「新たな部隊へようこそ。槍先《スピアヘッド》小隊へようこそ。おまえたちは全員、この精鋭部隊に選抜された。そして、きわめて危険かつ重要な極秘任務に従事することになった。ここにいる全員が、この任務のためにHDFが設けた条件に適合したのだ」

　マーコは戦友たちをすばやく見まわしてベン‐アリに視線を戻した。「中尉どの」と発言した。「リンデン伍長と自分は説明を受けておりません。それはどのような任務なのでありますか？」

「適切な時期に説明することになっているのだ、伍長」とベン‐アリ中尉。

「アバドン侵攻作戦に参加するんじゃありませんか、中尉どの？」アディがたずねた。「みんな、侵攻作戦があるんじゃないかっていってます。だから――」

「黙ってろ！」ジョーンズ軍曹がどなった。「しかるべきときが来たらくわしく説明する。いまのきさまらの仕事は、スカムのケツを蹴飛ばす気満々でいることだ。いまはそれを知っておくだけでいい。もしもきさまらが規律を乱したりしたら、おれがきさまらのケツを蹴飛ばすからな」

ベン‐アリは小隊を眺め渡した。「合同訓練の時間はあまりない。小隊は三個の分隊に分ける。各分隊は二等軍曹が指揮する。各分隊の指揮官はジョーンズ一等軍曹に従い、ジョーンズ一等軍曹はわたしに従う。きょうからの数日は楽じゃないぞ。おまえたちはきびしい訓練を受けることになるからだ。かつて受けたことがないほどきびしい訓練を。おまえたちは仲間の強みを――もしもあったら弱みを知ることになる。任務がはじまったら、一丸となって力をあわせることが重要になる。自分たちの責任をはたせ」

マーコはあたりを見まわしたが、ほかの兵士たちは前をじっと見つめ、自分たちの運命を無言で受け入れていた。マーコは吐き気を催《もよお》した。どんな任務なんだ？　どんな危険があるんだ？　どうしてベン‐アリ中尉はなにも教えてくれないんだ？　それになんだって、ぼくはこのスーパーヒーロー軍団に放りこまれたんだ？

「ベレット二等軍曹！」ベン‐アリがいった。「前に出ろ。おまえが第一分隊の分隊長だ」

　ひとりの女性兵士が中尉のほうに進んだ。モヒカン刈りで、両手と首にタトゥーを入れており、にやにや笑っていた。「はい、中尉どの！」

「これから第一分隊の隊員の氏名を読みあげる」ベン‐アリは十五名の兵士の名前を呼んだ――そのなかにマーコとアディも含まれていた。ふたりとも進みでて、ベレット軍曹のうしろに整列した。続いて、ふたりの二等軍曹が呼ばれた。ふたりとも、石板のような顎をしている偉丈夫だった。そのふたりも分隊長だった。マーコは基礎訓練のときの小隊を思いだした。三個分隊、ひとりの将校、ひとりの小隊付軍曹。だがこちらは、全員がひとつかふたつ階級が上だった。

　二等兵お断りか、とマーコは考えた。歴戦の戦士のみってわけだ。最低でも伍長で、新米の二等兵はひとりもいなかった。つまり、マーコとアディは、ここではもっとも階級が低い兵士だった。

「わたしについてこい」ベン‐アリが告げた。「訓練をはじめる」

小隊は宇宙ステーション内を進んでロッカールームに入った。隊員たちは黒の戦闘服に着替え、ジムに移動してVRヘルメットを装着した。それから何時間も、さまざまなシミュレーション訓練をおこなった。太陽が照りつける乾燥した異星の地表を走り、峡谷を跳び越え、何千匹ものスカムと戦った。トンネルのなかを這い進み、悪夢から抜けだしてきたような怪物を撃った。深い洞窟をくだって身長三十メートルの巨大な怪物と戦った。もちろん、たんなるシミュレーションだった。ただのゲーム、VRヘルメットに投影される映像にすぎなかった。だが、近頃は夢と現実の区別がつかなくなっている。シミュレーションはとんでもなくリアルで、怪物を撃って粉砕するたびにヘルメット内に悪臭が漂うほどだったので、マーコは、自分が戦いながら、怒りと恐怖でわめいたり絶叫したりしていることに気づいた。そして訓練が終了したときには、息を切らし、頬を涙で濡らしていた。

ぼくには無理だ、とマーコはようやくヘルメットを脱ぎながら思った。ジムの床にがっくりと膝をついた。もう戦えない。こんなふうに死を見つづけるなんて無理だ。

「立て、エメリー！」とベレット軍曹にどなられたので、マーコはのろのろと立った。兵士たちは汗まみれで荒い息をつきながらよろよろとジムを出てシャワーを浴びた。マーコは、長いあいだ熱いシャワーを浴びながら、目の前の壁をぼんやり見つめていた。アディが話しかけてきたが、言葉が頭に入ってこなかった。マーコはシミュレーションに戻っていた。コーパス鉱山に戻っていた。フォート・ジェミラに戻っていた。母親が殺された雪の日に戻っていた。シャワーは熱かった。だがマーコはその熱さを感じていなかった。

その夜、兵士たちはベッドで横になっていた。各分隊ごとに十五人分の寝棚が並んでいる部屋に分かれていた。全員がたちまち眠りにつくと、マーコは部屋を出た。通路を進んでベン‐アリの部屋に着いた。ベン‐アリはその部屋をひとりで使っていた。

マーコはしばしためらった。涙が出そうだった。いまも脳裏で悲鳴が響いていた。

マーコはドアをノックした。

「エメリー伍長です！」マーコは名乗った。「参りました！」

しばしの沈黙のあと――「入れ」

マーコはドアをあけて敬礼した。ベン‐アリが制服姿ではなかったので、マーコは驚いた。中尉はグレーのスウェットパンツに白いTシャツという格好だった。ねまき姿だった。髪もポニーテールではなく肩にかかっている。そんなベン‐アリを見るのは妙な感じだった。人間としてのベン‐アリを見るのは。女性としてのベン‐アリを見るのは。将校ではないベン‐アリを見るのは。マーコはベン‐アリの若さに衝撃を受けた。まだ二十代はじめなのだ。こんな世の中でなかったら――まだ若い娘だ。

「どうした、伍長？」ベン‐アリはたずねた。

マーコはドアを閉めた。ベッドと机と椅子でいっぱいの狭い部屋だった。

マーコはいまにも涙が出そうだった。

「中尉どの」マーコはいった。「うかがったのは転属を願いでるためです。新設の小隊を辞めさせていただきたいとお願いしに参りました。自分にスピアヘッドは無理です。お願いします、中尉どの、ほかの部隊に転属させてください。非戦闘部隊に。記録保管所でもかまいません。衛兵でもかまいません。床のモップがけだってします。トイレ掃除だってします。もう戦えません。無理なんです」

ベン‐アリは無言でマーコを見つめた。「マーコ、こっちへ来い。すわれ」ふたりはベッドに並んですわった。ベン‐アリはおだやかな声で続けた。「この作戦にはおまえが必要なんだ、マーコ。わたしは最高の兵士を必要としているんだ」

「自分は最高の兵士なんかではありません、中尉どの」とマーコ。「戦士ではないのです。戦闘以外の任務ならいい兵士になれるかもしれませんが――」

「コーパスでりっぱに戦ったじゃないか。それにジェミラでも。おまえは生きのびたじゃないか！」

マーコはうなずいた。そして涙をこらえきれなくなった。「自分は生きのびて、ほかのみんなは死にました。自分には、いまだにみんなの悲鳴が聞こえてるんです。これ以上の死には耐えられないんです、中尉どの。無理なんです。もう無理なんです。自分が生きていることの罪悪感がつらいんです。次の戦闘どころか、戦闘訓練にも耐えられないんです。心的外傷後ストレス障害《ＰＴＳＤ》だと思います。精神科医に診てもらう必要があると思います。お願いします、中尉どの。転属させてください」

マーコは、ベン＝アリの目に苦痛を、ベン＝アリの笑みに悲しみを認めた。ベン＝アリはマーコの膝に手を置いた。「マーコ、わたしたちはみんなＰＴＳＤに苦しんでいるんだ。全員がだ。わたしも含めて。アディも含めて。地球にいる人たちの半分もきっとそうだ。人類全体がこの悲惨な戦争に苦しめられているんだ。だが、くじけずにがんばるしかない。戦闘を続けるしかないんだ」

「どんな戦闘になるのかも教えていただけないじゃないですか」とマーコ。「どんな極秘任務になるのかも」

「すぐに教えられるようになる」とベン＝アリ。「約束する」

マーコは立ちあがった。「どんな任務だってかまいません、中尉どの。これまでの自分の働きを評価していただけるなら、どうか認めてください。いまの小隊から転属させてください」

ベン＝アリも、目を鋭くしながら立った。マーコを凝視して、「だめだ」といった。

「は？　中尉どの、自分は——」

「だめだ」ベン‐アリはくりかえした。「軍隊は民間とは違う。どこで働くかを自分で決めることはできない。だれひとり。おまえが必要なんだ、エメリー伍長。おそらく、スピアヘッド小隊でおまえがいちばん必要なんだ。おまえはこの作戦に不可欠なんだ。だれにもおまえの代わりはできない。ときが来ればおまえにもわかる。おまえをはずすことはできない。だからわたしの答えはノーだ。もう行け。睡眠をとれ。明日も訓練だからな。さあ」

マーコは部屋を出た。目が熱かった。怒りが胸の内で渦巻いていた。

いやだ。いやだ。

両のこぶしを握りながら自分の部屋に戻った。

いやだ。いやだ！

どうしてベン‐アリ中尉を友達だなんて思ったんだろう？　賢明で親切な上官だなんて。どうしてぼくの願いを受け入れてくれないんだ？　どんなに傷ついてるかを打ち明けたってのに、どうしてこの痛みに耐えつづけさせられるんだ？

いやだ！

熱い涙が頬を伝っていた。部屋の前でしばし足を止めて涙を拭いた。そして深呼吸をした。息が震えていた。なかに入った。全員がもう寝ていたので、マーコも自分の寝棚に横になった。こぶしは握ったままだった。ようやく眠りにつくと、また訓練を受けていた。太陽がぎらつく砂漠に戻って走りまわっていた。友人たちがいたるところで死んでいた。

8

二週間、マーコたちはＶＲヘルメットをつけて訓練した。

二週間、ベレット軍曹は第一分隊を率いてスカムがうじゃうじゃいる砂漠の星を進んだ。

二週間、マーコたちは地下深くのトンネルを突き進んだ。仮想のスカムと戦った。地下の広間でドラゴン並みの巨大モンスターと戦った。次から次へとシミュレーションにとりくみ、殺された。スカムの鉤爪でずたずたにされた。毒霧で皮膚を焼かれた。トンネルが崩落して圧死した。ムカデの科学者たちに責めさいなまれた。来る日も来る日も、マーコたちは擬似世界で仮想の負傷をし、ＶＲヘルメットを脱いで荒い息をつき、身震いをしてつばを吐き、また訓練を再開した。

あいかわらず、ベン-アリは訓練の目的を明かしてくれなかった。

スカムの母星、アバドンに侵攻する。わかっているのはそれだけだった。だが、それはほかの数百万の部隊もおなじだった。侵攻作戦におけるこの小隊の役割は秘密のままだった。

二週間たったとき、真鍮《しんちゅう》のボタンつきの紺のりっぱな制服を着用せよと命じられた。きちんとした真新しい制服姿で、小隊は中尉に率いられて宇宙ステーション・ワン内を進んだ。マーコは、どこへ向かっているのかわからなかったが、すくなくとも、この正式な制服を着て訓練ということはありえないのでほっとしていた。この二週間で、マーコは芯まで疲れきっていた。感情が枯れかけ、心が死にかけていた。軍隊では、週を追うごとに事態が悪化するようだった。

小隊が窓の前を通ったとき、マーコは外で浮いている艦艇群を眺めた。無数の艦艇が集結していた。スカム帝国への侵攻は迫っていた。数時間後にはじまるのかもしれなかった。

小隊全員が宇宙ステーションの奥深くにあるカーペット敷きの円形の部屋に入った。兵士たちは無言で立っていた。そのまま待機した。その部屋には窓もモニターもなく、中央に大きな円卓があるだけだった。ほぼ無音だった。マーコは、なにがどうなってるんだろうと声に出してたずねたかったが、部屋にはぴりぴりした緊張感が漂っていた。マーコはほかの兵士たちとともに立ちつづけた。アディをちらりと見ると、眉を上げてほんのかすかに肩をすくめ、「さあな」といった。

ピーッという信号音が響いた。ジョーンズ軍曹がイヤホンに触れてうなずくと、出入口の脇まで歩いていって、「気をつけ！」とどなった。

部屋に集まっていた五十名の兵士は踵《かかと》をあわせて姿勢を正した。ドアが開いて、長身で白髪の将校が入ってきた。

マーコは思わず目を見開いた。その老将校の両肩にはフェニックスが二羽ついていた。フェニックス二羽の将軍——大将だ！　最高司令官に次ぐ、軍で二番めに高い階級だ。マーコは大佐より上の高官を間近で見たことがなかった。大佐はきっとキリストと神のあいだくらいの偉さだろうと思っていた。だが、将軍と比べたら、大佐など二等兵と大差ない。人類防衛軍《HDF》にフェニックス二羽の将軍は数えるほどしかいないことをマーコは知っていた。ベン-アリのような下級将校は五十人からなる小隊を率いる、将軍は数百万人、数千万人の部隊を率い、戦争全体を指揮する。英国女王がこの部屋に入ってきたとしても、マーコはこれ以上の畏怖を感じなかっただろう。

「やあ、諸君、楽にしてくれ」とその将軍がいった。「諸君についてはいろいろ聞かせてもらっていたから、こうして会えてうれしいよ。わたしはエヴァン・ブライアン大将だ」

小隊員たちは全員、厳格な規律を身につけていたが、マーコはその瞬間、兵士たちが目を見開くのを見たし、はっと息を呑《の》む音を聞いた。エヴァン・ブライアン？　まさか。悪い冗談だ。きっと同姓同名なだけだろう。エヴァン・ブライアンは、五十年前、ただ一機、スカムの防御網を突破した宇宙戦闘機の操縦士だ。アバドンに核兵器を叩きこみ、おびただしい数のスカムを殺して〈激変〉を終結させ、えんえんと続く〈消耗戦〉がはじまるきっかけをつくった英雄だ。世界の半分の部屋にエヴァン・ブライアンのポスターが張られているし、彼の笑顔はマグカップやTシャツやビデオゲームにも使われている。ハリウッドの人気俳優たちがこぞって映画で彼の役を演じたいと願っている。子供も大人も、彼のアクションフィギュアを収集したり、ハロウィンに彼の扮装をしたり、オンラインゲーム〈エヴァン・ブライアン・タスクフォース〉をプレイしたりしている。どれも、二十一歳の、目をきらきらさせてほほえんでいるハンサムな若者をとらえたおなじ写真からとられたおなじ顔だ。

　白髪の大将を見ると、まさにあのきらめく笑顔を浮かべていた。

　本人なんだ、とマーコは確信した。生ける伝説の——本人なんだ。七十一歳になり大将になってるけど、すぐそこに立ってるのは地球の英雄、エヴァン・ブライアンなんだ。いまぼくの目の前にいるんだ！

「本物だ！」アディがささやいた。こぼれ落ちそうになるほど目を見開いていた。「本物のイーサン・ブランドンだ！」

「エヴァン・ブライアンだよ」マーコはアディにささやいた。「シーッ！」

大将は円卓のそばまで——マーコとアディのすぐそばまで歩いてきた。マーコはめまいを覚えた。エヴァン・ブライアンが生きているなんて思ってもいなかった。てっきり、英雄はもう何年も前に死んでしまったのだろうと思いこんでいたのだ。これが夢じゃないなんて信じられなかった。この、手をのばせば届くところに立っている男が、かつて損傷した——地球にはまだまともな宇宙戦闘機をつくれる技術もなかった時代の——小型宇宙戦闘機をあやつってスカムの母星を核攻撃したのだ。ナポレオンの、ユーリ・ガガーリンの、チャーチルのそばに立っているようなものだった。

「さあさあ」とブライアン大将。「みんな、落とした目と、床についている顎を元に戻してくれ。諸君を呼びだしたのは、どっきりさせるためじゃなく、深刻な問題のためなんだからな」大将は話しながらにやりとし、なんとマーコに小さくウインクした。

ぎこちないくすくす笑いが起こった。兵士たちはみな緊張を解いたが、まだ目をこすっている者が何人もいた。驚いていないように見えるのはベン-アリ中尉とジョーンズ一等軍曹だけだった。ふたりとも真剣な面持《おもも》ちで前を見つめていた。

「諸君は、なぜここに集められたんだろうと思っていることだろう。まず、背景を簡単に説明しておこう」ブライアン大将が円卓のコントローラーに触れるとホログラムが映しだされた。見慣れた場所——惑星インドラニをめぐっている衛星コーパスだ。「二カ月前、

《ＨＤＦＳミヤリ》に搭乗していたエレボス旅団のコリーン・ペティ大尉が救難信号を受信し、歩兵中隊を率いてコーパスの採鉱施設に入った。その衛星にはスコロペンドラ・チタニアの巣ができており、エイリアンはそこでとらえた人間を使って遺伝子実験をおこなっていた。スコロペンドラ・チタニアは人間のＤＮＡとエイリアンのＤＮＡを融合させてハイブリッドをつくりだし、人間とのハイブリッドの女王にハイブリッドを量産させていた」

マーコは、鉱山で出会った女王を、女性の胴体と巨大なスカム女王の腹部からつくられた生き物を思いだして身震いした。いまだによく、その生き物の夢を見ていた。マーコが殺したその生き物の夢を。いまだに、冷や汗まみれになってそうした悪夢から覚めていたのだ。

ブライアン大将は話しつづけた。「ペティ大尉は、中隊の大多数とともにその星に降りた。ベン‐アリ中尉は小隊を率いてエイリアン女王を殺し、続いて近くの巨大ガス惑星で巣の王を殺した。この小隊に参加しているエメリー伍長とリンデン伍長はベン‐アリ中尉とともに戦った」大将が身ぶりでマーコとアディを示すと、全員がふたりのほうを見た。アディは喜色満面で誇らしげに胸を張ったが、マーコはこの注目を喜べなかった。あの当時のことは思いだしたくなかった。

「ありがとう、ありがとう、サインはあとにしてくれ」とアディはいってジョーンズ軍曹からにらまれた。

「諸君も承知のとおり」とブライアン大将。「敵は恐ろしい報復をおこなった。バンクーバーを壊滅させ、兵士と民間人を、あわせて五十万人も殺害したのだ」きびしい表情になった。「忘れられない大量殺戮《さつりく》だ。バンクーバーを壊滅させて以降、スカムは敵対行為をエスカレートさせ、全世界の都市に小規模な攻撃をしかけつづけている。この五十年間維持されてきた相互確証破壊という均衡は破れた。バンクーバーが全滅してから、わが軍は総力を結集してきた。ここナイトウォールにも艦隊が集結した。辺境のほかの前哨基地にも艦隊が集合している。わが軍はアバドン侵攻作戦のための準備を進めてきたのだ」

円卓上のホログラムが変化し、クレーターと峡谷と山脈でおおわれている黄褐色の岩石惑星が映しだされた。表示されている惑星名を読むまでもなかった。それがスカムの母星、アバドンだった。

「諸君」とブライアン。「この作戦は、人類史上最大の侵攻作戦になる。二百年前のノルマンディー上陸作戦だってこれとは比べものにもならない。わが軍はこの惑星に全戦力を投入する。何万隻もの恒星船《スターシップ》を。何万機もの宇宙戦闘機を。宇宙防衛軍管区《STC》の三百万の兵士と、戦力を補完するための数百万におよぶ地球防衛軍管区《ETC》の兵士を。わが軍は持てるすべてを注ぎこんで、兵器庫の弾薬を一発残らず使って敵を叩くのだ。目的はただひとつ――この恐ろしい戦争を終わらせることだ。スカムを完全に打ち負かすことだ」

いったんは畏怖の念に打たれた沈黙が続いたが、やがて低いつぶやきが部屋を満たした。とうとう、アディが手を上げた。

「でも、大将閣下！」アディはいった。「相互確証破壊がなりたってたってことは……わが軍がスカムを徹底的にやっつけたら、やつらもこっちを徹底的にやっつけるんじゃありませんか？　わが軍が総攻撃をしたら、スカムも、バンクーバーみたいに、地球上のぜんぶの街を壊滅させるんじゃありませんか？」

「スカムはそうしようとするだろうな」とブライアン大将。「この数年、わが軍はひそかに、新たな地球防衛網を開発していた。そしてついに、それを起動させる準備がととのったのだ」

　ホログラムが地球に切り替わった。地表から数千機のロケットが打ちあげられ、数千基の人工衛星が軌道に乗った。ホログラムが一基の人工衛星にズームインすると、その人工衛星が、じつは操作員が乗りこんでいる大砲だとわかった。三名の兵士が内部で席についていて、砲身が宇宙空間にのびている。

「このシステムは〝鉄球《アイアンスフィア》〟と命名された」とブライアン大将。「アバドン攻撃を開始したらアイアンスフィアを起動する。人工衛星として地球を囲んでいる数千基の回転砲塔が、おもな大都市を完璧に防衛する。スカム船団が接近してきたら……」ホログラムに、大砲が発射されてスカムのポッドを破壊するさまが映しだされた。「すべてのテストで、アイアンスフィアの迎撃率は九十八パーセントだった。報復のために送りこまれるスカム船のほとんどすべてを阻止できるはずなのだ。宇宙からの地球の守りは、かつてなかったほど万全になった。アイアンスフィアがあれば、任務を完遂するために必要な安全——と時間——が得られるのだ」

　マーコは暗算してから手を上げた。「閣下、地球の人口は五十億人です。九十八パーセントは阻止できるとしても……」つかのま考えた。「一億人が命を落とす計算になります。それが二パーセントですよね？　一億人が。バンクーバー二百個分です。第二次世界大戦の死者数よりも多くなるんです」

　全員が部屋を見まわした。ベン‐アリ中尉がマーコをにらんだ。その目には警告が浮かんでいた。大将に異議を唱えるな。

　だが、ブライアン大将は気を悪くしたそぶりを見せなかった。だが悲しげな目になった。

「それが払わなければならない犠牲なのだ。永遠に負いつづけなければならない重荷なのだ。しかし、それ以外の選択肢は？　スコロペンドラ・チタニアに戦争を続けさせたら、人類はこれから何世代、おびえつづけなければならないんだ？　あといくつの街が壊滅させられるんだ？　わたしには七人の孫がいる。そのうちふたりは、もうすぐ軍隊に入って恐ろしい戦争に参加することになっている。曾《ひ》孫《まご》にもおなじ苦しみを味わわせたくないんだ。数十億人に、ガスマスクをつけて防空壕から防空壕へと走らなければならない、つねにおびえつづける暮らしを送りつづけさせたくないんだ。敵はより大胆になっている。バンクーバーを壊滅させた以上、これからはためらいなくもっと多くの街を壊滅させるだろう。そして攻撃と攻撃のあいまの何年間かは、われわれが総力を結集して報復しない程度に攻撃を抑えるだろう。そんなことを続けさせるわけにはいかない。いま攻撃しなければならないのだ。いま、恐ろしい犠牲に耐えなければならないのだ。おびただしい数の死を目《ま》のあたりにしなければならないのだ。そしてこの戦争に勝たなければならないのだ」

「勝つぞ」とアディ。

「勝つぞ！」と部屋にいるほかの兵士たちが唱和した。

　マーコは黙っていた。バンクーバーで戦争は大きくエスカレートした。だけど、これじゃ……これじゃまるで〈激変〉の再来じゃないか。異を唱えたかった。平和を訴えたかった。だがおそらく、ブライアン大将が正しいのだろう。スカムと平和に共存することなど不可能なのだろう。だけどひょっとしたら……ひょっとしたら、最初にスカムを核攻撃した男には個人的な動機があるのかもしれない。ブライアン大将は、自分の栄光のために、血への欲望のためにやりかけた仕事にけりをつけたがっているのかもしれない。マーコにはわからなかった。マーコの心のなかでは矛盾する感情が交錯していた。それに、ブライアンの言葉の多くには説得力があった。マーコに子供や孫がいたら、きっと、自分とおなじ苦しみは、戦時に育ち、十八歳で軍隊に入隊するなどという苦しみは味わわせたくないと願うだろう。

たぶんブライアン大将が正しいんだろう。この恐怖に終止符を打つ方法はこれしかないんだろう。

「閣下」マーコはとうとうたずねた。「どうして自分たちなんですか？　どうして自分たちはここにいるんですか？」ほとんどが初対面の五十名の兵士を見まわした。「自分たちの任務はなんなのですか？」

「くりかえしになるが、わたしがひとりずつ、みずから選んだのだ」とブライアン大将。「スカムの巣のなかで戦ったことのある兵士を。地下深くまでもぐって王と女王と対決したことのある兵士を。諸君は全員、ほかの兵士が経験したことのない戦闘を経験しているのだ。コーパスで戦った者もいる。ほかの巣で戦った者もいる。諸君は全員、何千人もの兵士が生き残れないだろう戦いを生きのびているのだ」

「また巣に侵入することになるんですか？」マーコはたずねた。

ブライアン大将がテーブルのコントローラーのボタンを押すと、ホログラムが乾燥した岩石惑星、アバドンに戻った。こんどの像には、乾燥した惑星の地下深くにのびている何千本ものトンネルが表示されていた。

「アバドンの内部に」とブライアン。「地下深くのトンネルにスコロペンドラ・チタニアの皇帝がひそんでいる。皇帝がどのような形態かは不明だ。スコロペンドラ・チタニアの皇帝の姿を見た人間はひとりもいない。だが、皇帝が、われわれがまだ完全には解明できていない複雑な通信システムを使って、銀河系内に散らばっている手下を、すべての巣を支配している。銀河系各地にいるムカデは、この巨大ネットワーク——皇帝が支配しているネットワークにつながっているらしいのだ」

「スカム版インターネットってわけか」とアディ。「スカムターネットだな」

ブライアン大将はうなずいた。「そして、そのネットワークには弱点がある。スカムの王はひとつの巣に一匹ずつ、数多くいるが、スカムの皇帝は一匹しかいない。皇帝を殺せれば、そのネットワークは崩壊する。銀河系内のすべてのスカムの巣はスカム文明から切り離される。スカム帝国は瓦解する。皇帝の年齢は数千歳らしい。だから、現在の指導者を失ったスコロペンドラ・チタニアが帝国を再建するには数千年かかると考えられているのだ。今回の作戦では、数百万人の兵士をアバドンに降下させるが、そのほとんどは地表の敵と戦うことになる。だが、特別な任務を帯びたある部隊は地下深くまで侵入する——皇帝を発見するために」ブライアンは小隊を見渡した。「諸君はその部隊を結成するべく選抜されたのだ。諸君の任務はスカム皇帝の殺害だ。諸君が人類の希望なのだ」

一瞬、部屋が張りつめた静寂に包まれた。

「だめでも悪く思わないでほしいな」アディがいった。

「いい加減にしろ、リンデン」ジョーンズがたしなめた。

「この作戦のコードネームはオーディンの槍作戦とする」とブライアン大将。「だからこの新しい小隊の名称は槍先《スピアヘッド》小隊なのだ。ベン‐アリ中尉が、コーパスで小隊を率いたように、この小隊も率い、ジョーンズ軍曹が補佐する。わたしは旗艦、《ＨＤＦＳテラ》から艦隊を指揮するが、ベン‐アリとジョーンズとはつねに連絡をとりつづける。諸君は、つねにＨＤＦの全情報にアクセス可能だ——もちろん、全軍がわれわれの誇りである諸君を支援し、武運を祈る」

武運か、とマーコは考えた。いまいちばん必要なのはそれかもしれないな。なにもかもが現実離れしていた。夢を見ているようだった。アディとのあの夜のようだった——ありえなかった。ぼくはただの図書館員なんだ。作家にすらなってないんだ。どうしてこうなるんだ？　どうしてぼくがここにいて、世界を救う役目をになうはめになってるんだ？

　マーコはブライアン大将に見つめられていることに気づいた。白髪の男はおだやかにいった。「英雄になるのは簡単じゃない。わたしはそれを五十年前に学んだ。わたしはきみを手助けするためにここにいるんだ。やるのはきみなんだ」

「閣下」とマーコ。「怖いんです。大勢の前でこんなことを認めるべきじゃないのかもしれませんが、怖いんです」大きく息を吸った。「でも、戦います。閣下のおっしゃるとおりだからです。これはやらなければならないことです。人類は勝たなければならないのです。だから、全力をつくします」

「あたしはそれよりもっとがんばります！」アディがいった。

　大将はうなずいた。青い目が、おもしろがっているようにきらりと光った。

「奮闘を期待しているぞ、戦士諸君」大将がいった。そしてマーコがちらりとベン‐アリを見ると、中尉は視線をあわせてかすかにうなずいた。

　ありがとう、マーコ、とベン‐アリは目で語った。おまえを誇りに思うぞ。

　マーコは大将をふたたび見た。「閣下、よろしければ、ひとつ質問をさせてください。自分たちが戦ったコーパスの巣は広大でした。まさに地下の巨大迷宮でした。ルートを見つけられたのは、アバシ士官候補生がスカムネットワークとつながっていたおかげです。

アバシ士官候補生は、スカムのラボでチューブを血管に差しこまれてとらわれていたのです。自分たちが解放したあとも、アバシ士官候補生は巣を感知することができました。だからアバシ士官候補生に案内してもらえたのです。おかげで女王を発見できたのです。アバドンのトンネル網はコーパスよりもずっと複雑に違いありません。どうやって皇帝を見つけるのですか？」

ブライアン大将はマーコの目を見つめた。「道案内をつける。わが軍にはひとりだけ——数百万人のなかでただひとりだけ——スカム皇帝の巣と接続できる兵士がいるのだ。スカムのフェロモンをすべて感知してメッセージを解読し、どこへ行く道も知ることができる兵士が。彼女がアバドンのトンネル網のなかで諸君を案内する」出入口のほうを向いて、おだやかな、憂愁を帯びているようにすら思える声でいった。「友よ、入ってくれ」

ネイビーブルーの制服を着たレイラニが部屋に入ってきた。

9

レイラニの部屋に入るとすぐ、マーコは笑い声をあげながらレイラニを持ちあげ、そして抱きしめた。

「レイラニ！」レイラニをおろした。「だいじょうぶなのかい？　傷つけられなかったかい？」

スピアヘッド小隊のほかの兵士たちは自分たちの寝棚部屋に戻ったが、レイラニには個室があてがわれていた。狭くて殺風景な部屋の床はカーペット敷きで、高い窓から集結している艦隊が見える。軍隊のふつうの寝棚部屋よりはずっと快適そうだったが、天井にカメラが設置してあり、冷たく黒い目で部屋を見おろしていることにマーコは気づいた。

「元気だよ」レイラニは答えた。「傷つけられてなんかない。画像を見せられて質問されたくらいだね。そこにすわった男に――」椅子を指さした。「何時間もぶっつづけで虫の画像を見せられたんだ。いろんな虫がいたな。ムカデもいたし、名前を知らない怪物みたいな変な虫もいた。そいつはへんてこな質問をした。見たことがあるかって。どんな匂いがするかって。どんな色かって。虫はみんな黒か茶色か黄色だったけど、そいつは、ほかの色を感じるんじゃないかってしつこく訊いてきた。それから……」身震いした。「脳をいじられた」

レイラニは向きを変えて短い髪を持ちあげた。頭の傷痕が見えた。

「うわあ」マーコはささやいた。

「なにをやったかはよく知らない」とレイラニ。「なかに虫がいないかどうかたしかめたんじゃないかな」弱々しくほほえんだ。

「だけど……治ったんだよね？」ふたりは寝棚に並んで腰かけ、マーコはレイラニの両手を握っていた。「きみの頭のなかにあったものを処理したんだよね？　その……スカムを？」

「たぶんね。そうだと思う」レイラニは唇を噛んだ。「いろんなテストを受けさせられた。寝てるあいだ、あたしの脳を機械につないで夢を記録したりもした。それに、いろんな細胞をとられた――血、骨、皮膚、それに脳細胞までちょっぴり。あたしがまだ天才だといいんだけど！」頬をふくらませ、寄り目をし、舌を出して変顔をした。「とにかく、あたしはほぼ完全に人間だっていわれたよ」

「ほぼ？」マーコはたずねた。

レイラニはうなずいた。「あたしの父親はスカムかもしれないって心配されてたのさ。巨大ムカデが女性を犯した結果、あたしが生まれたんじゃないかって。だけど、あたしにはそもそも父親がいなかったってわかったんだ。キリストみたいなものだって。処女懐胎だね！　スカムは人間の精子をとってちょっぴり手を加えたんだって科学者たちは考えてるんだそうだ。ＤＮＡを操作して一パーセントだけ変えてから、たぶん人間のクローンを利用して、その精子であたしの母親を受胎させたんだろうって。あたしは九十九パーセント人間で、一パーセントだけエイリアンなんだ」

「悪くないな。それならほとんど人間だ」マーコは安堵の息をついた。マーコも、レイラニは半分スカムかもしれないと心配していたし、ムカデが女性と性交しているという卑猥な場面を想像していないではなかった。「だけど、スカムはどうしてそんなことをしたんだろう？」

「どうしてあたしの一パーセントをスカムにしたのかっていう意味かい？　その一パーセントは、あたしをスカムの巣につなぐために必要だったみたいなんだ。やつらの匂いを嗅げるようにするために。やつらの命令を聞けるようにするために。色を感じられるようにするために。ほら、スカムはあたしたちとは違うやりかたで意志を伝えるじゃないか。やつらは、視覚も聴覚もほとんど使わない。スパイダーマンの超感覚《スパイダーセンス》じみた妙な感覚、言葉では説明が難しい感覚をおもに使ってるんだ。その感覚は、人間には感じとれない。いちばん近いのは嗅覚だけど、それでもぜんぜん違う。人間の嗅覚には制限がある。だけどスカムは、大量の情報を伝えられる化学物質を直接感じとれるんだ。スカムが感じとれる化学物質を使ってるからこそ、巣全体に、帝国全体に張りめぐらされた巨大なネットワークを維持できてるんだ。そうやって意志を伝えあってるんだよ。幅が原子何個か分しかないワームホールのネットワークを通じてフェロモンを送りあうことによって、星系間でも意志を伝えあえる。大きくて臭いインターネットにすべてのスカムがつながってるって感じだね。あたしが《ミヤリ》に乗ってたときにおかしくなったのは、スカムがそのネットワークを使ってあたしをハッキングしたからなんだ。人間のハッカーが、インターネットを通じてコンピュータを思いどおりにあやつるみたいなもんさ。だからスカムはあたしに命令して思いどおりに動かせたんだ。スカムは、地球と艦隊のいろんなところにいる大勢の人をおなじやりかたで手下に仕立ててあげてて、いつでも攻撃させられるようにしてるって科学者は考えてるらしいよ」

　マーコは身震いした。「じゃあ、どこにスカムのスパイがいるかわからないんだな。艦隊のだれが破壊工作をしてもおかしくないってわけなんだな」

レイラニはうなずいた。「そうなんだ！　だから人類防衛軍《HDF》は、全員の検査をはじめるらしい。脳の一パーセントがスカムかどうかを確認する検査はもう完成してる――あたしも受けさせられた。親の片方または両方を亡くしている者が対象になるんだそうだ」

「だけど、一パーセントの部分は残ってるのかい？」マーコはたずねた。「スカムはいまもきみをハッキングできるのかい？」

レイラニは自分の頭をぽんと叩いた。「もうだいじょうぶさ！　スカムの命令をブロックできるチップを脳に埋めこんでくれたんだ。横になるとそのチップを感じるよ。頭蓋骨の横の内側に埋めこまれてるんだ。チップはすごく小さくて、指の爪くらいしかないんだけど、外部から命令が入ってくるのをブロックできる一種の化学物質を放出する。何年かしたら新しいチップに交換しなきゃならないらしいけどね」顔をしかめた。「また手術かと思うとうんざりだよ。頭蓋骨を切って開かなきゃならないんだ」身震いした。「だけど、いいニュースもあるよ。いまでもつながれるんだ！　巣と接続できるんだ。こっちはやつらを読めるけど、やつらはこっちを読めないんだ」

マーコは理解した。「つまり、二重スパイってわけか」

「まあね」とレイラニ。「訓練も受けたよ。いっぱいいね！　実際のスカムの巣へも連れていかれたんだよ、マーコ。ここから一光年の小惑星にある巣へ――何年も前に放棄された空《から》っぽの巣だけどね。そこで実地訓練をした。宇宙空間を越えてスカムのネットワークと接続させられた。スカムの臭いが残ってたから、その小惑星からでも感じとれた。それに、脳のなかにマップがあるみたいに、その巣のなかを道案内できた。コーパスでケミがやったみたいに。ただ、ケミはひとつの巣しか知らなかった。だけどあたしはすべての巣の情報にアクセスできるんだ。すると、あたしは次の巣に連れていかれた。そこは、数はすくないけど本物のスカムがまだいる、砂漠の星だった。そこでもテストをした。やっぱり、スカムターネット——あたしはそう呼んでるんだ——に接続できたし、道もわかった。だけどエイリアンはあたしを阻止できなかったし、コントロールもできなかった。ときどき、脳内のチップがチクチクするんだ！　それで、やつらがまた、あたしの脳をハッキングしようとしてるってわかるのさ。だけどハッキングは成功しない。めまいと吐き気がするけど、すぐにおさまる。それだけですむんだ。あたしはやつらをハッキングできるけど、やつらはあたしをハッキングできないのさ。いまのあたしはＨＤＦにとって、とっておきの兵器だってブライアン大将がいってた。航宙母艦以上だって」

　兵器になったレイラニがスカムの巣の奥深くへ送りこまれることを喜ぶべきかどうか、マーコにはわからなかった。

「レイラニ……」マーコはレイラニの両手を握っている手に力をこめた。「きみがなにをやらされることになるのかわかってるんだろうね？　この作戦にはオーディンの槍作戦って名前がついた。きみは、宇宙最大のスカムの巣に、アバドンにある巣に送りこまれるんだぞ。ぼくたちの小隊をスカムの皇帝のところまで案内させられるんだぞ」

「わかってるよ」とレイラニ。「だって、マーコ、皇帝についていろいろ訊かれたんだ。どんな見た目なのか。なにをたくらんでるのか。だけどわからないんだ。皇帝はベールに包まれてる。アバドンの奥深くにいるのはわかる。いま探りを入れてもわかるんだ！　だけど皇帝のまわりにはいつも影がある。どんな見た目かも、どれくらいの大きさなのかも、なにを考えてるのかもわからないんだ。皇帝は大きなファイアウォールに囲まれてるんだよ。だけど、居場所はわかる。ブラックホールを見つけるみたいなものさ。闇をたどればいいんだ」

「闇をたどる、か」とマーコ。「ぼくたちの得意技だな」

　レイラニはマーコの肩に頭をもたせかけた。「いつもあんたのことを思ってた。そうすると楽になるんだ。虫を見せられたとき、あんたのことを思ったよ」

　マーコは思わずにやりとした。「虫がぼくを連想させたんだね？」

「違うよ、馬鹿だな！」レイラニはマーコをつついた。「気持ちが楽になるからだよ。あんたが恋しかった」

「ぼくもきみが恋しかったよ。もう会えないんじゃないかって心配だった」マーコはレイラニを抱きしめた。「また会えてうれしいよ、ちびちゃん」

「だろうね」レイラニはマーコの股間をぽんと叩いた。「バナナをこっそり持ってきてくれたんじゃないなら」

マーコは頬を赤くした。それを隠そうとキスをした。レイラニはシャツを脱ぐと、放り投げて壁のカメラにかけた。ふたりのほかの服が続いた。

「ああ、あんたが恋しかったよ」レイラニは、自分の上に乗ったマーコにささやいた。

愛しあっているあいだ、マーコはちくりと罪悪感を覚え、アディとの絶望の夜を、ふたりとも不安に駆られ、たがいになぐさめを求めた夜を思いだした。マーコもアディも、あの夜のことは二度と口にしないようにしよう、忘れてしまおうと誓った。マーコの髪に両手を沈めてうめいているレイラニに乗っているあいだ、マーコはアディを、間近に迫っている侵攻作戦を、レイラニ以外のすべてを忘れた。

「愛してる」マーコは、レイラニの隣で横たわって窓の向こうに浮かんでいる艦隊を眺めながらそうささやいた。

「あいちてる」レイラニはそう応じてから顔をしかめた。「ねえ、カメラはふさいだけど……外の恒星船《スターシップ》からは丸見えだったんじゃない？」

マーコはぎくりとした。「まいったな。だれも見てないといいけど。シャワーを一緒に浴びるのだっていやだったのに」

「だいじょうぶさ」レイラニはマーコの尻をぴしゃりと叩いた。「あんたの尻はかわいいんだから。見せつけてやればいいんだ！」

「よくいうよ！」マーコがぎゅっと抱きしめると、レイラニは悲鳴をあげた。

ふたりは抱きあいながら眠りについたが、だれもカメラからシャツをどけに来なかった。その夜、マーコは夢を見なかった。その夜は、恐怖と悲しみばかりだった日々のあとで、ほんのちょっぴりの喜びがあった。

翌朝、マーコのもとに、〈ドーム〉へ出頭せよとの命令が届いた――〈ドーム〉は、宇宙ステーション・ワンの最上部に位置する透明な巨大ドームで、ナイトウォールの、そして事実上、宇宙《S》防衛軍《T》管区《C》のまさに中心だ。

マーコはレイラニの寝棚で上体を起こしてその命令を呆然と見つめた。床に置いてあるヘルメットは通知音を発していて、バイザーに呼び出し命令が浮かびあがっていた。

〈ドーム〉。ホワイトハウスの状況分析室に呼びだされたも同然だ。

そこに来いっていわれてるんだ。

吐き気がした。

　マーコはレイラニを見た。隣で横になったままのレイラニがマーコを見上げた。そして、ああ、レイラニは美しかった。そして、マーコはレイラニを置いて部屋を出たくなかった。そして、どう考えても、これはまずい事態だった。

「きみと、HDFのとっておきの兵器であるきみと寝たからかな？」とマーコはたずねた。

「あたしがあんたをスカムにしちゃったからかもよ」レイラニは答えた。「いまにもムカデの脚が生えてくるかもね」

「愉快なジョークだね、ミス九十九パーセント人間」マーコは制服を着た——ネイビーブルーで真鍮《しんちゅう》のボタンがついている制服を。くたびれた黒の戦闘服で〈ドーム〉へ行くのは適当ではないように思えた。それどころか、タキシードを着なければいけないような気がした。

　マーコはレイラニを寝棚に残してエレベーターに乗り、宇宙ステーション・ワンの最上部をめざした。このステーションはキノコ形をしている。長い軸の上に大きな円盤が載っているのだ。円盤のてっぺんに、ひとつ目のように半球が盛りあがっている。セキュリティチェックやら鍵のかかったドアやらボディチェックやら指紋認証やら網膜認証やらを通過して、マーコは通行を許可された。やっと〈ドーム〉に入れた。

〈ドーム〉はほんとうにドーム状で、完璧に透明だった。円盤部——宇宙ステーションの最上部——が四方に広がっていた。金属と光からなる台地に見えた。頭上には艦隊が、星々のあいだに散らばって浮かんでいた。

たったひとりが、マーコに背中を向けて、透明な半球越しに、あたりに浮かんでいる数隻の軍艦を眺めて立っていた。白髪で、二羽のフェニックスが左右の肩章で輝いていた。

マーコは踵《かかと》をあわせて敬礼した。声が震えないように努めながら、「マーコ・エメリー伍長、出頭いたしました！」と声をかけた。

〈激変〉の英雄にしてこの艦隊の最高指揮官であるエヴァン・ブライアン大将が、振りかえってマーコと向かいあった。老人は答礼した。

「やあ、マーコ。隣に来てくれ。一緒に星を眺めよう」

マーコは歩いていって大将と並んで立った。十九歳の伍長と、七十一歳の、大将にして生ける伝説は星を眺めた。

「マーコ、ネプチューン作戦を知っているかね？　D-デイと呼ばれることもある作戦を？」

マーコはうなずいた。「もちろんです、閣下。ノルマンディー上陸作戦の正式名称ですね。史上最大級の海上侵攻作戦です」

「いうまでもなく、当時、宇宙旅行は実現していなかった。人工衛星ですら未開発だった。ユーリ・ガガーリンが宇宙飛行に成功したのはその数年後だった。その後、ニール・アームストロングが月面を歩き、パット・ザボが火星上を歩いたんだ。人類同士で戦っていたこのころ、海を渡れる軍艦の建造は、複雑きわまりなく、高額な費用を要する事業だった。この時代の最大級の軍艦は軍事力と技術力による驚異だった。一隻一隻が偉業であり、工学と人間精神によって実現した奇跡だったんだ。連合国には十億人の国民がおり、兵士も民間人も戦争遂行に協力していた。当時の将軍たちは、この作戦で、約七千隻の艦艇を率いてノルマンディーに上陸した。七千隻だぞ！　そのほか、一万機以上の航空機が投入され、フランスの海岸には百万人以上の戦士が上陸した。地球の半分が、マーコくん、もう半分から世界を救うために献身し、敵を殲滅《せんめつ》するために総力を結集したんだ。人類にとって、もっとも崇高でもっとも血なまぐさい時だったんだよ」

「第二次世界大戦については何冊も本を読みました。スカムに攻撃されるまでは、それが人類最大の戦争だったのですよね」

「この戦争のあと、地球の人口は急速に増加した」とブライアン大将。「第二次世界大戦中の二十五億人からどんどん増えたんだ。スカムがはじめて攻撃してきたとき、地球には百億人がいた。そのうちの六十億人が死亡したんだ。このとき、わたしは若かった。いまのきみよりいくつも上じゃなかった。あの熱を、光を、津波を、長く続いた核の冬を、いまでも覚えているよ。文明の崩壊を覚えているんだ。だが、人類の崇高さも覚えている。人類が団結し、フェニックスのように灰からよみがえったことを」襟の折りかえしの黄金のフェニックスに、ＨＤＦのシンボルマークに触れた。「そしていま、ふたたび、兵士も市民も、敵を破るため、希望をかなえるために、こぞって戦争に協力している。人類は戦争をしたがっているわけじゃない。流血を望んでいるわけじゃない。命を愛しているんだ。自由を愛しているんだ。だからこの艦隊を結成し、戦いの準備を進めているんだ。ひとり乗りのファイアーバードから町サイズの軍艦にいたるまでを含む十万隻のスターシップが、明日、進発するんだぞ、マーコ。それらのスターシップには、一千万人の海兵隊員が搭乗する。人類史上最大の軍隊だ——D‐デイよりも、モンゴルの侵略よりも、バルバロッサ作戦よりも大規模なんだ。この侵攻を、ジュピター作戦と名づけた。〝ジュピター〟は、惑星が木星《ジュピター》と命名されるはるか以前から天空の神の名前だった。今回、われわれは、はるか昔に勇猛な連合軍が海神《ネプチューン》作戦と称して海から攻め入ったように、天から侵攻するのだ。これは、人類にとってのるかそるかの大ばくちだ。勝つか……負けるかなんだ」

「勝てるとお考えですか、閣下？」マーコはたずねた。

ブライアン大将は真剣な面持《おもも》ちでマーコを見た。「なんともいえんな、マーコ。負ける可能性もある。アイアンスフィア防衛システムがスカムの報復を防ぎきれないかもしれん。艦隊がアバドンの軌道上で撃破されるかもしれん。きみの小隊が地下で全滅するかもしれん。だが、勝ち目はあると思っている。わが軍には勇気と強さと覚悟が充分にあると。気が楽になったかね？」

「閣下」とマーコ。「自分はベン＝アリ中尉どのに転属をお願いしました。この作戦には参加したくないと。中尉どのは許可してくださいませんでしたが、いま、それも当然だと納得いたしました。ひきさがるわけにはいかないのですね。勝つしかないのですね。自分がどれだけ強いのか、どれだけ勇気があるのかはわかりません。でも、覚悟だけはあると確信しております」

「それが兵士にとって最高の資質だ」とブライアン。「強さは発揮できないときがある。勇気はくじけることがある。だが、覚悟を決めた兵士は進みつづけるんだ」からかうような表情でマーコを見た。「そして、どうやら、高度なセキュリティ対策が講じられた機密にかかわる部屋に忍びこんで、監視カメラにシャツをかけたりもするようだ」

マーコは頬を染めた。大将は知ってたんだ。だからここに呼ばれたんだ！

「申しわけありません、閣下。我慢できなかったのです。責任はすべてとらせていただきますし、どんな罰でも――」

だがブライアン大将は笑っていた。「安心しろ、マーコ！　最近の軍は、楽しむことに、ときどき規則に融通をきかせることにきびしすぎるとわたしは考えているんだ。大将がこんなことをいうとは思ってもいなかったんじゃないかね？　だいじょうぶだ、マーコ、懲戒するためにきみを呼んだんじゃない。きみは五十年前のわたしを思いださせるから来てもらったんだ」星々に目をやった。「わたしは操縦士になんかなりたくなかった。戦いたくなんかなかった。だが、くそっ、スカムが六十億人を殺した。だからわたしは飛んだ。友人たちが死ぬのを見た。まわりで二百個の光が——最後には二百機しか残っていなかった宇宙戦闘機が——消えるのを見た。そしてわたしがアバドンに放った爆弾がもたらした破壊を、おびただしい数のスカムが死ぬのを見た。やつらは節足動物にすぎないとみんなにいわれた。苦痛を感じないんだと。感情を持っていないんだと。だが、それでも、あの——おびただしい数の生き物を殺すという——行為はわたしに重くのしかかった」

「閣下は、戦後、姿を消されたのだそうですね」とマーコ。

「ああ。長年、無言で仕事をした。ほかの軍人と交わることなく、このドームで長い時間を過ごした。地球に、わたしがまだ生きていることを知っている者はごくわずかしかいない」ブライアンは苦い笑いを浮かべた。「たぶんきみも知らなかったんだろうな」

「ほとんど毎日、自分自身がまだ生きていることに驚いております、閣下」とマーコは応じた。

ブライアンは悲しげな目でマーコの肩に手を置いた。「これはもうすぐ終わる。だが、まず、地獄を通り抜けなければならない。レイラニを力づけてやってくれ。なぐさめを、笑いを、愛を与えてやってくれ。そのためにきみをこの任務に選んだんだ。だからベン－アリはきみを転属させなかったんだ。われわれはレイラニを必要とし、レイラニはきみを必要としているからだ。レイラニはきみを心から愛しているんだ、マーコ」

マーコは泣きそうになった。泣くのが恥ずかしくて顔をそむけた。「自分もレイラニを愛しております、閣下。レイラニを失うのが怖くてたまりません」

ブライアンは、長いあいだ、星々を無言でじっと見つめていた。「将官にとっての呪いは数字だ。将官の判断は兵士の生死を左右する。わたしは、この侵攻作戦で、数十億人を救うために、数十万人、ひょっとしたら数百万人の命を犠牲にすることになるかもしれん。数十億人を救えたとしても、消えた光のひとつひとつがわたしにとっての重荷となる。わたしは老人だ、マーコ。老人だから、すでに多くの悲しみと罪悪感をかかえている。だから、この新たな重荷も受け入れるつもりだ。いつか、きみもわたしのようになるかもしれん。罪悪感にさいなまれながら宇宙を眺める老人に。だが、わたしにとってのなぐさめとなっているのは、マーコ、覚悟のよすがとなっているのは、きみたちの子供なんだ。きみたちのあとの世代なんだ。この侵攻作戦は、わたしたちには苦痛をもたらすだろうが、彼らには平和をもたらす。われわれは、明日、まだ生まれていない世代のために飛びたつ。そして戦う。そして勝利するんだ」

10

宇宙ステーション・ワンの出発ゲートで、スピアヘッド小隊——五十人の黒ずくめの戦士たち——が、自分たちのほうに迫ってくる巨大な宇宙ごみを見つめていた。

マーコはぎょっとして、「指揮官どの、こっちに来ます！」と指さした。

アディが逃げ腰になった。「でっかいごみがこっちに漂ってきます！」

長身で筋骨たくましいジョーンズ軍曹がうなるようにいった。「笑わせてくれるじゃないか。あのごみが、これから戦闘が終わるまで、きさまらの家になるんだ。だからあれを好きになるように努めろ。見た目はよくないがな」窓の外に視線を向けた。「それは間違いない。だが、だからこそあの船が選ばれたんだ」

マーコは表情をくもらせながら窓の外を見た。なるほど、たしかに大きなごみではなかった。恒星船《スターシップ》だ——すくなくとも、スターシップとしての機能を一応、備えていそうな、さびついたボルトの塊だった。船体は、ごつごつしていて、さびていて、へこんでいた。

大きくて不規則な球体という単純な形状だった。だがマーコは、エンジンノズルと、格納庫の扉のように見える金属板と、船体のいたるところから刺《とげ》のように突きだしている大砲に気づいた。トゲトゲで丸くふくらんでいるその姿を見て、マーコは機械仕掛けのウニを連想した。だから、船体に、はがれかけの塗料で《HDFSウニ《アーチン》》という艦名が記されているのを見ても驚きはなかった。

「《HDFSアーチン》？」アディがいった。「《HDFS便所《シットハウス》》のほうがふさわしいと思うけどな」ジョーンズをちらりと見た。「指揮官どの、艦名を正式に《シットハウス》へ変えられませんか？」

レイラニはうなずいた。「いいね。《シットハウス》なんていう名前の艦で戦争に行きたいもんだ」

「きさまらふたりとも、営倉にぶちこまれたまま戦争に行くことになるぞ！」下士官はどなった。「黙ってろ！　人類艦隊の艦艇にちょっとは敬意を払え」

マーコは、《アーチン》から、宇宙ステーションの外に集結している艦隊へと視線を移してうらやみながら見つめた。さまざまな艦艇が集まっていた。航空力学にかなう形状をしていて有翼のため、宇宙でも大気圏内でも飛行可能なもっとも小型なファイアーバード宇宙戦闘機の飛行隊が飛びかっていた。バスほどの大きさの大型爆撃機はステーションにドッキングしており、兵士たちがせっせと爆弾を積みこんでいる。箱形で実用本位な貨物艦には、銃弾や爆弾から戦闘糧食にいたるまでの物資が何トンも搭載されている。白い船体に赤の十字と三日月とダビデの星が描かれている医療船も集合していて、不可避な戦傷者を治療する準備をととのえている。全長数十メートルで、街を壊滅させられるほど強力な艦砲を備えている巨大軍艦には数千人の戦士が乗り組んでいる。工兵が乗っている艦や軍情報部の艦や兵站《へいたん》のための艦、それにコンピュータプログラマーから雑用係にいたるまでの、ありとあらゆる非戦闘員が乗っている艦もあった。

　艦隊で最大の航宙母艦、摩天楼並みの超巨大スターシップには、海兵隊の一個旅団が搭乗し、ファイアーバードの編隊が搭載されている。最大の航宙母艦、《ＨＤＦＳテラ》が遠くに見えた。艦隊旗艦は銀色に輝いていた。エヴァン・ブライアン大将は《テラ》からこの軍勢を戦場へ導くのだそうだ。

《アーチン》よりもみすぼらしい艦艇は一隻もなかった。

「ジョーンズ軍曹どの」マーコは、ぐるりと見まわしてほかの部隊が近くにいないことを確認してからいった。「この小隊はこの戦争で最重要の任務につくと聞いています。なのに最悪の船に乗るのでありますか？」

　背後から声が聞こえたのでマーコが振り向くと、ベン‐アリ中尉が歩いてくるところだった。

「最重要の任務につくからこそだ」ベン‐アリはいった。スピアヘッド小隊の指揮官は、部下とおなじ黒い戦闘服を着てごつい黒のブーツをはいていた。ファイア7プラズマ小銃を背負っていて、髪をポニーテールにしている。「スカムは艦隊に攻撃をしかけてくるはずだ。それも猛攻撃を。そのとき、《アーチン》のようなボロ船を真っ先にねらおうとはしないはずだ。要するに、この船は、この艦隊でもっとも安全なのだ」

アディはため息をついた。「つまり、トイレに偽装するってわけなんですね。やれやれ。トイレで暮らすよりも戦死するほうがましだな」

「そうかな」マーコはいった。「トイレってのは、軍隊で読書ができる唯一の場所なんだぞ」

《アーチン》で本を読んだり書いたりできる時間があるといいな、とマーコは願った。アバドンははるかに遠い。超空間を光速の何倍もの速さで飛んでも、艦隊が到達にするまでには何日もかかる。ナイトウォールに来て以来、マーコは寸暇《すんか》を惜しんで『ロガーヘッド』を書きつづけ、半分を過ぎたところまで来ていた。

アバドンでどんな運命が待っているかはわからなかった。死ぬまでに完成させたかった。たとえ自分の死とともに作品が埋もれることになっても。

《アーチン》が宇宙ステーションに着いた。《アーチン》に自動ドッキングシステムは備わっていなかった。《アーチン》が五十メートルほど手前で停止すると、ステーションからブリッジがのびてスターシップのハッチと接続した。小隊がブリッジを歩いているとき、マーコは《アーチン》の船体をじっくり観察した。へこみと傷があってさびているだけではなかった。だれかがスプレー塗料で下手な落書きをしていた。宇宙防衛軍管区《STC》のシンボルである、パイオニア探査機のプレートに刻まれている全裸の男女だ。ただし、こっちの男女は……オリジナルよりもかなり肉感的だった。

「やれやれ」マーコはあきれた。

「いい感じじゃないか」アディは落書きのカップルを見ながらいった。

　小隊がスターシップに乗りこむと、ジョーンズ軍曹が艦内をひととおり案内した。艦内も、外見《そとみ》よりましなわけではなかった。建造されてからすくなくとも五十年、たぶんもっとたっているように見えた。〈激変〉時代の遺物なのだ。だが、古くてぼろぼろだけど、案外快適だし、広々としてるじゃないか、とマーコは思った。食料品が貯蔵されている小さな厨房、食堂、ラウンジ、三機の大型シャトルが並んでいる格納庫、将校の居室、寝棚を十五基ずつ備えた広い部屋。砲弾箱が積まれている重砲の回転砲塔が十二基、船体から突きだしている。

「こいつは旧式だ」ジョーンズ軍曹が大砲をとんとん叩きながらいった。「〈激変〉時代のしろものだ。骨董品だな。だが、威力は充分だし、最大級のスカム船のどてっ腹にも穴をあけられる。二名の砲手がいつでも撃てるように、各砲塔二名ずつ、交代で詰めてもらう」

最後に立ち寄ったブリッジは、窓が湾曲した外殻にそって広がっている半円形の部屋で、艦隊や宇宙ステーションや下の暗い惑星が見えていた。

ぴかぴかのカフスボタンつきのネイビーブルーの制服を着ている女性操縦士が操縦席についていた。髪はさらさらで顎までの長さのプラチナブロンドだ。操縦士は立ちあがって振り向き、ラベンダー色の目を小隊のほうに向けた。ほほえんだ。

「こんにちは、ご主人さまがた！」操縦士は軽く頭を下げた。「練金社《クリソペイア》が人類防衛軍《ＨＤＦ》のために製作した汎用アンドロイドのオシリスと申します。お仕えできてうれしいです！」

アディは目を丸くした。「オシリス！　おまえも一緒に行くのか？　《ミヤリ》からこの艦に転属したのか？」

アンドロイドのほほえみが大きくなった。「わたしの姉妹のひとりで、《ＨＤＦＳミヤリ》に配属されている認識番号Ｔ２３５３ａｃとお会いになったことがあるのですね。わたしの認識番号はＴ１１４３ｆｄで、ふだんは《セーガン》に配属されていますが、本作戦では《アーチン》に搭乗しております。お目にかかれて光栄です！　ジョークはいかがですか？」

「やれやれ」マーコはいった。

「ご心配なく、ご主人さま。ご主人さまが《ミヤリ》で会われたオシリスよりもわたしのほうが型が新しいのです」と新しいオシリス。「わたしのユーモア・アルゴリズムは大幅に改善され、強化されています。〝なんで脳細胞が脳の端から端まで移動したんだろう？　さあね。思いつかないよ〟――このジョークのどこがおもしろいかというと、〝脳の端から端まで歩く〟という表現と〝思いつく《クロス・マイ・マインド》〟という言いまわしをかけているところです」

「たしかにユーモアは大幅に改良されてるね」とマーコ。

「ありがとうございます、ご主人さま！」アンドロイドはにっこりほほえんだ。「もうひとつジョークをお聞きになりますか？」

「またこんどにしておくよ」とマーコ。

「承知しました、ご主人さま。わたしの新しいデータベースには三千二百以上の――」

「オシリス、そろそろドッキングを解除したらどうだ？」ベン‐アリがさえぎった。「ほかの艦艇は位置につきはじめているぞ」

オシリスは窓のほうを向いて目を丸くした。あわてて操縦席に戻った。「そのようにいたします、中尉どの」

マーコは、ブリッジに立って、《アーチン》が宇宙ステーションから分離するさまを窓越しに眺めた。年老いた騎士がさびた鎧をきしませているような音をたてながら、ボルト留めしたバケツは宇宙空間を移動した。ほかの艦隊艦艇は宇宙で巨大な陣形をととのえつつあった。推進エンジンが各艦をゆっくりとなめらかに位置につかせていた。全長六百メートルの《HDFSテラ》が先頭に立っていた。そのうしろに軍艦がV字形に並び、それよりは小型の戦艦がそのまわりを囲み、さらに小型のファイアーバードがそのまわりを囲んでいた。ここには数千隻の艦艇が集結していたし、辺境のほかの基地から進発したさらに数千隻が合流することになっていた。

「こんなに多くの軍勢が一カ所に集まったのははじめてだ」マーコは窓から外を眺めながらおだやかにいった。「人類史上、最大の侵攻作戦なんだ」

「なにしろ星間戦争だからな」アディがマーコの背中をぽんと叩いた。「いつか、この戦争についての本を書けよ。『うすのろ《ジャーヘッド》』を書きおえたら」

「アカウミガメ《ロガーヘッド》だよ、アディ。『ロガーヘッド』だ」

ぼくが生きてたらね、とマーコは考えた。だれかが生きてたら。人類が生きのびてたら。この作戦で、人類は宇宙でこれからも長く繁栄できるか……それとも滅亡するかが決まるんだ。

　地球がはじめてスカムに攻撃されてから五十年後の六月六日、人類の希望は辺境から敵陣深くへと侵入した。

　旗艦《HDFSテラ》が最初に境界を越えた。銀色の航宙母艦は人類が領有を主張している宙域を出てスカム帝国の広大な闇へと突入した。《テラ》に乗っている、スカムにはじめて大打撃を与えたエヴァン・ブライアン大将が、若いころにやりかけたことをやりとげるために、今回の侵攻の指揮をとっていた。《テラ》には丸一個旅団、五千名の戦士が搭乗しており、船体では大きな黄金のフェニックスが輝いている。HDFのシンボルであるフェニックスは、さまざまな意味で地球の、灰からよみがえってふたたび力強く輝いた人類のシンボルにもなっている。

　しばらくのあいだ、《テラ》は単独で飛行した。《テラ》は巨大――この艦隊で最大――だが、宇宙の深奥《しんおう》では、頼りなげに、深淵へ沈んでいく金属と光のちっぽけなかけらに見えた。後方から見守っている軍人たちは固唾《かたず》を呑《の》んで待機していた。敵の大軍が四方八方から襲いかかってくるのではないか、人類が上げたのろしが、上がったとたんに消されてしまうのではないかと心配だったのだ。

《テラ》が闇のなかへと進んでいくと、ほかの艦も続いた。

数百隻が。そして数千隻が。そして数万隻が。そして艦隊の全艦艇が、巨大巡洋艦からひとり乗り宇宙戦闘機にいたるまでの十万隻が。艦隊は星々のあいだを進んだ。地球の宇宙船が、旗艦に続いて戦場に向かった。

堅固な大型軍艦の大砲はレッドウッドの大木並みに大きく、その巨砲で軌道から都市を攻撃することも可能だ。図体の大きな輸送艦は、馬鹿でかい金属製の箱に物資とおびただしい数の海兵隊員を運んでいる。バスほどの大きさという小型で機敏な哨戒艇は、いつ敵があらわれても護衛できるように大型艦の周囲を巡回している。恐るべき技術の結晶である航宙母艦は、地球の超高層建築並みの巨大さだ。艦隊にはわずかしか参加していないが、各艦が浮かぶ軍隊で、その格納庫では数百機のファイアーバードが、いつでも戦場に飛びたつ準備をととのえている。数千機のひとり乗り戦闘機は艦隊の周囲をつねに哨戒して、現在、地球を取り囲んでいるアイアンスフィアにも似た球形の防衛網を構築している。

だが、いま、地球ははるか後方にあって見えない。太陽ですら遠すぎて見えないのだ。地球には、どんな攻撃にもしっかりと耐えて、自力で生きのびてもらわなければならない。ここ、数百光年離れた宇宙空間を、地球の戦力を総動員した艦隊が進んでいた。この艦隊に——人類はあらんかぎりの力を、覚悟を、生への希望を、勇猛さをこめていた。人類は本気を出していた。これぞ文明の剣だった。

マーコは窓の前に立って周囲に広がっている艦隊を眺めた。できたら旗艦に、強大な《テラ》に乗りたかった。人類最高の操縦士が数多く搭乗している、艦隊最新の航宙母艦、《セーガン》でもよかった。恐ろしい宇宙の猛獣、重装備の巡洋戦艦でもよかった。もっとも、スカムが襲ってきたら、それら強力な軍艦は真っ先に標的にされる。マーコが所属するかけがえのないスピアヘッド小隊を、腐肉がハエを引き寄せるようにスカムの注意を惹く艦艇に乗せるわけにはいかなかった。

マーコたちが乗っている《アーチン》は、がたごとと音をたて、煙を吐き、ねじやボルトを飛ばしながら飛んでいた。〈激変〉前に建造されたこの宇宙船は、マーコが壁にもたれただけで分解してしまいそうだった。スカムには、宇宙ごみも同然に見えることだろう。《アーチン》の船体に記された艦名がはがれかけていることがすべてをあらわしていた。艦内では、小隊員はあいかわらず《シットハウス》と呼んでいた。

「すくなくとも、この船にいれば安全なんだ」アディがいった。「スカムも、こんなボロ船を壊す手間をかけようと思わないだろうからな」窓をどんと叩いた。「おい、くそスカム！　聞いてるか？　おまえらを殺しに行くからな！」

「気をつけろ！」ボルトが天井から落ちてきたのでマーコはぎょっとした。「ここではなにも叩くなよ。きみがスカムの代わりにこの船を壊すはめになるぞ」

ふたりが立っているブリッジは、金属製の箱だの配管だのでごちゃごちゃしている、倉庫のような部屋だった。半円形の窓から艦隊と星々が見えた。一部の小隊員は船体のあちこちから突きだしている回転砲塔に詰めていた。残りはここでぎゅう詰めになって侵攻作戦の開始を眺めていた。オシリス——古いほうと寸分たがわない新しいオシリス——が操縦席について艦を飛ばしていた。

アディはマーコを無視した。窓に向かってこぶしを振った。「いいか、そこにいるのを知ってるんだぞ、スカムども！　ケツの穴に足を突っこんでやるからな！」

「胸部だってば、アディ」マーコはいった。

「胸部まで突っこんでやる！」アディは銃を持ちあげた。「あたしはファイア7プラズマ小銃を持ってるんだぞ、スカムどもめ。おまえらの皮をこんがり焼いてやるからな」

アディが強がるのは、おびえているのを隠し、空《から》元気とユーモアでごまかそうとしているときだとマーコは知っていた。多くの兵士にとって、このやりかたには効果があった。ストレスと恐怖と戦うために、兵士はジョークを飛ばし、大口を叩き、思いつくかぎりの罵詈《ばり》雑言《ぞうごん》で敵を脅した。

しかしレイラニは、窓のすぐそばでじっと立ちつくしていた。無表情のまま、おだやかな声でいった。「やつらはあそこにいる。あたしたちが来るのを知ってる。腹をたててる。かんかんになってる」

ブリッジが張りつめた沈黙に包まれた。アディは青ざめた顔でちらりと見まわしてからせせら笑った。

「望むところだ」とアディはいった。「やつらを怒らせてるなら願ったり叶《かな》ったりだ。殺しがいがあるってもんさ」

マーコは訓練を思いだした。VRヘルメットをえんえんとかぶりつづけたことを。ぎらつく太陽のもと、岩がむきだしの地形を走りまわったことを。巣に突入し、地下洞窟で怪物と戦ったことを。スカムがたとえかんかんになっていたとしても、殺しがいがあるとは思えなかった。そんなところへは行きたくなかった。戦いたくなかった。だがブライアン大将の言葉が脳裏によみがえった――〝レイラニはきみを必要としているからだ。レイラニはきみを心から愛しているんだ〟。

マーコはレイラニに歩みよった。指先が触れるほど近くに並んで、ふたりで艦隊を眺めた。

「いまも感じるのかい?」マーコはおだやかにたずねた。

レイラニは顔をしかめた。「強く感じる。強く感じるんだ、マーコ。部屋いっぱいの人がどなってて、音楽ががんがんかかってて、チェーンソーがうなったりトラックが走ったりしてるみたいな騒音がずっと続いてるんだ。実際にはなんの音もしてないのに。そういう気がするんだ」

マーコはレイラニの手を握った。「ぼくがいるからね、レイラニ。我慢ができなくなりかけたら、ぼくのことを思うんだ。この世界に帰ってくるんだ。いつも巣のなかにいる必要はないんだからね」

「だけどあたしはずっと巣のなかにいるんだ」レイラニはいった。「それに、ここだとずっと強く感じる。あたしの頭のなかに虫たちがいるんだ。それを感じるんだよ」

「それなら、虫たちを殺してやる」とマーコ。「アディがいったみたいに皆殺しに」

レイラニはマーコの手をぎゅっと握った。目に涙が浮かんでいた。「やつらが大嫌いなんだ。あたしのその部分が大嫌いなんだ。絶対に殺してやる」

艦内のスピーカーから雑音が聞こえた。聞きおぼえのある声が流れた。小隊は直立不動になって聞いた。

「戦士、操縦士、そして人類の全兵士の諸君。わたし、エヴァン・ブライアン大将は、諸君を率いてこうして進発できることを光栄に思っている。本艦隊は、これより大いなる飛行に、最後の聖戦に出発する。全人類が希望をこめて、地球とその全前哨基地に、本日飛びたつ諸君に祈りを捧げている。諸君は、頼もしい戦友たちとともに、スカムの脅威を完全に排除し、銀河系にはびこる凶悪な帝国を滅ぼし、人類が地球とそれ以外の惑星で安心して繁栄できるようにするのだ。

　諸君の任務は容易ではない。敵は多いし残忍だ。その戦いぶりは苛烈だ。

　しかしわれわれはもはやおびえてはいない。五十年前、敵がはじめて地球を破壊したときのように、数十億人を虐殺されたときのように、種族としてショック状態におちいってはいない。この五十年間、わたしは人類が強くなり、勇敢になり、フェニックスのように灰からよみがえるさまを目《ま》のあたりにしてきた。ＨＤＦが、パルチザンの寄せ集めから、銀河系内のどんな軍隊にも対抗しうる強力な軍隊へと成長するさまを目のあたりにしてきた。本日、本艦隊は勝利するために飛びたつのだ！

　本艦隊が敵の母星を壊滅させるべくアバドンをめざしているあいだは、地球に残っている勇猛な兄弟姉妹がわれわれの母星を守ってくれる。敵は地球を攻撃するだろう。怒り狂って復讐しようとするだろう。だが、人類は地球を守りきるはずだ。人類は宇宙で戦う。空中で戦う。そして、たとえ敵が地球の美しい陸と海に到達したとしても、人類はそこでも、野でも森でも街でも海でも戦う。われわれは、異星をめざして飛んでいる最中も、あとに残してきた星のことを――はるか彼方のここにいても――守るために戦っている愛する星のことを忘れはしない。

　五十年間、この軍隊で軍務についているわたしにいわせれば、わが軍の戦士は人類でもっとも高潔な精神の持ち主だ。諸君は強い。諸君は勇敢だ。諸君は勝利する。諸君は勝つのだ！

　幸運を祈る、地球の戦士たち。そして、星の光が永遠に諸君を照らさんことを」

　兵士たちは全員、長いあいだ無言で立ったまま、艦隊を見つめていた。やがてアディが口笛を吹いた。

「悪くない演説だったな」アディはいった。「まあ、あたしのほどじゃないけどな」

　艦隊じゅうで、数百のノズルが青く輝きだした。操縦席のオシリスが小隊員たちのほうに振り向いた。

「艦隊がワープドライブを起動しはじめています、中尉どの」オシリスはベン‐アリ中尉にいった。「アゾス超空間エンジンを始動させています」

　マーコは、大型艦しか超空間エンジンを備えていないらしいことに気づいた。ファイアーバードや救急艇のような小型艦艇は、単純なスラスターと原子力エンジンしか備えておらず、超光速航行はできないのだ。マーコが窓から眺めていると、そうした小型艦艇が大型艦の近くに移動した。一方、大型艦の多くは艦隊をぐるりと取り囲む位置へと移動した。

マーコははっと息を呑んだ。ぴんと来たのだ

「みんなで力をあわせて時空を曲げるんだな」マーコはいった。「大きな船の航跡が小さな船をひっぱるみたいにして、小型艦艇を一緒にワープさせるんだ」

「おっしゃるとおりです」とオシリス。「時空を曲げる宇宙船のすぐそばを飛んでいれば、その湾曲のなかを飛んで一緒にワープできるのです。宇宙に巨大なトンネルができるようなものですね」アンドロイドはほほえんだ。「《ＨＤＦＳシットハウス》にもアゾスエンジンが搭載されていてワープの助けになれるのが誇らしいです」

「その名前で呼ぶな」とベン‐アリ中尉がたしなめた。「本艦にはちゃんとした名称があるんだ」

「申しわけありません、中尉どの」アンドロイドは謝った。「愉快だと思ったのです。別のジョークをお聞かせしましょうか？」

アディはうなった。「まいったな。このタイプのアンドロイドはみんな寒いジョークを連発するのか？」

「プログラムをつくったやつは、よっぽどユーモアのセンスがあるか」とマーコ。「それともサドっ気があるかなんだろうね」

艦隊じゅうでエンジンが薄青く輝いた。艦隊の旗艦、《ＨＤＦＳテラ》が、突然、まば

ゆい炎を発して超空間へと突入し、長くのびる光の筋を残して消えた。《テラ》は、何百隻もの小型艦艇もワープへと吸いこんだ。次の瞬間、さらに数隻が光の尾をひきながら前進し、小型艦艇とともに消えた。一隻、また一隻と艦隊艦艇が通常の時空から、超光速飛行を可能にしてくれる湾曲した宇宙へと飛びこんでいった。

「三秒後にワープドライブを起動します」とオシリス、「二、一……起動」

マーコは目をしばたたいた。

マーコは窓の外に浮かんで、前方のブリッジのなかで立っている自分自身を見つめた。目をこすって頭を振ると、艦内には戻ったが、部屋は狭く、ドーナツのように湾曲していて、レイラニとアディはマーコの頭上で立っていた。窓は一キロ先にあってかろうじて見分けられるほど小さかったし、マーコの脚は長さが一キロもあった。ぎょっとして頭をぶるっと振り、必死で集中しようとした。ようやく、めまいと違和感がおさまった。通常の三次元に復帰し、ほかの小隊員とともに《アーチン》のブリッジで立っていた。艦隊の十万隻の艦艇はあいかわらず《アーチン》とともに飛行していたが、まわりの星々は線状になっていた。艦隊は、巨大な光のトンネルのなかを、光速よりずっと速く移動していた。もちろん、光より速く飛ぶことは不可能なのだが、艦隊は周囲の時空を、物理法則そのものをゆがめていた。

「超空間へのジャンプが完了しました」とオシリス。「アバドンへは、七日と三時間と十二分後に到着の予定です」

十万隻か、とマーコは周囲を見まわしながら考えた。またも目がまわったが、こんどはワープドライブのせいではなかった。

何人かの小隊員がブリッジを出て寝棚部屋か食堂に向かったが、マーコはとどまって光のトンネルのなかを飛んでいる艦隊を眺めつづけた。周囲で時空が湾曲し、巨大なワームホールじみた抜け道を形づくっていた。時空自体は、実際の生地は目に見えないが、星の光が、さらにエンジンが発している光が曲がっているのが見えた。ワープの端に近づきすぎたファイアーバード戦闘機は、大型の軍艦の近くに戻るまで、機体が長くのび、翼が曲がっているように見えた。

「まるで、モーセに率いられて紅海を渡るイスラエル人だな」マーコはいった。「ただし、ぼくたちはファラオから逃げてるんじゃなく、ファラオをめざして飛んでるんだけど」

「ファラオのミイラ化したケツを蹴飛ばすためにな」アディがいった。

「みんな、なるべく睡眠をとるようにしろ」ベン‐アリ中尉が、そういってから出入口に向かった。「オシリスが操縦してくれる。これからの数日はゆっくり休息をとれ」

「自分はもうしばらくここにいさせていただきます」マーコはいった。「おやすみなさい、中尉どの」

　アディも、あくびをすると、尻をかきながら出ていった。「おねむの時間だ」

　兵士たちがブリッジから姿を消した。残っているのは、アンドロイドのほかにはマーコとレイラニだけになった。

「ぼくたちは宇宙船に乗ってるんだ」マーコはいった。「十万隻のなかの一隻に。アンドロイドが操縦する宇宙船に乗って、時空を曲げて光よりもずっと速く飛びながら、地球から何百光年も離れた星に向かってるんだ。チリの受け入れ・選別部《RASCOM》に出頭して医者にタマを触られたときは、こんなことになるなんて夢にも思ってなかったよ」

「そういうものなのさ」レイラニはマーコに弱々しい笑みを向けた。「〝まさかの時にスペイン宗教裁判〟（イギリスのコメディ番組『空飛ぶモンティ・パイソン』のコントからの引用）ってやつだよ」

「ぼくたちの場合は、〝スペインの《スパニッシュ》〟ならぬ〝スカムの《スカミッシュ》〟宗教裁判だけどね」

「こら、あたしの仲間を侮辱するな！」レイラニはマーコの腕にふざけて噛みついた。

「がぶり。告白せよ！　告白せよ！」

「きみは一パーセントしかスカムじゃないじゃないか」マーコはいった。「富裕層《ワン・パーセンター》は黙っててくれ。レイラニを占拠せよ（二〇一一年にウォール街で発生した、人口の一パーセントの富裕層に抗議する運動のスローガン、〝ウォール街を占拠せよ〟のもじり）！」

　レイラニは爪先立ちしてマーコの唇を噛み、キスをした。「あんたならあたしを占拠していいよ」

マーコはレイラニの腰に手をまわしてレイラニにキスをし、自分がなんのために戦っているのかをさとった。地球のためだけじゃない。人類のためだけじゃない。レイラニのためなんだ。

マーコは視界の端の光に気づいた。

窓のほうを向いた。

マーコはレイラニを抱いたまま顔をしかめ、時空の湾曲の端を指さした。「レイラニ、紫の輝きが見えるかい？」

レイラニは青ざめた。マーコの手をぎゅっと握った。いきなり震えだした。「マーコ、あたし……」両手で頭をかかえて顔をゆがめた。

艦隊の陣形に変化が生じた。警報が鳴り響いた。

藍色の光とまばゆく白い閃光とともに筒状になっている時空が破れ、スカム船の大軍が飛びこんできた。

11

　警報が鳴った。

「スカム襲来！」スピーカーから声が響いた。「全操縦士、ファイアーバードに搭乗せよ！」

　艦隊の四十隻におよぶ航宙母艦の一隻、《ＨＤＦＳセーガン》の艦内に警報が流れた。ケミは通路を走った。何百人もがケミとともに走っていた。

「全ファイアーバード操縦士、発進して敵を迎撃せよ！」

　ケミはどきどきしながら走りつづけた。窓から外を見ると、おびただしい数のスカム船が見えた。有機的で筋が走っているスカム船は紫の炎に包まれていた。一機のポッドが《セーガン》に向かってきた。そして航宙母艦が揺れ、千頭の金属の獣が咆哮《ほうこう》したような音が響いた。ケミはよろめいて壁にぶつかったが、壁を押して体勢を立てなおし、走りつづけた。

所属飛行隊――アヴァレリオン――の戦闘機がある十八番格納庫に飛びこんだ。十五機のファイアーバードが並んでいた。ほかの操縦士たちは、すでに自分の宇宙戦闘機に乗りこんでいた。飛行隊長のヴェリッシュ少佐がコックピットを閉めたところだった。ケミが格納庫内を走ってファイアーバードに飛び乗り、勢いよくコックピットを閉めた直後、格納庫の扉が開きはじめた。

空気が格納庫から宇宙へと流れだした。そしてケミの前に地獄が広がった。

「なんてことなの」ケミはささやいた。

スカムポッドがうじゃうじゃいた。数千機が飛びまわっていた。何機ものポッドに体当たりされた巡洋艦が大破した。その爆発に、近くを飛んでいた小型艦艇が巻きこまれた。大きな被害を受けた艦は超空間から脱落した。にじんで長くのび、グレーと赤の線になってから消えた。

「よし、みんな、ついてこい！」といってヴェリッシュ少佐が格納庫から飛びたった。

ケミは、ダッシュボードに貼ってある、初の女性戦闘機撃墜王《エース》、若きリディア・リトヴャクの写真をちらりと見た。

見守っててね、リディア。

ケミは所属飛行隊とともに格納庫から飛びたち、敵の海へと突入した。

スカムポッドの群れがファイアーバード宇宙戦闘機に体当たりしようと飛行隊のほうに直進してきた。

ケミは悲鳴をあげた。

戦闘機の一機が爆発し、ケミのヘッドホンにその操縦士の悲鳴が響いて途切れた。炎がケミの機のコックピットをなめた。激しく揺れた。機体がへこんだ。破片がぶつかってきた。もう一機が粉砕され、炎と金属を宇宙にぶちまけたが、ケミは飛びつづけた。そしてケミの機のコックピットにぶつかってきたスカムが、石英ガラスに鉤爪をたてて侵入しようとした。ケミは急降下した。ケミの下では何百隻もの軍艦が大砲を発射していた。そしてスカムがいたるところにいた。ポッドが軍艦に体当たりしていた。船体に亀裂が生じ、ムカデが這いだしていた。

「アヴァレリオン隊、集結しろ！」ヴェリッシュ少佐がどなった。「戦闘隊形をとれ！」

ケミはほかの機を見つけられなかった。息ができなかった。どこを見てもスカムだらけだった。機関砲を発射してポッドに弾を叩きこんだ。ポッドは破裂したが、別のポッドが尾部をかすめ、機がきりもみ状態になった。ケミのまわりで宇宙がぐるぐる回転した。スカムポッドが、海兵隊員が何千人も乗っている巨大な巡洋艦に次々と体当たりした。その艦に大きな裂け目が生じ、戦士たちが何百人、何千人と吸いだされた。彼らは、じたばたとあがきながら無音の叫びをあげ、真空のなかで息絶えた。破片が立て続けにケミのファイアーバードに衝突し、コックピットに傷をつけた。大破した巡洋艦が、ほとんどまっぷたつになって降下し、光と金属片の流れをひきずりながら超空間から消えた。

「アバシ少尉！」というヴェリッシュ少佐の声がヘッドホンから聞こえたので上を向くと、見えた――少佐とアヴァレリオン隊の生き残りがいた。十五機だったファイアーバード宇宙戦闘機が十機に減っていた。ケミは隊に合流しようと操縦桿をひいた。一機のスカムポッドが向かってきたので機関砲を発射した。弾は次々と命中し、そのポッドはぱっくりと割れてラベンダー色のガスとムカデを吐きだした。ケミはその雲のなかをスカムにぶつかりながら突っきって飛行隊に合流した。

ファイアーバードは機敏に編隊を組んだ。ケミは数週間しか訓練を受けていないので、かろうじてついていった。この事態はケミの手に余るように思え、頭がくらくらした。周囲では、数百ものほかの戦闘機編隊が宇宙を飛びまわっていた。どこもかしこもスカムだらけだった。何千機もの、ひょっとしたら何万機ものポッドが人類の艦隊に体当たり攻撃していた。一隻の輸送艦が大破し、水やガソリンや弾薬などをまき散らし、それらが爆発して小型艦艇を破壊した。時空の湾曲が平らに戻りはじめていた。スカムが航宙母艦のアゾスエンジンに体当たりし、タービンが宇宙空間に回転しながら飛び散ると、ファイアーバードがみな、いきなり落下してのび、縮み、星々が震えながら縮んでそれぞれひとつの光点になった。ケミはふたたび通常の宇宙を飛んでおり、周囲では、恒星船《スターシップ》が次々と現実に復帰してきた。すぐそばにあらわれたものもあれば、何千キロも離れているものもあった。陣形はすっかり崩れ、逆さになっている宇宙船もあれば、くるくる回転している宇宙船もあった。超空間にとどまったまま飛行し、頭上の光の筋のように見えている宇宙船もあった。

その混乱のなか、スカムは無慈悲だった。

エイリアンポッド——大きさはファイアーバードと同程度の小型戦闘船——が、魚群にも似た流れるような隊形をとって、いたるところを飛びまわっていた。大型の船もいた。巨人から摘出された臓器のような、赤くて脈打っていてねばつく巨大な船が、痙攣《けいれん》するような動きで宇宙を飛びながら、弁と括約筋から戦闘船をどんどん放出していた。スカムの艦隊には、金属もプラスチックも使われていない。なめらかな線も鋭角も存在しない。スカムは、みずからの体を使って宇宙船をつくりあげる。膜を吐いたりにじみださせたり放出したりして、筋状の構造を、巨大な卵と殻と肉をつくりあげる。スカム船は毒霧と焼けつく酸を吐き、人類のスターシップの船殻を突破する。ファイアーバードを燃やす紫の炎を吹く。真空中を飛び、鉤爪でファイアーバードのコックピットを砕いたり、星間巡洋艦のエンジンをむしりとったりするムカデを生む。

そしてケミのまわりではファイアーバードが撃破されていた。燃えあがり、ねじくれて宇宙空間を遠ざかっていった。炎から散った火花のように回転しながら小さくなるにつれてしだいに光が薄れ、とうとう見えなくなった。ケミの横では、ムカデが編隊のファイアーバードに飛びかかって機体を裂いた。

なんの音もしなかった。

真空中では音が伝わらないからだ。

もしかしたら、惨状よりも、死よりも、怪物よりも……静寂のほうが神経に障《さわ》っているのかもしれなかった。

胸に鉤爪が刺さっている操縦士が宇宙で回転していた。その操縦士がケミの戦闘機にぶつかり、機体をひっかきながら滑っていき、視界から消えた。突然の音――どすんという音と機体に指の爪を立てる音――でケミははっと我に返った。

「ヴェリッシュ少佐？」ケミは通信機に呼びかけた。「ヴェリ――」

ケミは少佐のファイアーバードを見やった。ヴェリッシュはあいかわらずケミの隣を飛んでいたが、コックピットが開いていて、スカムが少佐を食っていた。ゆっくりと、ほとんど優雅に、少佐の機は上昇しつづけ、とうとう上を飛んでいる巡洋艦の底部に激突した。

火の雨が降った。

ケミは愕然とした。

こんなのありえない、とケミは思った。アバドンはまだはるか彼方のはずなのに。わたしたちは目的地についてもいないのに大打撃を受けてるんだわ。

近くで、また一機、ファイアーバードが撃墜された。ケミの前の宇宙空間で戦士の死体が回転しながら遠ざかっていった。

ケミはダッシュボードに貼ってあるリディア・リトヴァクの白黒写真に触れた。この戦争中、リディアには勇気づけられてきたが、リディアも二十三歳でナチの戦闘機に撃墜されて死んだのだ。

ケミは顔を上げた。

死ぬときは死ぬのよ。どうせ死ぬなら戦いながら死んでやるわ。リディアのように。

「飛行隊！」ケミはいった。「集合せよ、戦闘隊形をとれ！　このくそ野郎どもをぶち殺すわよ」

ほかのファイアーバードが集まってきた――十五機だった飛行隊は八機に減っていた。百機かそこらのスカムポッドの群れがケミたちのほうに迫ってきた。

飛行隊はミサイルを発射した。

ミサイルは光の筋をひいて飛んでゆき、スカムの群れに突っこんだ。ポッドが吹き飛んだ。まき散らされたムカデが、回転しながら戦闘機にぶつかった。一機のコックピットが割れた。宇宙へ放りだされてくるくるまわりだした操縦士は、ムカデにつかまってばらばらにされた。

ケミは深呼吸をした。

感じるのよ。スカムを。スカムみたいに考えるのよ。

ケミは恐怖に震えた。二度とエイリアンのように考えたくなかった。だが、きょうを生きのびたければ、巣とつながるしかなかった。スカムの臭いを嗅ぐしかなかった。コーパスでそうしたように。

ケミは唇を噛んでスカムを受け入れた。

臭い、視覚、残忍さ、憎悪がケミの心を満たした。ネットワークが目の前に広がった。百万もの感覚が激しく飛び交っている光と影の迷宮が。

彼女はケミだった。彼女はエイリアンだった。彼女はやつらだった。

ケミはまた撃った。砲弾をまき散らした。さらに多数のポッドの殻を破った。

「みんな、上昇するわよ！」とケミ。「ついてきて！」

ケミは急上昇した。

「高すぎる！」という、ある操縦士の音割れしている声がケミのヘッドホンに響いた。

「敵の群れに突っこんじまうぞ！」

「信じて！」ケミは叫んだ。「ついてきて！」

ケミは急上昇しつづけ、ほかの操縦士も続いてポッドの大群に迫った。ケミは左に急旋回した。ポッドの群れは右へ方向転換した。ファイアーバード編隊は機関砲を発射した。ケミは急降下し、ほかのファイアーバードも続いた。そして一瞬後、ポッドの群れが頭上ぎりぎりを通過した。ケミは加速した。すべてのポッドがどう飛ぶかが一秒前にわかっていた。ほかの飛行隊が大打撃を受けているの対して、ぎりぎりで回避できた。ケミたちのミサイルが飛び、敵を粉砕した。いたるところで、ファイアーバード飛行隊が次々と壊滅していた。ケミは飛行隊を率いて奮戦した。

わたしにはわかる。わたしなら殺せる。もう二度とおまえたちにわたしを傷つけさせはしない。

「上にスカムの肉袋があるのが見えるでしょ？」とケミ。「あれをやっつけるわよ」

ケミたちが機関砲でポッドを撃退しながら上昇した。肉袋が前方に浮かんでいた。軍艦並みの巨大スカム船が脈打っている。その表面で筋がぴくぴくと動いている。ケミは、巣で見た医学実験を思いだした。この船は、ああいう有機素材から培養されたのだろう。そしてケミはぞっとした。人間のDNA——それどころか生きている人間——がこの船の建造に利用されたのかもしれないと思いついたからだ。ケミは、船からにじみだしている憎悪を感じとれた。その船は悪臭を放つ生き物だった。肉と意識からなっていた。

「撃て！」ケミは叫んだ。

飛行隊から放たれたミサイルは宇宙空間を切り裂き、頭上の巨大な肉の袋に命中した。

ふくらんだスカム船が弾《はじ》けた。

肉片と黄色い液体と骨のように見えるもののかけらが噴出した。ムカデが続いた。ケミは引き金をひいて、開口部にまたもミサイルを撃ちこんだ。スカム船が光と炎の爆発に包まれた。ケミは肉塊の雨のなか、急旋回し、急降下し、上昇した。ポッドの大群をねらってまた撃った。

「やったぞ！」ケミのヘッドホンに彼女の飛行隊のひとりの叫び声が響いた。

ケミのまわりで艦隊の艦艇が再集合しはじめていた。軍艦がプラズマ砲を発射していた。大型航宙母艦が光子ビームを撃っていた。まだ遠くにいる数多くの人類艦が戦闘に参加すべく飛んできていた。宇宙自体が燃えているかのようだった。光とプラズマと炎と金属片からなる広大な闘技場と化していた。その先、はるか彼方で星々が輝いていた。地球の太陽はそのなかにまぎれていた。

12

マーコの周囲で激戦がくりひろげられていた。戦場は光と肉と金属と血だらけだった。

マーコは《アーチン》の回転砲塔の一基内にいた。そこは右舷から突きだしている、へこみと欠けがめだつ大きな金属製の箱だった。そこからさびた大砲がのびていた。マーコが細長い窓から外を見ると、そこいらじゅう、スカム船だらけだった。

「死ね、くそ野郎！」アディの声が艦内に響いた。アディは別の砲塔にいた。アディの大砲から撃ちだされた砲弾がスカム船に命中するのが見えた。

マーコは、オークの巨木並みの大砲の照準をあわせた。《アーチン》が揺れた。マーコは転びそうになった。砲をしっかりとつかみ、ブーツを床に踏んばって窓の外を見つめた。《アーチン》がふらつき、そして——遠くに見えるスカムの肉袋が人類艦隊をねらって粘着物を放った。

この大砲には引き金がなかった。芝刈り機のエンジンを始動するときのようにひもをひっぱるという古臭い方式なのだ。ひもがぴんと張った。赤ん坊ほどの大きさの砲弾が大砲から撃ちだされ、宇宙空間を疾駆してスカム船に命中した。ゼリーの塊に銃弾を撃ちこんだかのようだった。一瞬、肉袋は砲弾を吸いこんだように見えた。だが次の瞬間、爆発が起きてスカム船はばらばらになり、塊が飛散した。

マーコはほっと安堵の息をついた。

「やった！」横に立っているレイラニが歓声をあげた。小柄な兵士は次の砲弾を持ちあげ、その重さにふらつきながら大砲まで運んだ。ふたりは砲弾を装塡した。

窓で光がひらめいた。マーコが見やると、スカムポッドの群れが迫ってきていた。ポッドに次々と激突されて《アーチン》が揺れた。ムカデが続々と飛びだしてきた。

「くそっ！」マーコはひもをひいてまた大砲を撃った。

白光。

炎。

激痛。

マーコはうしろへ飛ばされてレイラニにぶつかった。ふたりもろとも転倒した。マーコの視界が光に包まれ、耳鳴りがした。

息ができなかったので、マーコは自分が死にかけているのだと思った。煙がたちこめ、喉が締めつけられていた。耳鳴り。ひどい耳鳴りがしていた。綿の詰まった耳のそばでどなられているかのようだった。マーコはまばたきをして目をこすり、指に血がついていることに気づいた。レイラニもかたわらで倒れていた。丸まって咳きこんでいた。

マーコはどうにか体を起こして膝立ちになり、レイラニを見おろした。まず自分がガスマスクをつけてから、レイラニのポーチからガスマスクを出して彼女の顔にあてた。

「レイラニ！」マーコは呼びかけたが、自分の声が聞こえなかった。

レイラニが震えながら立ちあがった。そしてふたりはふらつきながら振り向いて大砲を見た。壊れていた。スカムのかけらが回転砲塔内に飛び散っていた。

「スカムが砲身に飛びこんだんだ」レイラニがいった。「砲身をふさいだんだ。そのせいで、昔のアニメの『ルーニー・テューンズ』で、バッグス・バニーがエルマーのライフルに指を突っこんだときみたいに、大砲がバックファイアーを起こしたんだ」脚に刺さった金属片を引き抜き、痛みで悲鳴をあげた。

「空気が漏れてる」マーコはいった。「さあ、艦内に戻ろう」

マーコはレイラニをひっぱって回転砲塔から《アーチン》に戻った。耳鳴りはまだ続いていた。出血していたが、どこを負傷しているのかわからなかった。とにかく、血が両手と両頬についていた。回転砲塔のハッチを閉めて空気漏れを封じた。またしてもポッドの群れに体当たりされて《アーチン》が揺れ、マーコとレイラニは通路で倒れて尻を強打した。

マーコはポーチをあさって軍支給品の絆創膏を見つけた。一枚をレイラニに貼ってから、自分がどこを負傷しているかを見つけて——両手に切り傷があった——その傷にも絆創膏を貼った。しばらくのあいだ、ふたりは荒い息をつきながらすわっていた。ほかの砲塔が砲弾を発射するたびに船体が振動した。

「だいじょうぶかい?」マーコはレイラニにたずねた。

レイラニはうなずいた。「震えてるし、脚がむちゃくちゃ痛い。けど、だいじょうぶだよ」

「ほかの砲塔を手伝いに行こう」マーコはいった。「砲弾の装塡を助けよう」

レイラニがうなずき、ふたりがふらつきながら通路を進みはじめたとき、背後でガリガリという音が響いた。

ふたりが振り向くと、そいつがいた。通路で、体長三メートルのスカムが上体を起こしていたのだ。

くそっ。

マーコはファイア7小銃を構えようとした。小銃は背中にかけていた。どうにか小銃を構え、ベルトのプラズマパックをとって装塡しようとしたが……

スカムが鉤爪を振るってマーコの小銃を払いのけた。マーコは飛びすさって倒れた。レイラニが銃を撃ってプラズマを放ったが、スカムはレイラニを押し倒し、プラズマははずれた。レイラニは床に頭を打ちつけた。

スカムはマーコに飛びかかってきた。銃はマーコの体の下敷きになっていた。マーコはナイフを抜いて投げ、怪物の大顎に命中させた。鉤爪が振りおろされ、肩を裂かれたが、首はぎりぎりでよけられた。マーコは力をこめて銃を体の下からひきだし、上に向けて撃った。

プラズマがスカムにあたって外骨格が溶けた。高温のしずくがマーコにしたたり落ちて制服と皮膚を焼いた。マーコは顔をしかめてしずくを払いのけた。指がジュージューいった。レイラニが立った。ヘルメットが傾いていた。レイラニも小銃を撃ってとどめを刺した。スカムは丸まった。外骨格が溶けた。やわらかい中身はまだ生きていて、脈打ち、泡立ち、弱々しく鳴いていたが、外骨格がなければもう脅威ではなかった。

「うげっ、殻がなくてもこいつらは気持ち悪いな」レイラニが、ぴくぴく動いているピンク色のどろどろを見ながらいった。

「ピンクのスライムだな」マーコはいった。「スパムの原料はこれなんだぞ」

レイラニは舌なめずりをした。「へえ、スカムって栄養たっぷりなんだな！」

《アーチン》の回転砲塔がまた一基粉砕され、二名の砲手が犠牲になった。マーコとレイラニは通路に保管されている宇宙服をつかみとって着ると、破られた砲塔に飛びこみ、プラズマ小銃を撃った。三匹のスカムが死体を食っていた。マーコとレイラニは殻を溶かしてそいつらを焼き殺した。

人が通れるほどの裂け目ができていて、そこから真空の宇宙が見えていた。宇宙服を着ているふたりは、マーコが大砲を撃ち、レイラニが砲弾を装填するという分担をした。前方に見えるスカム船を粉砕した。砲塔の裂け目を通して戦闘の様子が見えた。おびただしい数の人類の宇宙船とスカムの宇宙船が武器を撃っていた。軍艦並みに巨大なスカムの肉袋が放った紫色の塊が金属の船体を焼き貫いた。小型ポッドが戦場を機敏に飛びまわってファイアーバード編隊と戦っていた。ミサイルが闇を照らしながら戦場を切り裂いて飛んでいた。

マーコはこんな戦いを見たことがなかったし、想像したこともなかった。十万隻以上の宇宙船が撃ちあっていた。戦場となっている宇宙空間は差し渡し数千キロにおよび、遠すぎて光点がのびた線にしか見えない宇宙船もあった。

戦闘は数時間続いた。マーコとレイラニは大砲を撃ちつづけ、スカム船に穴をあけつづけた。艦隊はいたるところで敵を撃破し、ファイアーバード編隊は巡洋艦と航宙母艦のあいだを飛びまわって、ポッドを一機また一機と掃討した。

とうとう、マーコとレイラニは最後の一発を放ってスカム肉袋に穴をうがち、戦闘が終わった。

スカムの群れはいなくなっていた。残りすくないムカデたちが遠くでじたばたしていた。

「勝ったぞ!」艦内の遠くから声が聞こえてきた。「勝ったんだ!」

だが、マーコは艦隊を見まわしてさとった。この勝利が高くついたことを。

艦隊はひどいありさまだった。数千人の兵士が乗り組み、数百機の宇宙戦闘機を搭載していた航宙母艦が何隻も破壊されていた。それらは宇宙に浮かぶ金属の塊となりはてていた。何隻もの輸送艦がこなごなになり、貴重な水や食料品や弾薬が失われていた。無数のファイアーバードが撃墜され、その操縦士が戦死していた。何隻もの軍艦が粉砕され、制御不能になっていた。船体に穴があいていて、なかでは少数のムカデがまだ生き残っていた。

スピアヘッド小隊は《アーチン》のブリッジに集合して艦隊がどうなったかを目《ま》のあたりにした。ブライアン大将の声がスピーカーから流れた。パチパチと雑音が混じり、不鮮明で、聞こえたり聞こえなくなったりした。

「……損害の全容はまだ把握できていないが……数千隻が失われたと推定される。犠牲者は数十万人におよぶだろう。医療隊が各艦を巡回し……」一瞬、雑音しか聞こえなくなった。「……補修班が飛行可能な艦の修理を試みる。これより、地球とのあいだにワームホールを開いて通信する。詳細はのちほど伝える。全艦、陣形をたてなおせ。状況を……」

雑音が響いて通信が途絶えた。

それから数時間、マーコはブリッジですわって修理の進行を眺めた。小型船があわただしく行き交っていた。赤い十字と三日月とダビデの星が記されている医療船も、割れ目の生じた船殻や損傷したエンジンを修理する工兵と整備兵を乗せている船も見えた。葬儀をおこなう時間も、遺体を安置しておく場所もなかった。何千もの柩《ひつぎ》が宇宙へ、暗黒の弔《とむら》いへと送りだされた。

その日は一日じゅう、スピーカーから次々と最新情報が報告された。艦隊は十万隻でナイトウォールを出発した。そのほぼ半分がひとり乗り戦闘機で、残りは三人乗りの小型艇から巨大な航宙母艦にいたるまでのさまざまな艦艇だった。

艦隊はその四分の一を失った。

二百万人以上の兵士が戦死した。

「ソンムの戦い並みだな」マーコはつぶやいた。「スターリングラード攻防戦並みだ。バンクーバーよりもひどい。〈激変〉以来、最多の犠牲者が出たんだ。二百万人の命が……失われたんだ」

　ブリッジに集まった小隊員たちはうつむいて立っていた。艦隊はこの戦いに勝利したが、まるで敗北したような雰囲気だった。それにスカムの母星、アバドンは、まだはるか先だった。

　二百万人か、とマーコは考えた。まだ呆然としていた。これはただの戦いじゃない。大量殺戮《さつりく》だ。

「見て！」とレイラニが指さした。「船と船のあいだのあそこ！」

　全員がそっちを見た。二隻の輸送艦のあいだに小さな光の渦巻きが生じていた。渦巻きはどんどん大きくなったが、やがて縮んで、淡い光に囲まれた点になった。その背後で、漏斗状の大渦巻のように、筋が渦巻きながら闇へとのびているのが見えた。

「地球へのワームホールを開いたんだ」とマーコはいった。悲嘆に沈んでいるにもかかわらず、驚異の念に打たれていた。「光速を越える速度で通信するための手段だ。ほら、《HDFSテラ》がパラボラアンテナをワームホールに向けてるだろ？　あれを通してメッセージのやりとりをするんだ」

　それからしばらく沈黙が続いた。とうとうワームホールが閉じ、《アーチン》のスピーカーからブライアン大将の声が流れた。大将の口調は深刻だった。

「地球から通信が届いた」雑音混じりの声が聞こえた。「本艦隊がスカムの支配宙域に侵入したことに対抗して、スカムは地球への攻撃を開始した。アイアンスフィア防衛システムは持ちこたえている。想定どおり、九十八パーセントの成功率でスカムの攻撃を阻止してくれている。だが、アイアンスフィアを突破した二パーセントのポッドの報復攻撃が大きな被害をもたらした。カルカッタとエカテリンブルクと重慶が壊滅した。死傷者数はまだ不明だが、数百万人にのぼるだろう」大将はいったん言葉を切ってから、きびしく太い声で続けた。「本艦隊は任務を続行する。被害は甚大《じんだい》だが、われわれの決意はいささかも揺るがない。本艦隊はあいかわらず強力だ。十分後、本艦隊は超空間に復帰し、ひきつづきアバドンをめざす。われわれはスカム皇帝を倒す。必ずや完全に勝利する」

　レイラニは二本の指を立てた手を高く上げた。「勝ったぞ」

　アディも続いた。「勝ったぞ」

　すぐにスピアヘッド小隊――皇帝の殺害を託された戦士たち――全員がVサインを掲げた。「勝ったぞ。勝ったぞ」

　マーコもおなじ言葉を唱えたが、戦友たちが目に浮かべている決意には共感できなかった。この艦隊の旅はまだはじまったばかりだし、まださまざまな恐怖が待ちうけていることを承知していたからだ。これからも数多くの命が失われるはずだった。

何百万人もが死んだんだ、とマーコは考えた。なのに、アバドンはまだ遠いんだ。

各艦がアゾスエンジンを再起動し、湾曲させた時空で新たな漏斗をつくった。艦隊は前進を再開した——よろめき、血にまみれ、傷つきながらも、敵の星をめざして突進した。

13

艦隊はスカムの支配宙域を力ずくで進んだ。毎日、一時間とあけずに大砲を撃ち、プラズマを発射しつづけた。

スカムは艦隊にしつこく側面攻撃をかけてきた。スカムポッドの群れがひっきりなしに超空間へと流れこんできてはファイアーバード編隊が脅威に立ち向かい、そのたびに警報が鳴った。敵はもう大攻勢をかけてこなかった。一度に数百機しか襲ってこなかった。だが、のべつ幕なしに迎撃しなければならなかった。

「まるで『老人と海』だな」マーコが、《アーチン》の寝棚で横になったままいった。窓から外の戦いに目を向けていた。百機あまりのスカムポッドがファイアーバード編隊と戦っていた。

「なんだそりゃ？」アディがたずねた。

「昔の小説だよ」マーコはジャッカスを思いだしながら答えた。ジャッカスとは一度、アーネスト・ヘミングウェイについて語りあったことがあった。いまでは前世の出来事のように感じた。「年寄りの漁師が大きな魚を釣ったんだけど、大きすぎて小舟にひきあげられなかったんだ。漁師は魚を小舟でひっぱって岸に戻ろうとする。途中、小さな魚が寄ってきて、漁師が釣った魚をちょっとずつかじった。そして岸にたどり着いたときには骨しか残ってなかったのさ」

　アディは首をかしげた。「釣りに行きたいっていってるのか？」

「ぼくたちは小舟にひっぱられてる大きな魚で」とマーコ。「スカムがぼくたちをちょっとずつかじってるっていってるのさ。スカムは、境界での大規模な戦闘で負けた。だからちょっとずつ嚙みちぎることにしたんだ」

　アディは寝棚で体を起こし、床におりてマーコの腕に――強く――嚙みついた。

「いてっ！」マーコは悲鳴をあげた。

「嚙みちぎろうとしてみたのさ」アディはいった。

「なんだってだれもかれもがぼくに嚙みつくんだ？」アディがまた嚙みつこうとしたので、マーコは彼女を押しのけた。「あっち行け。きみは小魚じゃなく、鋭い歯を持ってる鮫なんだ」

　寝棚部屋のスピーカーが雑音とともによみがえり、ベン‐アリ中尉の声が流れた。「総員、ただちにブリッジに集合せよ」

マーコは寝棚部屋を見まわしたが、みな肩をすくめた。兵士たちは制服のしわをのばし、ブーツをはき、ファイア7プラズマ小銃を背負って部屋を出た。小隊全員がブリッジで整列した。ベン‐アリ中尉が戦闘服姿でその前に立った。

「グラミーについて」少尉はたずねた。「知っている者はいるか？」

「グルメですか？」アディがたずねた。「スパム・サンドイッチとかのことですか？」

「グラミーだってば」マーコがいった。「自分は聞いたことがあります、中尉どの」小隊員たちがマーコのほうを向いた。「知性を持つ異星種族ですね。たしか、海の惑星の海中に住んでいるんじゃありませんでしたっけ？」

ベン‐アリはうなずいた。「そのとおりだ。グラミーは高い知能を持ち、人類と同等の高度な技術文明を築いた種族だ。近年、スカム帝国がグラミーの領域に侵攻している。ふたつの文明は宇宙で衝突しているが、ほとんどの戦いでグラミーが敗北している。グラミーは二世紀前、つまり人類とおなじころに宇宙に進出したばかりだ。だからスカムの鉤爪によって甚大《じんだい》な被害を受けている。ほんの数カ月前、スカムはグラミーの母星を襲撃し、海を汚染した。そしてグラミーが数百万人死亡した」

アディは唇をなめた。「グラミーってのは、ほんとにグルメスパムでできてるわけじゃないんですね？」

マーコはアディを肘でつついた。「黙れよ、噛みつき魔」

ベン‐アリは続けた。「最近、人類はグラミーと接触し、スカムとの戦いへの助力を要請した。いまにいたるまで、グラミーはスカムの報復を恐れて受諾していない。いまこそグラミーとの再交渉の好機だと人類は考えた。グラミーは同族を数百万人失ったことを悲しんでいるからだ。グラミーは反撃する機会を求めているはずだ。われわれはその機会を提供できる。グラミーの艦隊は――すくなくとも、長きにわたる戦争で減ってしまった艦隊は――人類の艦隊よりも小規模だが、彼らの恒星船《スターシップ》は強力だ」

「すごいじゃないですか」とアディ。「スパムフィッシュが金魚鉢スターシップを飛ばしてるってわけですね。あたしたちの人生はへんてこになる一方だ」

ジョーンズ軍曹がうなりながらアディに詰めよった。「リンデン、口を慎まないと、戦争が続くあいだ、ずっと便所掃除をするはめになるぞ」それでやっと、アディは黙った。

「ブライアン大将から命令がくだった」ベン‐アリが続けた。「本小隊はグラミーの母星を訪問し、最高評議会と会見をおこなう。グラミーを説得してわれわれとともに戦うことを承諾させるためだ」

小隊員たちは顔を見合わせてからベン‐アリに視線を戻した。

「中尉どの」マーコがいった。「どうしてこの小隊なのですか？　自分たちは大物ではありません。高官ではありません。どう考えても、ただの歩兵小隊です」

「まったくだ！」とアディ。「なんでいつもあたしたちなんですか？　このでっかい軍隊で、なんだっていつもあたしたちが厄介ごとを押しつけられるんですか？」

「口を慎め、リンデン！」ジョーンズ軍曹が警告した。

ベン‐アリはしばらくうつむいていたが、大きく息を吸ってから顔を上げて、「まったくそのとおりだ」といった。「われわれはただの歩兵小隊だ。高官でもないし、大物でもない。だが、有名なのだ」

「コーパス鉱山を掃除したからですか、中尉どの？」マーコはいった。「たしかに、ただの小隊とはいえないかもしれませんが――」

「わたしの父親が有名だからだ」ベン‐アリはそういうと、またも深々と息を吸った。「グラミーとファーストコンタクトをしたのはわたしの父親だったんだ。グラミーはわたしの父親以外とは話さない……例外はその娘とその娘が率いる兵士たちだけだ」

マーコは理解した。もちろんベン‐アリ一族のことは知っている。ほとんどの兵士は知っている。人類防衛軍《HDF》内で暮らしている有名な軍人一族だ。ベン‐アリ一族の祖国は滅ぼされた。祖国も、財産も、土地も失った。何世代にもわたって、ベン‐アリ一族にとっての唯一の家は軍だった。エイナフ・ベン-アリは、偉大な大佐でも将官でもないただの下級将校の中尉にすぎないが、その姓はつとに名高い。マーコも、エイナフの父親、ヨーラム・ベン-アリ大佐が軍功をあげた将校なのは知っていた。だが、ベン-アリ・父《シニア》が探検家にして外交官なのは知らなかった。

「本艦は一時間後に超空間を離脱してグラミーの母星に向かう」とベン-アリ。「ああ、それから、全員――宇宙服を着るように。グラミーは鰓《えら》があって水中で呼吸する種族だし、彼らの星には陸地がない。海底すらないのだ。だからスキューバダイビングをすることになる」

　寝棚部屋に戻る途中、アディがマーコにうなずきかけて、「おまえのいったとおりだったな」といった。「まさに『老人と海』だ。魚だらけなんだからな！」

《HDFSアーチン》は――ベン-アリは兵士たちが《便所《シットハウス》》と呼ぶことを思いだしてため息をついた――超空間を離れて一路、水の惑星をめざした。

「ねえ、パパ」ベン-アリは窓から外を眺めながらおだやかな声でつぶやいた。「わたしはいま、まさに、わたしがパパを嫌いになった理由だったことをしてるのよ」ちらりとほほえんだ。「これから、パパがわたしを置き去りにして行ってた場所をめぐるのよ」

子供のころのことを思いだすのは好きではなかった。自分の怒りと向きあいたくなかったからだ。子供時代と若者時代のほとんどを通じて、ベン‐アリは怒りをたぎらせていた。わめいたり、物を壊したり、家出したり、暗いところで泣いたりしていた。そういう怒りを発散し、つねに冷静でいられるようになったのは大人になってからだ。それは軍人として、指揮官として役立った――だがそれ以上に、人として、娘としておおいに役に立った。

「子供のころ」とベン‐アリはつぶやいた。「わたしはほかのなによりも家庭がほしかったのよ、パパ。家が。庭が。犬が。安定が。パパには九時から五時までの退屈な仕事をしてほしかったし、世界での自分の居場所を手に入れたくてたまらなかった。だけどパパはわたしを、軍事基地から軍事基地へと連れまわした。荒野の前哨基地から荒野の前哨基地へと。わたしは兵士のなかで育った。軍隊のなかで育った。テディベアの代わりに銃をおもちゃに、ベビーシッターじゃなくて軍曹に世話されて育った」

またも深いため息。

怒りを静めなさい、エイナフ。もう子供じゃないんだから。基地から基地へとひっぱりまわされ、五回家出し、酒と荒っぽい男の子たちの腕になぐさめを求めてた子供じゃないんだから。あなたはもう、自信があって成功してる女性、戦士たちのリーダーなんだから。いま大事なのは任務なのよ。過去じゃない。

ベン‐アリはどんどん近づいているグラミーの水の惑星を見やった。最初はただの青いビー玉だった。渦巻く雲をまとっていて、地球と似ていなくもなかった。だが、いくら近づいても陸地が見えなかった。この星は水だけでできているのだ。どこまで行っても液体で、海底すらないのだ。この惑星の奥底には、小惑星程度の小さな金属核が埋もれていると考えている科学者もいるが、事実上、この星は、宙に浮かぶ巨大な水滴なのだ。

小隊員たちがブリッジに来た。兵士たちも、近づいてくる惑星を一緒に眺めた。《アーチン》は——このさびたおんぼろ輸送艦が選ばれたのは無害に見えるからだった——海の星が窓いっぱいに広がるまで接近した。眼下の水から異星の船が数隻、上昇してきた。

「スカムの船よりはずっと見た目がいいですね」とアディがいった。「疑似餌《ルアー》にそっくりだ！　グラミーが魚だってことを考えたら皮肉なもんだ。ですよね？」

ベン‐アリはため息をついた。この娘はしょっちゅう、余計な口をきく。ほかのときだったら、ほかの戦争中だったら、ベン‐アリはいまごろアディを営倉に叩きこんでいただろう。

もっとも、アディはあながち間違っていなかった。異星の船は、きらきら光りながら回転しているルアーに似ていなくもなかった。ほっそりと長い船体で日光が反射していた。緑と青のフィンがある銀色の船体は、鱗のようなソーラーパネルでおおわれている。異星の船――三隻だった――が近くまで来ると、薄い船体から透明な半球が目のように突きでているのが見えた。コックピットは青い水で満たされていて、そのなかを生き物たちが泳いでいた。遠すぎてどんな生き物かまではわからなかった。

「人間が宇宙船を空気で満たすのとおなじだ」ベン‐アリは小隊員たちにいった。「グラミーは船を水で満たしているんだ。さまざまな意味で、わたしたち人間も魚のようなものだ。水のなかを泳ぐ代わりに気体の海のなかを泳いでいるだけだ」

「特に、マーコがチーズを食ったあとはそれを実感できるな」アディがいった。

「愉快なことをいうじゃないか、足臭女」マーコは反撃した。

ベン‐アリはうめいた。「いつかおまえたちふたりを軍法会議にかけてやるからな」

操縦席のオシリスが彼らのほうを振り向いた。「中尉どの、グラミーからメッセージが届きました。わたしたちの船に耐水性がないのなら彼らの船に乗せてくれるのだそうです」

「乗せてほしいと頼んでくれ」とベン‐アリ。「《アーチン》はもう充分にさびてるからな」

「《アーチン》？」とアディ。「《アーチン》ってなんだ？」

「いまぼくたちが乗ってる艦だよ」マーコが答えた。

「このボロ船か？」アディは疑わしげに片眉を吊りあげた。「てっきり《シットハウス》って名前だと思ってたよ」

マーコはうめいた。「まさか、《シットハウス》が正式の艦名だと思ってるんじゃないだろうな？」

「だってぴったりの名前じゃないか！」とアディ。「それにみんなそう呼んでるぞ」

「エメリー、リンデン、いい加減にしろ！」ジョーンズ軍曹が重々しい声でいった。スキンヘッドのいかつい下士官は、かんかんになって両のこぶしを握りしめていた。

グラミー船の一隻が《アーチン》に並んだ。《アーチン》も、海のおよそ二百キロ上で水の惑星の軌道に乗っていた。遠くからだと、異星の船は、大きくてかさのある《アーチン》とは対照的に、小さくて精緻で、きらめく宝石のように繊細で美しいという印象を受けた。だが、近くから見ると、銀色の宇宙船は《アーチン》の優に三倍はありそうだった。真珠層のように銀色でなめらかな中心の柱があった。そして、太陽光があたるたびにラベンダー、青、金、青緑と色が変わる鱗でおおわれている八枚の翼が、花びらのように広がっている。

「ご存じでしたか？」と操縦席のオシリスがいった。「グラミーはスカムとそっくりなやりかたで宇宙船を建造します。地球の二枚貝が真珠をつくりだすのとおなじようにして、みずからの体から材料を生みだします。じつのところ、彼らの宇宙船全体が、真珠に似た材料でできているのです」

「マーコに一隻買ってもらいたいもんだ」とアディ。「ネックレスにしたいね」

二枚のかすかな光を放っているフィンが異星船からのび、よりあわさりながらトンネルをつくった。それが《アーチン》のハッチに到達し、包みこんだ。

「よし、みんな、ついてこい」ベン‐アリがいった。「全員で行くぞ。オシリス、おまえは残って留守番をしろ《マン・ザ・フォート》」

「〝要塞《フォート》〟ですか、中尉どの？」アンドロイドがいった。「要塞に〝人を配置《マン》〟するのですか？」

「この船をアンドロイドとして守ればいいんだ」とアディ。「要するに、あたしたちが釣りをしてるあいだ、おまえはここを守ってればいいんだ」

オシリスはほほえんで敬礼をした。「喜んで！　ところで、漁師についてのジョークを……」

小隊は急いでブリッジを出た。そして出口に着くまでに、歩きながら宇宙服を着た。宇宙服は宇宙空間用だが、ベン‐アリが読んだ説明によれば、水中でも使えるはずだった。パット・ザボがはじめて火星上を歩いた時代の宇宙飛行士が着ていたような、かさばる白い宇宙服ではなかった。地球の海に潜るときに着るウェットスーツを思わせる、黒と紺で体にぴったりしたスーツだ。これで足りるはずだった。兵士たちは酸素ボンベを背負い、ファイア7プラズマ小銃を携帯していた。この小銃は水中でも使用可能なので——地球の海軍も採用している——ベン-アリは、この武器ならグラミーを感心させられるだろうと思ったのだ。

　グラミーはわたしたちがどの程度の戦士なのかをたしかめたがっているはずだわ、とベン-アリは思った。わたしたちがスカムを倒せるかどうかを。そして、彼らがはじめて知った人間の娘のわたしを値踏みするつもりでいるはずだわ。

　ベン-アリたちは扉をあけた。鱗でおおわれたフィンからなるグラミーのトンネルが、搭乗ブリッジのようにのびていた。《アーチン》のエアロックの空気が真空だったトンネルを満たした。全員がトンネルに入ると——ぎゅう詰めだった——兵士が《アーチン》のエアロックの扉を閉じた。小隊員たちはいま、半透明な薄い円筒のなかで惑星の数百キロ上空にいた。トンネルの素材はブーツの下でたわんでいた。紙のように薄そうだった。ベン-アリは表情をくもらせた。もしもこの素材が破れたら、ベン-アリたちは惑星の大気圏に落ち、炎に包まれて死ぬはめになる。海面に落下するころには、灰と宇宙服の切れ端くらいしか残らないだろう。

　グラミー船と接続しているトンネルの反対端には真珠層のようにきらめく出入口があった。その——貝殻にちょっと似ている——出入口がひきあけられた。

　水がトンネルに流れこんできた。

「お風呂の時間だ！」アディがいった。「だれかアヒルのおもちゃを持ってないか？」

「よかった、これできみの足の臭いが洗い流されるかもしれないな」マーコがいった。

「チーズには気をつけろよ、マーコ」とアディ。「屁をこくと泡になるからみんなにバレるぞ」

「きみはほんとに子供だな、アディ」マーコはあきれ顔をした。「近頃は七歳児も徴兵されるのを忘れてたよ」

　水はブーツまで上がった。すぐに膝まで、そしてついに顎まで上がった。温かくて心が安らいだ。水は上がりつづけ、たちまちベン-アリのヘルメットが半分水に浸かった。そしてベン-アリは、水位が鼻を越えたとき、理屈にあわないパニックを覚えた。ベン-アリの頭部はヘルメットに包まれていた。問題なく呼吸できた。にもかかわらず、水が頭を越え、トンネルを満たしたときは、いささかの不安に駆られた。

　メロディアスな声が頭上から流れてきた。深みがあって美しい声だった。

「入ってください、人間たち。ようこそ」

ベン－アリが先頭に立って泳ぎだし、異星のスターシップに入った。ベン－アリは父親から話を聞いて育ったが、旅に同行したことはなかった。エイナフ・ベン－アリ自身は、異星の恒星船に入るどころか、はじめて太陽系外へ出たのも今年になってからだった。興味津々《しんしん》になっていることを部下たちにさとられないようにしながら、ベン－アリは船内を見まわした。

ベン－アリは、きらきらしている大きな円形の部屋に漂っていた。宇宙に打ちあげられた海のかけらだった。子供のころ、母親が水族館に連れていってくれたことがあった。幼かったエイナフは、海藻やサンゴやエイや鮫や色とりどりの魚でいっぱいの大きな水槽を見て感嘆した。その古い水族館など、ここは比べものにならなかった。波が、本物の波が立っていた。下の星を再現しようとして波を起こしているのだろう。人間がスターシップ内で重力を再現しているのとおなじことだ。オーク並みの大きさの植物が水に揺られていた。そのあいだに驚くべき生物が漂っていた。手でつかまえられそうなほど小さな生物だった。生物はさまざまな形をしていた。クラゲそっくりなものも、糸車のような形をしているものもいた。ひれがあるものもいた。すべて、くるくるまわりながら生物発光していた。これらの生物は、この星のプランクトンにあたるのだろう。

「こんにちは、グラミーさん！」アディがいって小さなクラゲに手を振った。「わたしたちは平和のために来ました！」

「ええと、アディ」マーコがいった。「きみが話しかけてるのはグラミーの食べ物だと思うよ」指さした。「ほら」

ベン‐アリもそっちを見た。人間の倍ほどの大きさの異星人が、それらの小さな生き物たちを平らげながらベン‐アリたちのほうに泳いできた。体自体はさほど大きくないが、青と紫の優美な鰓が吹き流しのように渦巻き状にのびていて、ほとんど倍の大きさに見えていた。頭部から突きでている三本の藍色のラッパ状の器官が口で、その上に四つの目がついている。異星人の下腹部から数十本のびているクラゲの足のような金色のひげが水にたなびいている。ベン‐アリは子供のころ、ベタという観賞魚を飼っていたことがある。その美しい魚は、金魚鉢の中で二年間生きていた。この異星人――グラミー――を見て、ベン‐アリは昔のペットを思いだした。

「なあ、マーコ」アディがうしろでささやいた。「おまえが昼にツナを食ったことは黙ってたほうがいいぞ。親類かもしれないからな」

「アディ、シーッ！」

ベン‐アリはふたりをにらんでから――このふたりは、絶対にしばらく営倉に叩きこむ必要がある――異星人に目を戻した。

「あなたがたの船に招いてくださって」ベン-アリは礼を述べた。「ありがとうございます。わたしはエイナフ・ベン-アリ中尉、あなたがたのことをよく知っていたヨーラム・ベン-アリ大佐の娘です。友好を深めるため、そしてあなたがたの指導者のみなさんに大切なメッセージをお届けするためにまいりました」

グラミーがうなずくと、鰓が水中で揺れた。さらに数人の異星人が続いて泳いできた。グラミーは三種類に分かれているらしいことにベン-アリは気づいた。紫と青の長い鰓をカーテンのようにたなびかせているタイプと、銀色ででっぷりしているタイプと、小柄で地味で、下腹がぷっくりふくらんでいて背中に刺《とげ》が並んでいる三種類めがいた。

当然ね。ベン-アリは父親から聞いた話を思いだした。グラミーには性が三種類あるのだ。銀色の太ったタイプが卵を生む。美しい鰓を見せびらかしている、もっとも美しい紫色のタイプが卵を受精させる。地味なタイプが卵を守る。彼らの背中の刺は捕食者を阻止するためだ。宇宙には、性が三種類、四種類、それどころか五種類ある生物種も存在することをベン-アリは知っていたが、実際に目にするのははじめてだった。

グラミーはうなずいたらしく、紫と青の鰓がふわりと揺れた。体の下部のひげがカーテンのようにたなびいて——ラッパ状の——口のひとつからメロディアスな美しい声が響いて泡が立ちのぼった。「あなたの星で起きた大きな悲劇については、敵の非常な残忍さについては、星のほんの数回転前に起きた大きな戦いについては知っています。深みへお連れします。海のなかだと時間はゆっくり進みますが、上なる大いなる渇きではいつも速く過ぎます。いまのわたしたちにとって時間は敵です。さあ、行きましょう！　常闇《とこやみ》へ。大いなる母なる海へ」

船は水の惑星へと降下した。ベン-アリが丸窓から外をのぞくと、最初は星々が見えていたが、やがて渦巻く雲と青空が見えた。再突入に際して、振動も熱もほとんど感じなかった。一面の雲に飛びこみ、雨を抜け、虹を抜け、渦巻く雲海を抜け、何層もの雲を抜け、ついに――かすかな揺れとともに――着水した。

海に潜った。窓から海の生き物が見えた。水中に漂う莢《さや》からのびている藻類が揺れていた。無数の生き物が泳いでいた。リング状で光を点々と輝かせているものも、細長くて優美なものも、丸っこくて触手を持つものも、刺と鱗があるものもいたが、すべて美しかった。こんなに色とりどりでさまざまな形をしている生き物たちを見るのははじめてだった。

どんどん潜りつづけて水中都市に着いた。この星に海底はない。建造物に土台は存在しない。ここの建造物は水中に漂っていて、円形で銀色で、窓がたくさんあった。ここにあるのは、小さくても家程度、大きいものだと差し渡し一キロもある巨大な泡の街だった。それらのあいだを何千人ものグラミーが、紫と青と金色の鰓を吹き流しのようにたなびかせながら泳いでいた。乗り物もあった。長くて銀色の乗り物が、ゆっくり回転しながら移動しているさまは、巨大なプランクトンが踊っているかのようだった。人工の照明がなかで輝いている球体が、街のあちこちに浮いていた。この街に固定されている建造物はなかった。どの建造物も上下に動いていたり、漂っていたり、ときにはぶつかりあったりしていた。

船は小隊を、街の中心に浮かんでいる、大きくてかすかに光っている球体へ連れていった。そこで小隊はスターシップを降り、海中を泳いでその球体に入った。温かい水は塩分濃度が高いので、手足を大きく動かす必要はなかった。ベン-アリは浮かんでいた。グラミーの最高評議会がその球体のなかで泳いでいた。美しい高齢のグラミーたちは、動くたびに色が変化する、輝くかけらのネックレスをつけていた。

「ようこそ、地球の娘」グラミーたちはラッパ状の口で歌った。「ようこそ、わたしたちが愛した人間、上なる大いなる渇きより来てわたしたちと泳いだ人間の娘」

ベン-アリは、何年も前に父親がそうしたように、グラミーたちに話しかけた。スカムとの大戦について語った。数知れない船が焼けたがスカムを破った辺境での戦いについて語った。スカムの皇帝を殺し、銀河系に広がっている悪の帝国を崩壊させてこの戦争を終結させるための大侵攻作戦について語った。グラミーたちは上下に揺れながらじっと聴き入った。ベン‐アリが、バンクーバーの壊滅などの悲劇について話すたびに目がきらりと光った。

とうとう、グラミーたちも口を開いた。「わたしたちは平和の民です」グラミーたちは声をそろえていった。「わたしたちは美のため、音楽のため、色のため、光のために生きています。しかし乾いたムカデは破壊の、憎しみの、死の生き物です。彼らはわたしたちを大勢殺し、わたしたちの球をたくさん壊し、母なる海を毒で汚染しました。わたしたちは単独で彼らと戦いました。大勢が殺されました。しかしわたしたちはいまも泳いでいます。彼らはわたしたちを弱いと勘違いしましたが、実際には勇猛なのです。彼らはわたしたちを臆病だと勘違いしましたが、実際には勇敢なのです。敵はわたしたちの船のほとんどを破壊しましたが、わたしたちはいまも武装艦隊を保持しています。その艦隊をあなたに託しましょう。三百隻のドライシップがあなたとともに戦います、地球の娘。その艦隊は多くのムカデのポッドを壊すでしょう」

三百隻。たいした数ではなかった。相手がスカムのような強大な帝国では。だが、どんなにわずかな援軍でもありがたい。ベン‐アリはうなずいた。

「ありがとうございます、水の子供たち」ベン‐アリは礼を述べた。「同盟軍として戦いましょう。力をあわせて敵を倒しましょう」

《HDFSアーチン》は水の惑星から離れたが、そのうしろには三百隻のドライシップ――グラミーのスターシップ――が続いていた。艦隊は、かすかに光る巨大なプランクトンの群れのように宇宙空間を飛行した。鱗でおおわれた翼はくるくる回転しながら星の光を反射し、ほっそりした船体からは水で満たされたガラス質の半球がでっぱっていた。

美しく優美な船だったが、それだけではなかった。ほどなくしてその実力が証明された。

艦隊と合流すべく飛行しているとき、スカムポッドの――十五機の――群れがいきなり超空間からあらわれて襲ってきた。

《アーチン》も敵を砲撃した。だが、グラミーのドライシップの奮闘ぶりはすさまじかった。ほっそりした大砲が植物が芽吹くように上部からのびた。有機的で優美だった。大砲は花のように開いて、脈打つエネルギーの塊を放った。そのパルスはスカムのポッドを粉砕した。ムカデがあふれだしたが、ドライシップは輝く炎の稲妻を発して宇宙空間でスカムを焼いた。

「たまげたな！」《アーチン》のブリッジで見ていたアディがいった。「魚どもは強いじゃないか！」

ベン＝アリはうなずいた。「グラミーは強い。そしてわたしたちの仕事はまだ終わっていない」顎を上げて星々を見つめた。「アバドンに着くまでに、さらに同盟者を見つけなければならないんだ。いまは、自由な文明すべてにとって好機だ。全銀河系が立ちあがるべきなのだ」

《アーチン》は艦隊と合流し、超空間をさらに数光年飛行した。それからふたたび漏斗を離脱し、別の惑星をめざした。

今回の目的地は多雨林の星、海はないが川と高さ数百メートルの森からなる巨大な網でおおわれている惑星だった。ベン-アリと彼女の小隊は霧のなかをシャトルで着陸した。森のなかに木材とロープと結晶でつくった大都市があった。そこに住んでいる知的異星人がシルヴァンだった。シルヴァンの円盤状の胴は厚い茶色の毛皮でおおわれていた。体の片側についている八つの目をしばたたいて、反対側に並んでいる口と鼻で呼吸していた。環状の体から六本の把握力のある尾がのびていて、枝をつかんだり、道具を使ったり、スターシップを建造したりできた。

「蜘蛛とヒトデと猿を足して三で割ったみたいだな」というアディの感想には、ベン-アリも同感せざるをえなかった。

「協力しましょう」歯をカチカチ噛み鳴らすようなシルヴァンの言語をベン-アリの通信機が翻訳した。「スカムはわたしたちの木をたくさん腐らせ、わたしたちの月を蹂躙《じゅうりん》しました。わたしたちも戦います」

シルヴァンは結晶と琥珀《こはく》でできていて、大岩サイズの宝石からスカムポッドに穴をあけられる光子ビームを放つスターシップを四百隻調達した。やがて、ジャングルの星を飛びたった艦隊は、水で満たされているグラミー船と同様、人類艦隊に合流した。

ベン‐アリたちは戦闘が続いている星も訪れた。百機のファイアーバードをその惑星に呼びよせて惑星上を這いまわっているスカムを掃討した。そこは日が燦々《さんさん》と降り注ぐ美しい星で、丘には歌う花が生えていた。そこに住んでいる異星人は、生きているハープとでも呼ぶべき種族だった。その細くて金色の声帯は体の外にあった。細長い指で声帯を弾き、音楽を奏でて意思を疎通するのだ。彼らはその指で道具もつくれたし、金と鋼鉄から、ボタンを押すのではなく弦を弾いて操作するスターシップも建造できた。強力なレーザービームを放てるそうしたハープシップが数百隻、人類艦隊に加わった。

ベン‐アリは星をめぐっては銀河系内の文明から同盟者を集めた。スカムの被害を受けている星々から。磁場を利用して意思を疎通している、浮遊している生きた金属球が住んでいる星もあった。放棄された貝殻を利用するヤドカリのように、進化の先の段階に達した者があとに残したアーマースーツに入りこむ、移動可能な魂とでも呼ぶべきガス雲状異星人もいた。知性ある光線である異星人が住む星もあった。質量を持たないその種族は、幽霊が憑依《ひょうい》するようにしてその星に住む動物の心をコントロールし、その体を使ってスターシップを建造していた。泡のなかで生きているインクの渦である異星人は、電撃を放つ、ふわふわと飛ぶスターシップを派遣してくれた。手足が四本で頭があるという地球の動物と似ていなくもない体のつくりだが、イエダニ程度という小ささの種族は、スカムポッドほどの大きさで核兵器を発射できる飛行都市を派遣してくれた。根で歩く知性ある植物は、アディが馬鹿でかい植木鉢と呼んだ船を飛ばした。小惑星をおおう知性あるコケは、石の乗り物で敵に体当たりできた。

ごく少数のスターシップしか送れない星もあった。数百隻の艦隊を派遣してくれた星もあった。だが、すべての種族が戦いに参加してくれた。すべての種族がスカムを憎んでいた。銀河系の、この巨大な宇宙的円形闘技場の片隅で文明を築いている数十の種族が力をあわせて立ちあがった。

みんなパパを知ってるんだわ、とベン-アリは飛行中の《アーチン》の艦内で考えた。みんな、パパとの思い出のために戦うことを決めてくれたんだわ。それに、この銀河系に平和をもたらすために。

人類は、十万隻のスターシップで出発したが、すぐに四分の一を失った。だがいま、数千隻の新たなスターシップが加わった。結晶で、金属で、石で、光でできているスターシップが。銀河系じゅうから集結したスターシップが。

この戦いを主導しているのはあいかわらず人類だ。この艦隊の大半はあいかわらず人類だ。だが、この戦争がはじまって以来はじめて、人類に仲間ができたのだ。

自由文明同盟軍は飛行しつづけ、日々、アバドンへ、悪へ、史上最大の戦いへと近づいていた。

14

《アーチン》の機関室ですわっていたマーコは、ノートに〝了〟と記した。

マーコは長いあいだノートを見つめていた。

〝了〟

『ロガーヘッド』を書きおえたら、ぼくは泣くんだろうか、踊るんだろうか、それともたんに何時間も寝るんだろうか、とマーコはかねがね想像していた。ところが実際には、黙ってすわってノートを見つめるばかりだった。どう感じればいいのか、自分でもわからなかった。

「これで」マーコはつぶやいた。「終わりだ」

レイラニはそばの窓台で丸くなって星々を眺めていた。立ちあがってマーコのほうに歩いてきた。裸足で、戦闘服のズボンに白のタンクトップという格好だ。マーコのうしろで立って彼の肩に顎を乗せ、一緒にノートを見た。

「〝了〟ってことは」レイラニはいった。「書きおわったんだね！」

マーコはうなずいた。「最後の何章かは二週間しかかからなかったんだ。戦場に着くまでのあいだ、《便所《シットハウス》》では時間がたっぷりあるからね。それにこの小説は、精神に障害をかかえてる男が書いた手紙っていうていになってるから、スペルや文法の間違いがあってもかまわないんだ。だから早く書けたのさ」

「その男は亀に手紙を書いてるんだよね」とレイラニ。「覚えてるよ。その男は自動車事故に遭ったんだ」

「読者は最初のうちはそれを知らないんだ」とマーコ。「きみにもネタバレをするべきじゃなかったな。最初、読者はホームレスの精神障害者が手紙を瓶に入れて、アカウミガメ《ロガーヘッド》宛てのその手紙を海に投げ入れてるだけだと思う。だけど、あとになって、女性が浜辺にいる男のもとを訪れて自分は男の娘だと主張したとき、男が自動車事故に遭ったこと、男が医師だったことがわかるんだ。そして……おっと、本格的なネタバレをするところだったよ」ノートを閉じて片手を表紙に置いた。「ほんとに書きおえて、いまは妙な気分なんだ。何年も前から考えつづけてた小説がついに完成したいまは」

レイラニはほほえんだ。「読んでいい？」

レイラニはノートに手をのばしたが、マーコはノートを渡さなかった。「どうしようかな。ちゃんとした作品に仕上がったかどうか、自信がないんだ」

「あたしは絶対に好きだよ」レイラニはマーコのまわりを跳ねまわった。「あんたが書いてるところをずっと見てたから、共作者みたいな気分なんだ」

マーコはつかのま考えこんで窓の外を見た。「ぼくたちが地球に帰れない恐れは充分にある」

レイラニは首をかしげた。「気分が暗くなることをいってくれるじゃないか、エメリー」

マーコはノートに視線を戻した。「この小説を完成させられてうれしい。だけど、ぼくはこの戦争で死ぬんじゃないか、だれもこれを読まないままになるんじゃないか、ぼくと一緒にこの小説も死ぬんじゃないかって心配なんだ」

「それなら、せめてだれかは読むべきじゃないか」レイラニはそういってノートに手をのばした。「さっさと渡しなよ！」

レイラニがマーコからノートを受けとると、マーコはほか六冊のノート——小説全篇——もレイラニに渡した。レイラニは元の窓台に戻ると、また丸くなって一冊めのノートを開いた。

外で艦隊が突き進んでいるあいだ、レイラニは読みつづけた。ときどきはっと息を呑《の》んだ。ときどき笑った。ほとんどの時間、丸くなって横たわったまま、黙って読んでいた。途中、涙を流してノートを濡らした。その夜、マーコが眠っても、レイラニは夜ふかしをして読みつづけた。翌日も、ノートからノートへと読みつづけた。食堂で食事をとっているあいだも読みつづけた。

夜になって、とうとう、レイラニはマーコに近づいてきた。マーコはまた、機関室のおなじ窓台で星々を見ていた。レイラニはマーコがすわっている窓台に飛び乗ると、両脚をかかえて膝に顎を乗せた。

「読みおわったよ」レイラニがいった。

マーコは、レイラニは『ロガーヘッド』が気にいらなかったのではないかと急に不安になった。それどころか――小説を読んだせいでマーコのなにか、マーコの魂のなにかに気づいて困惑したり、マーコを嫌いになったりしたのではないかと心配になった。

「読んでくれてありがとう」マーコは、最悪の事態を恐れながら、おだやかな声であっさりと礼を述べた。

レイラニは唇をぎゅっと結ぶと、首をかしげてしばし考えこんだ。マーコの目を見つめた。「マーコ、きれいだった。すごく悲しくて……とにかく、いちばんは悲しかった。だけど、なんていうか、ほろ苦くて、きれいな悲しさだった。ひとりきりでいるとき、遠くの野原に雨が降ってるのを見たときみたいな。あんたみたいにもっと言葉を知ってたら、あたしの気持ちをもっとうまく伝えられるんだけどな」マーコににじり寄って抱きつき、頰にキスした。「この本を書いてくれてありがとう。全世界が、全銀河がこの本を読むべきだよ」自分の顎をぽんと叩いた。「ただしスカムは別だ。やつらが本好きかどうかは知らないけど」

「読んでくれてありがとう」マーコはくりかえした。こんどは、安堵の、感謝の、愛の言葉だった。

レイラニは頭をマーコに預けた。「この本は地球に持って帰らなきゃだめだよ。出版しないと。だからアバドンで死んじゃだめだ。いいね？　約束だよ？」

「ああ、約束する」マーコはいった。

レイラニは両脚をのばすと、窓台の端に足の裏をつけながら、マーコと一緒に星々を眺めた。

「マーコ、地球に帰ったら、一緒に住んでもかまわないかな？」

「うちで一緒に暮らしたいのかい？」マーコはほほえんだ。

レイラニはうなずいた。「うん。あたしは地球に家がないんだ。軍に入る前はホームレスだったんだ。あんたから聞いた、図書館の上のアパートメントで暮らせたらうれしいよ。

部屋代と食事代は働いて出す。だけど、とにかく、一緒に暮らせたら楽しいだろうなって思うんだ」

マーコはレイラニを抱きしめて頬にキスをした。はじめて会ったとき、レイラニは軍に入隊して戦死したいと願っていた——手首を切って自殺することに失敗したあとの、一種の壮大で英雄的な自殺だった。マーコにとって、レイラニが未来について語るのを聞いたほうが、本を褒《ほ》められるよりもうれしかった。

「地球に帰ったら、ぼくのうちに住めばいいよ。カナダのぼくのうちに。アディとぼくととうさんと一緒に住もう」

「あたしが住んでも、みんなは気にしないかな？」レイラニはたずねた。

「アディはきみが大好きだし、とうさんもきっときみを気にいる」とマーコ。

「いつか、あんたの本が売れて金持ちの有名人になったら、大きな家を買ってよ」とレイラニ。「おっと、いまのは冗談だからね。あたしは大きな家なんかいらない。木と水がそばにあれば、小さなアパートメントで充分だ。あんたが一緒なら。それに、それに、あんたがまた本を書いてあたしに読ませてくれれば」

マーコはレイラニの髪をくしゃくしゃにした。「条件はそれだけかい？」

「あとひとつだけ」とレイラニ。「カナダに行ったらこのことは話さないで。軍隊のことは。スカムのことは。鉱山であったことは。亡くした友達のことは話そう。ただし、楽しかった思い出だけ。エルヴィスが歌ったときのこととか、ビーストがロシアについて話したこととか、ケイブマンがどんなに花が好きだったかとか。だけど、みんながどんなふうに死んだかとかは話さない。悪いことは。それは約束して」

「約束する」とマーコ。

レイラニは唇を噛んだ。「ベン＝アリ中尉どのも一緒に住んだらいいのに。ほら、中尉どのも家がないんだから。中尉どのは軍事基地で育ったんだ。それにスタンピー軍曹も。帰りにナイトウォールに寄って拾っていけばいい」

「アパートメントがかなり窮屈になるな」とマーコ。

「窮屈なのは好きだよ」とレイラニ。「この世で最悪なのは寂しいことなんだ」

ふたりは長いあいだ、抱きあったまま黙って星々を眺めた。マーコはレイラニの頬を涙が流れていることに気づいた。

「レイラニ」マーコは声をかけた。「どうかしたのかい？」

レイラニの涙がマーコのシャツを濡らした。「幸せなんだ」レイラニは震え声でささやいた。「こんなふうにあんたといられて幸せなんだ。これが終わってほしくないんだ。アバドンに着きたくないんだ。戦いたくないんだ。ずっとこうして、あんたに抱かれていたいんだ」

「この戦争はもうすぐ終わる」とマーコ。「そうしたら、図書館で本について語りあって過ごそう。それに、公園と浜辺を散歩しよう。怪物はもういないんだから、もう心配しなくていいんだ。世界は昔のようになって、ぼくたちは幸せに暮らせるんだ。友達を思いだしながら幸せに一緒に暮らせるんだ。一緒に年をとれるんだ。そして地球に帰ったら、世界がもとどおりになったら、ぼくはきみを絶対に放さない」

「ほんと？」

「ほんとさ」

「そのために戦うよ」レイラニは涙を拭いた。「軍に入ったときは、あたしには戦う理由がなかった。スカムが憎いだけだった。自分が憎いだけだった。だけどそのために戦うよ、マーコ。あんたと一緒に年をとれるように。みんながあんたの本を読むのを見られるように。こうして一緒に星を眺めてる、いまこの瞬間のために」マーコに舌を出した。「それと、かわいいハーフの赤ちゃんをつくるために」

マーコはうなずいた。「うん。アパートメントは間違いなく窮屈になるな」

レイラニが目をつぶった。ふたりが一緒にすわっているあいだも、艦隊は宇宙を突進していた。炎に向かって。死に向かって。よりよい明日という希望に向かって。

「違うよ、アディ」マーコはいった。「竜は斜めに動くんだ。こんなふうに」

アディは唇を噛んですわり、目を細めてカウンター・スクエアズ盤をにらんでいた。

「これが竜か？」アディはコマを持ちあげた。

マーコはうめいた。「アディ！　それはグリフィンだ。それも、ぼくのグリフィンだ。きみは白なんだからね」

「あたしは黒がいい」アディはそういって黒の騎士に手をのばした。

「だめだってば！」マーコはその手を払いのけた。「アディ、真剣にやってくれよ。カウンター・スクエアズは真剣なゲームなんだ」

ふたりは《アーチン》の、機関室の上の雑然とした部屋、ラウンジですわっていた。超空間を飛行中なので床が振動しているため、盤上のコマが震えていた。ほかに数人の兵士がすわって、トランプをしたり、窓から艦隊のほかの艦艇を眺めたりしていた。

アディがようやく自分のコマ——白の大砲——を持ちあげて数マス進めたが、マーコの象にとられてしまった。

「くそったれ！」アディはどなって、弾《はじ》かれたように立ちあがった。「こんなゲーム、馬鹿げてる」

「ぼくも最初は下手だった」とマーコ。「だけど、このゲームは馬鹿げてなんかいない。古くからある、技術と戦略と——」

「アイスホッケーをしたらどうだ、オタク野郎」と、アディ。「そうすれば、おまえのケツを蹴飛ばせる。子供のころ、おまえは、あたしが氷に乗ってるあいだ、この、チェスよりもオタクっぽいゲームばっかりしてた」腕まくりをして、好きなチームのマーク、青いカエデの葉《メープルリーフス》のタトゥーを見せた。「これがゲームだ」

「だけど、ベン‐アリ中尉どのが《アーチン》にアイスリンクをつくらないかぎり、カウンター・スクエアズしかないんだ」とマーコ。「きみの番だぞ。やってみろよ」

アディはうめきながらふたたびすわり、つばを吐いた。飛竜を三マス進めてマーコの要塞をとった。「よし！　やっつけてやる」

　マーコは投石機を進めてアディの飛竜をとるという手で応じた。

　アディはしばらく盤面を見つめた。そして立ちあがって小銃を盤に向けた。

「おいおい！」ラウンジにいた兵士たちが、そういいながらアディに飛びついて抑えこんだ。

「そのいまいましいくそったれな盤に穴をあけてやる！」アディはわめいていた。「おい、マーコ。昔ながらの殴りあいでけりをつけようじゃないか」

マーコは悲しげに首を振った。「そんなことしたら、自分は筋肉バカだって認めてるようなもんだぞ」

数人の兵士たちはアディを連れ去って彼女の頭を冷やそうとした。マーコはため息をついてカウンター・スクエアズ盤をリセットした。

マーコは、幼いころからアディの癇癪《かんしゃく》のせいで迷惑をかけられていた。アディがマーコの家に越してくる前から、学校で彼女の怒りの標的になっていた。一年生だったころ、休み時間にアディからつかみあいの喧嘩を吹っかけられたことはいまでもよく覚えていた。アディの勢いがすさまじかったので、ふたりが校庭をごろごろ転がっているうちに、防空壕のさびた古い金属製ハッチに乗った。ハッチが開いて、アディとマーコは一・八メートル下の硬いコンクリートの床に落ちた。頭上のハッチが閉まって、さびが雨のように降ってきて、ふたりは暗い部屋に閉じこめられてしまった。ふたりとも骨折しなかったのは奇跡だった。だが、落下の衝撃をものともせず——ちょっとした侮辱に腹をたてていた——アディは防空壕のなかでもマーコと取っ組みあいを続けた。アディがおちつくまでに一時間かかったし、それからさらに一時間、大声で助けを呼びつづけてやっと、気づいた教師に引きあげてもらったのだ。

思い出にひたっていたので、マーコはジョーンズ一等軍曹がやってきたことに気づかなかった。巨漢――身長二メートル前後、体重百数十キロというところだろう――はアディがすわっていた、マーコの正面の席についた。椅子がきしんだ。マーコはスピアヘッド小隊の副官を見上げ、トラブルを予感してどきりとした。ジョーンズのスキンヘッドの頭は大きく、肌は赤褐色で、片方の頬に古い戦闘の傷痕があった。どこをどう見ても戦士で、アディだって素手でまっぷたつにできそうだった。

「じゃあ、おまえはカウンター・スクエアズが得意だと思ってるんだな？」下士官がいった。

「はい、すくなくともアディよりは、指揮官どの」マーコは応じた。

ジョーンズはかすかにほほえんだ。「まあ、やってみよう」歩兵を動かした。「おまえの番だ」

マーコも歩兵を進めた。ジョーンズは早くも竜を動かした――鶴の定跡《じょうせき》だ。マーコは、要塞で攻撃を防ぐという典型的な防御策で応じた。ところがジョーンズは、鶴の定跡どおりの二手めで応じず、次も、さらに次も歩兵を動かして、最終的に大砲をふたつとも前に出した。マーコは顔をしかめて盤面を見つめた。アディよりも強いのは明らかだった。マーコはたちまち竜と飛竜と象を失った。グリフィンがジョーンズの罠にかかったときに勝負は決した。

「部下たちとしょっちゅうやってたんだ」とジョーンズ。「タイタンに配属されてたときにな。もう一局やるか？」

　ふたりはさらに二局指し、ジョーンズが連勝したが、三局めで、マーコは守りをがっちり固めたので、あとちょっとで引き分けに持ちこめるところだった。

「いいか」とジョーンズがいった。「カウンター・スクエアズで、多くの者がよくあるミスを犯す。勝つためには先の先まで読んで、一手ずつきっちりと実行しなければならないと考えるんだ」

「自分もそうしようと努めています」とマーコ。

「だろうな」とジョーンズ。「だから、毎回、おまえがどんな策を練っているかがたちまちわかり、それを妨害できたんだ。一方、おまえはおれがどんな策を練っているかを読もうとしたが、読みとれなかった。そうだろう？」

「はい」とマーコ。「最初、指揮官どのは鶴の戦術をとろうとしているのかと思いましたが、そうではありませんでした」

「カウンター・スクエアズのコツは複雑な策をめぐらすことじゃない」とジョーンズ。

「基本原則どおりに指すことなんだ。盤の中央を支配する。守りを固める。好機を逃さずに攻める。一手指すごとに、おれは自問するんだ。この手で盤上の情勢がおれにとって有利になるのか？　この手は基本原則にのっとっているか？　おれは、二、三手しか先を読まない。一手ごとに自分にとって有利になるように努めていれば、最終的な勝利がしだいに近づいてくるんだ」

　マーコは理解した。「即興で指してるんですね？」

「そんなところだ」とジョーンズ。「だが、つねに新たな局面を検討して、自分にとって有利になるかどうかを判断できなきゃだめなんだ」下士官は窓の外の艦隊を眺めた。「おれにいわせれば、戦争もおなじだ。将官は最終目標を提示するが、計画が厳密すぎると失敗する。優秀な軍人は、戦場で、自分たちにとって有利になる手を即興で打ちつづけるんだ」

「人生もおなじですね。人生ってのは、計画どおりに行かないものです」マーコは、地球の記録保管所に配属されてケミと暮らすという計画を思いだした。「毎日、最善の選択をしようと努めつづける。それはいつも簡単にできることじゃありません。特に悪いことがあったときには。近しい人を失ったときには」

　ジョーンズはうなずいた。「順調なときに人生で勝利するのは簡単だ。すべてがばらばらになりかけているとき、愛する人が死んだとき、世界が燃えているとき、勝利へいたる道が存在しないように思えるとき——そういうときこそ、盤面を慎重に見ながら一手ずつ進めるという戦いかたを続けなきゃならないんだ」

ジョーンズ軍曹は何人の友を、何人の愛する人を亡くしたんだろう、とマーコは考えた。

マーコは先に逝った友人たちを思いだした。ビースト、エルヴィス、ジャッカス、ケイブマン、シェリフ。指揮官と指導者たち――ウェッブ伍長、ディアス伍長、シン軍曹。マーコは毎日、彼らを恋しがっていた。彼らと一緒にこの船に乗っていられたらよかったのにと考えていた。艦隊がアバドンに近づくにつれて、日ごとに、希望を見いだすのが、勝てるかもしれないと考えるのが難しくなっていた。

そして日ごとに、愛する人をまた失うのではないかという恐れが強まった。レイラニを。アディを。

その夜、マーコは遅くまで寝棚で起きていた。ほかの分隊員たち、十五人の戦士たちは暗い部屋のなかで寝ていた。明日、マーコは長時間、接近してくるスカムをねらって大砲を撃ちつづけることになるはずだった。スカムの突撃部隊が毎日襲ってきて、艦隊の戦力をじわじわ削っていた。だが、マーコは眠れなかった。アバドンが近づけば近づくほど不安が高まった。床板の振動音とエンジンのうなりが低く重々しい声に聞こえはじめた。もっとも、声はくぐもっていて、なんといっているかは聞きとれなかった。だが、夢のなかで、その声はマーコにはっきりと語りかけた――スカム皇帝の声が、マーコをねぐらに歓迎し、マーコを切り刻み、つなぎあわせて新たな生き物につくりかえてやると告げた。マーコは、ほぼ毎晩、一時間以上続けて眠れなかった。

目の前に影がそびえたった。

鉤爪がのびた。

マーコは寝台で横になったまま身動きができず、見上げるばかりだった。蹴ろうとした。枕の下の銃をとろうとした。腕が麻痺していた。叫びたかった。艦内にスカムがいる、艦内にスカムがいるぞ！　唇が動かなかった。

「ポエット？」スカムがマーコの肩を揺すった。「ポエット、寝てるのか？」

マーコの心がふたたび体につながった。また息ができるようになった。パジャマ姿のアディがマーコを見おろして立っているだけだった。

「アディ、くそっ、スカムだと思ったじゃないか。いったい――」マーコは顔をしかめて言葉を途中で切った。アディの頬は涙で濡れていた。

アディはマーコの寝台に腰かけ、そして横になった。「マーコ、さっきは癇癪を起こしちまってごめん」と謝った。「あのくだらないゲームで」

「いいんだよ」マーコは応じた。

アディはマーコの腕に触れた。「それから、いつもごめん。家にいたときにおまえをしょっちゅういじめて。おまえと取っ組みあいをして。あたしがおまえにとってでっかい頭痛の種で」

「きみのおかげで人生が興味深くなったよ」とマーコ。

アディはマーコの胸に顔をうずめた。「怖いんだ、マーコ。ゲームに負けたみたいにこの戦争にも負けるんじゃないかって。おまえを失うかもしれないと思うと怖いんだ。死ぬのはちっとも怖くない。生きつづけるのが怖いんだよ、マーコ。おまえを失って、レイラニを失って、ベン‐アリ中尉どのを失って。もう失った友達を失ったままで生きつづけるのが怖いんだ」

「ぼくもだよ」マーコはおだやかにいった。

アディは涙のたまった目でマーコを見た。「話しちゃだめなのはわかってる。なにも起こらなかったみたいに忘れなきゃだめなのはわかってる。だけど、おまえとセックスできてよかったってあたしは思ってるんだ。あたしはいつも、マッチョな大男としか寝てなかったし、おまえは友達だ。親友だ。だからよかったって思うんだ。あのことを、あたしは忘れない。たとえおまえがレイラニとつきあってても、たとえみんなが死んでも。あれはすばらしい出来事だったんだ。そうとしか思えない。あたしはおまえを心から愛してるんだ。おまえにとってあたしは頭痛の種でも」

「きっと生きのびるさ」マーコはいった。「ぼくたちふたりとも。で、戦争が終わったら、ふたりでうちに帰るんだ。またあの図書館の上で暮らすんだ。ぼくはとうさんとカウンター・スクエアズを指して、きみはアイスホッケーをするんだ。ときどき、一緒にアイスホッケーを観に行って、チキンウィングを食べてビールを飲もう。ときどきは戦争の話もするけど、楽しかった思い出、愉快だった出来事だけだ。たとえば、テントのなかで牛乳パックに小便をしたこととか、自動販売機で買ったお菓子をこっそりテントに持ち帰ったこととかだけだ。ぼくたちは笑ってハッピーになる。そうすれば、何年かすれば、楽しかった思い出がつらかった記憶を上まわるようになる。地球ではもう戦争は起こらない。ガスマスクも防空壕もいらなくなる。若者が軍隊に行かなくてよくなる。あるのは本と家族と友達と笑いと愛だけになるんだ」マーコはアディの頬にキスをした。「だって、ぼくもきみを愛してるんだからね、臭い頭痛の種さん」

「気にいったよ。スカムと戦ってるときはそれを考えることにする。うちに戻ったときのことを」アディはマーコと並んで横になったまま目をつぶった。「今夜はここで寝ていいかな？　レイラニには気づかれないようにするし、おまえがどんなに望んでも、みだらなことはしないから」

「いびきをかかないならね」とマーコ。

「約束する」

アディが眠りにつくと、マーコもとうとう眠れた。アディの温かい体が隣で横たわっていたおかげか、夢は見なかった。

15

「なあ、デラローザ」アディが制服を着ながらたずねた。「なんで腕に虹のタトゥーを入れてるんだ？」

ふたりは《アーチン》のロッカールームにいた。レイラニは鏡の前で髪を乾かしていた。白のタンクトップを着ているのでタトゥーが見えていた。

「プライド（性的少数者の権利を訴えるパレードはプライドと呼ばれる。虹は性的少数者の多様性を象徴し、プライドパレードではレインボーフラッグが掲げられる）って聞いたことないのかい？」レイラニはいった。

アディは髪をとかそうとしたが、ブロンドの髪はひどくからまりあっていた。顔をしかめながらひっかかったブラシをひっぱった。くそっ、レイラニみたくショートにするべきなのかもな、とアディは思った。

「それは知ってるよ」アディはいった。「だけど、おまえはマーコとヤッてるじゃないか」

レイラニは肩をすくめて制服のボタンダウンシャツを着た。「悪いかい？　あたしはマーコが好きなんだ。マーコが男でもね。マーコはほとんどの男と違う。おだやかでやさしくて賢い。それに、あたしはマーコの本が好きなんだ。あたしは反対のチームでもプレイできるのさ」アディのタトゥーをちらりと見た。「その青い葉っぱはなんなんだい？」

「最高のチームさ！」とアディ。「メープルリーフスだ！」

レイラニはいぶかしげに眉を上げた。「フットボールかい？　サントスかアルバレスがそのチームでプレイしてるのかい？」

「サントスとアルバレスがプレイしてるのはサッカーだ。あたしはややこしい言いかたをするヨーロッパ人じゃないんだ。それに、メープルリーフスはサッカーじゃなくてアイスホッケーのチームだ。世界一のチームさ」アディは誇らしげに顎を上げた。「入団テストでうまくやったんだ。このくそったれな軍隊に入ってなかったら入団できてたかもしれない」

レイラニは目を丸くした。「へえ。じゃあ、リーフスは何度も優勝してるんだろうね！」

アディはうなるように答えた。「まあ……な。ちょっと前になるけど」

レイラニはうなずいた。「なるほど。じゃあ、優勝してから二、三年たつんだね。そういうこともあるさ」首をかしげた。「前回の優勝から何年たつんだい？」

アディはぼそぼそとつぶやいた。

「え？」とレイラニ。

「百七十九年だよ！」とアディ。「ああ、そうさ。満足したか？」

レイラニは息を呑《の》んだ。「世界一のアイスホッケー・チームがそんなに長いあいだ——」

「黙れ！」とアディ。

レイラニはアディに舌を出した。「あたしはフットボールでいいや」

アディはうめいた。まったくもう。レイラニを嫌いになりたかったが、好きにならずにいられなかった。

この娘はあたしに似てる、とアディは思った。この娘は強い。体が強いわけじゃないだろう。だけどこの娘は肝が据わってる。

アディは、ナイトウォールに着いたあと、友人たちから引き離されて囚人のように扱われ、訊問されたあの夜のことを思いだした。アディとマーコが不安と孤独に押しつぶされそうになり、めまいがするような動揺のあまりセックスをしたことを思いだした——なかば夢を見ているような、荒々しくて汗まみれのセックスを。それについてはマーコと話したくなかった。不適切だったとは感じていたが、あの夜のことは、マーコとより近くなり、親友になったことは後悔していなかった。

それ以来、レイラニの近くにいると気まずかった。嫉妬しているわけではなかった。そんなことはありえなかった。アディはレイラニが好きだったし、マーコがレイラニとつきあって幸せそうなのがうれしかった。にもかかわらず、マーコとレイラニが一緒にいるのを見るたび、ふたりは寝てるんだなと思うたび、アディは奇妙な痛みをちくりと感じた。ちょっぴり仲間はずれにされているような気がして、ちょっぴり悲しくなった。

それはあたしがマーコに恋してるからじゃない、とアディは思った。そんなんじゃない。あの晩のあの出来事があっても、あたしはマーコを男として愛してるわけじゃないんだ。たぶん、小さいころからの親友だったマーコを、ちょっぴり失ってるからなんだろう。

もちろん、アディにも恋人がいた。受け入れ・選別部《RASCOM》行きのロケットに乗ったとき、スティーヴを置いていった。スティーヴも数日後に徴兵されたはずだった。それ以来、アディはあのでかぶつと会っていないし、連絡もとっていなかった。五年後に兵役が明けるまで、会ったり連絡をとったりできるとは思えなかった。ふたりとも生きのびられれば再会できるかもしれないが、可能性は高くなさそうだった。

うちのアイスホッケー・チームは全員が軍に入隊したんだな、とアディは思った。チームが消滅しちまったんだ。何人かはもう死んでるかもしれない。

そして突然、アディの胸に怒りがこみあげた。

この戦争を起こしたスカムに腹がたった。

平和への道筋を見いだせない政治家たちと将軍たちに腹がたった。

エルヴィスを亡くしたこと、ビーストを亡くしたこと、大勢の友人を失ったことに腹がたった。

そして自分自身に、消えることのない内なる不安に腹がたった。

このくそったれな宇宙全体に腹がたった。

「アディ、だいじょうぶか？」レイラニがいった。こんどはおだやかな声だった。

アディは自分の目に涙が浮かんでいることに気づきながらうなずいた。「故郷を思いだしただけさ。アイスホッケーの試合を。ホットドッグとビールを。亡くした人たちを」目をぬぐった。「おまえがマーコとつきあっててうれしいよ、レイラニ。ほんとさ。あたしがお邪魔虫になってるような気もするけど、うれしいんだ」

レイラニは笑い声をあげた。「お邪魔虫なんかじゃないよ。三人めの銃士さ。あたしたちは三銃士だよ。あんたとあたしとマーコは。だれもこのトリオは崩せないんだ」

アディはレイラニをハグした。アディはレイラニよりずっと背が高い。レイラニの頭のてっぺんはアディの顎にも届いていなかった。だが、アディはレイラニ以上に頼もしい兵士を思いつかなかった。

「三銃士っていうより三ばか大将（一九三、四〇年代に人気を博したアメリカのコメディグループ）だね」とアディがいうと、レイラニは笑った。

「さあ、マーコを探しに行こう」とレイラニがいった。「マーコはカーリー（三ばか大将のボケ役）だね」

「そりゃいい！」とアディ。「じゃあ、あたしがモー（三ばか大将のリーダーで、カーリーのボケに暴力的にツッコむ）になってマーコをぶっ叩いてやる」

ふたりは、闇のなかを突き進んでいる《アーチン》のロッカールームを出ていった。

《アーチン》では、兵士たちはチキンウィングを食べられた。

本物のチキンウィングを！

もちろん、生きていた鶏の肉ではない。辺境のどこかにあるラボで培養され、急速冷凍され、《アーチン》の食料貯蔵庫で長いあいだ忘れ去られていた肉だ。レイラニは、多くの軍人たち、特に将校たちはラボ培養肉を嫌っていて、実際に生きていた動物の肉のほうがいいとこぼしていることを知っていた。とはいえ、天然の肉ははるばる地球から運んでこなければならない。だが、電子レンジの前に立ってチキンウィングが温まるのを待っているレイラニにしてみれば、この上ないごちそうだった。

電子レンジがチンと鳴ると、レイラニは皿をとりだし、《アーチン》の狭くて雑然とした厨房のテーブルに置いた。椅子にすわってチキンウィングを見つめた。バーベキューソースに浸けられ、たっぷりと肉がついた五本のチキンウィングが湯気をあげている。レイラニはなかなか食べはじめなかった。昔のことを思いだしていた。

レイラニは子供に戻っていた。世界でもっとも人口密度の高い大都市、二千二百万人の人口の半分がホームレスで、その多くが飢餓状態にある街、マニラの通りをさまよっている孤児に。千百万人の、やはり家がなく飢えているほかの人々とともに、レイラニは線路脇にたむろしてゆっくりと進む列車の乗客に施《ほどこ》しを乞《こ》うた。ごみが山のように積まれているごみ捨て場で、ほかの数百人に交じって、ダンプが到着するたびに新たなごみに殺到し、食べられないほど腐っていないものをあさった。菓子のかけらがついている包装紙を。皮と脂が残っている骨を。果物と野菜の皮を。飢えをしのげるものならなんでもよかった。ハエと腐敗と病気を警戒しなければならなかったし、おびただしい数の飢えた人々との競争に勝たなければ、どんな残飯も手に入らなかった。

レイラニの母親は、マニラに大勢いる西洋人に体を売っていた。母親は、一日に数度、年寄りで白髪頭で太っている西洋人の男に十三歳の痩せこけた体を自由にさせることによってわずかばかりのペソを得ていた。だが、母親も長くは生きのびられなかった。まだ幼かったレイラニは母親の顔をぼんやりとしか覚えていない。そして十三歳になったレイラニも、ひとりで生きのびていた。残飯をくすねることによって。ごみをあさることによって。だがほとんどの夜は空腹だった。

レイラニと同年代の女の子たちはほとんどが売春をしていた。マニラにはいつだって西洋人がいた。何千人、何万人もいて、西洋人のコミュニティがあった。名所旧跡ではなく肉体が目当ての旅行に来ている者もいた。ビーチのそばのアパートメントに住んでいる者もいた。本国から持ちこんだドルは、東洋ではひと財産の価値があった。娼婦に惚れて結婚する者もいた。その一部は女の子を西洋に連れ帰った。ほとんどの売春婦にとってはそれが夢だった。だがレイラニは、その罠にはまることを拒んだ。ヒンタンに手を出すことを拒んだ。売春をすればヒンタンに手を出すことになるのはわかっていた。苦痛をやわらげる唯一の手段だからだ。ヒンタンに手を出せば、やがて正気を失い、じわじわと死へ追いやられるはめになる。レイラニの母親も、そうやって緩慢な死をとげた。

いやだ。あたし、レイラニが死ぬときは——即死を選ぶ。

レイラニが思いきって線路とごみ捨て場をあとに、川ぞいの騒々しい通りを歩きまわったのは、うだるように暑い夏の日だった。その通りには何百万人もが暮らしていた。地球上でもっとも混みあっている場所でひしめきあっていた。その人々にはちゃんとした家がなかった。くず鉄と防水シートでつくったバラックに住んでいた。無数のそうした小屋が、巨大な貧民街にぎっしりと並んでいた。それらは毎年、ハリケーンかスカムの襲撃によって破壊されてしまうが、すぐにまたくず鉄で再建される。貧民街に大通りはない。ごみが浮いている川が幾筋も流れているだけだ。ごみが多すぎ、プラスチックや包装紙や木材や布や腐った食料品や大便などでびっしりとおおわれて水面が見えないこともよくある。レイラニはそんな川を歩いて渡った。

波形の金属板や腐った合板でできていて屋根が防水シートの小屋がレイラニの両側に並んでいた。木材の隙間から住人がのぞいていた。それらは本物の家ではなかった。ホームレスたちが急ごしらえしたあばら屋にすぎなかった。それらが何キロにもわたって広がっていて、飢えと病気だらけの貧民街をつくりあげていた。ここには学校も、図書館も、病院も、希望もなかった――あるのは、生きのびるための日々の苦闘だけだ。何百万もの人々が、この混みあった迷宮で、食べ物を、わずかばかりのペソを掻き集めて、地獄でまた一日生きのびようとしていた。ここがレイラニの故郷、彼女が知る唯一の現実だった。

だが、レイラニがひたすら歩きつづけていると、やがて、マニラの輝かしい中心街、マカティの摩天楼が見えてきた。摩天楼だ。香港や東京やシンガポールにあるような、本物の摩天楼だ。そうしたきらびやかな海外の大都市はここから近いが、レイラニは行けない。だが、マカティになら行ける。

マカティは数キロしか離れていない。

だから、暑い日だったが、レイラニは歩きつづけた。顎までの深さの川を、腐ったものや汚物や大便を掻き分けながら歩いて渡った。ニューヨークのイエロータクシーのようにどこでも見かける、フィリピンの派手でおんぼろなタクシー、色あざやかなジプニーが何千台も行き交っている混雑した道路を進んだ。スパイスや偽ブランドの腕時計や珍しい動物や盗品の電機製品、それに〝Ｎｉｋｅ《ナイキ》〟ならぬ〝Ｎｙｋｅ〟、〝Ｒｅｅｂｏｋ《リーボック》〟ならぬ〝Ｒｉｂｏｏｋ〟といったロゴが刺繍されている靴などが売られているマーケットを通り抜けた。頭上ではごちゃごちゃと張られている電線がブーン、パチパチという音をたてていた。傷んだコンクリートの壁には腐食染みが生じ、屋根はぼろぼろになり、まにあわせの金属の仕切りはさびついていた。だが、歩けば歩くほど、街はきれいになった。まもなく、家が見えはじめた——貧民街の掘っ建て小屋ではない本物の家、鉄格子で守られた窓と瓦屋根を備えている正真正銘の家が。そうした家は高い壁で囲まれ、門の外に武装した警備員が立っていた。レイラニは警備員ににらまれた。さらに街の中心に近づくと、三十階建てのアパートメントビルがそびえていた。レイラニは、バルコニーに家族が出ていることに気づいた。ボロではない本物の服を着ていて、残飯ではない本物の食べ物を食べている家族だ。子供たちには両親がいる。両親には仕事がある。ここの人たちは読み書きができる。ここの人たちには未来がある。希望がある。

マカティの摩天楼を、この貧困の中心でぽつんと孤立している豊かな地域をめざして歩いているうちに、レイラニの目に涙がこみあげた。

レイラニは、生まれてからの十三年間で、あわせて何時間か貧民街を離れたことがあったが、この地域に来たのははじめてだった。レイラニは息を呑んだ。ショッピングモールを、物語に出てくるような本物のショッピングモールを、ヤシの木に囲まれたきらびやかな建物を目にしているからだ。犬を連れて散歩していたり、モペッドやオートバイではなく外車に乗っている家族を見かけた。大勢の外国人を見かけた——日本や中国、さらにははるばるアメリカからやってきた軍人や外交官や司祭やビジネスマンだった。レイラニを——この裸足でボロをまとっている少女を見て顔をしかめる者もいた。レイラニのような貧乏人は貧民街や線路ぞいやごみ捨て場にとどまっているべきであって、街のエリートがいるところへ出てくるべきではないからだ。だが、空腹で疲れていて憤慨しているレイラニは気にしなかった。レイラニは、自分がもうすぐ死ぬことを知っていた。飢えで死ぬか、自殺するか、スカムの攻撃で死ぬか、病死するか、ヒンタン中毒になって死ぬかだった。十四歳になるまで生きられるかどうかあやしいものだった。だからレイラニは、白い目を無視してここへやってきたのだ。

　レイラニは、赤と黄色の鶏が通行人にウインクしているネオンサインがあるレストランに近づいた。レイラニは店名を読めなかったが、ごみ捨て場で包装紙を見たことがあったので、ロゴマークでわかった。この街の中流階級に大人気のレストラン、〈ハッピー・チキン・ジョイ・ウィングス〉だ。レストランの前に立っていた武装した警備員にアサルトライフルを向けられたので、レイラニは裏通りへ逃げこんだ。そしてレストランの裏で、大きなごみ容器と数匹の野良猫を目にした。

　さびが浮いている裏口のドアが開くのを待っていると、やがて黄色と赤の制服を着た従業員があらわれてごみ袋をごみ容器に捨てた。その従業員が店内に戻ると、レイラニはごみ容器によじのぼり、ごみ袋を破いてあけた。なかには宝物が入っていた——スラムでは絶対に得られない宝物が。

　コーラが何滴か残っているコップ。脂が染みた紙ナプキンとプラスチックのフォークやスプーン。そして、なんといっても骨。ほとんどにまだ多少なりとも肉が残っているチキンウィングの骨が数えきれないほど入っていた。

レイラニはごみ容器からごみ袋を丸ごと持ちだし、より暗い路地の奥深くへとひきずっていった。そして長い時間をかけて骨から肉と脂と皮のかけらをむしって丸石の上に並べた。そしてむさぼり食った。

その夜、レイラニは体調を崩した。

何度も嘔吐し、熱を出してがたがた震えた。翌日はずっと、丸くなって横たわっているしかなかった。

だが、その翌日、ふたたびそのごみ容器を訪れて、チキンウィングの骨にわずかに残っている肉をむしった。そして、近くの店に小さなカセットコンロを使っている老婆がいることに気づいた。交渉の結果、肉の半分とひきかえに揚げてもらえることになった。肉の一部は、裏のごみ容器に出されるまでに、店内で数時間、ときには数日、放置されているのだろう、とレイラニは気づいたのだ。そうした肉は腐っているが、揚げてしまえば病気にならないはずだった。実際、レイラニが二度めに食べたときは平気だった。

レイラニは三度、その路地を訪れた。三つめの骨の袋を盗んだ。このときも肉の半分とひきかえに老婆に揚げてもらった。

レイラニは、毎日、その路地に通うようになった。それに、街の各所にあるほかの〈ハッピー・チキン・ジョイ・ウィングス〉の裏路地にも。毎朝、街を巡回して骨を集め、老婆に揚げてもらってビニール袋に詰めた肉を持ち帰った。ごみとして捨てられた骨から集めて揚げた鶏肉を詰めたビニール袋を十袋、ときには二十袋持ってスラムを歩いた。それを物乞《ものご》いや売春や盗みや雑用をして得たわずかなペソを持っている貧乏人に売った。一日で、コーヒー一杯とロールパン一個を買えるだけの金を稼げることもあった。

揚げてあっても、肉を食べたせいで具合が悪くなることがあった。レイラニが売った袋詰めの肉を食べた子供が食あたりを起こし、嘔吐しているのを見ることもあった。何人かは命を落としたかもしれない。だが、レイラニに選択の余地はなかった。腐りかけの肉を食べるか、飢え死にするかだったのだ。だからレイラニは肉を売った。レイラニの母親はひとつの手段を選んで数年間生きのびた。レイラニは別の手段を選んだ。レイラニはスラムでパグパグ娘と呼ばれるようになった。パグパグとは、レイラニが売っている、ごみ容器に捨てられていた骨から集めた皮や脂や肉のかけらを揚げたもののような、残飯を調理して売る料理のことだ。パグパグは不潔で不衛生だが、食べなかったら飢えて死ぬしかないのだ。

そしてレイラニは、そんな日が続き、何度も食中毒になっているうちに、自分は死をつかのま食い止めているにすぎないことに気づいた。ほんの数ヵ月間。運がよければ一年間。十五歳になったとき、レイラニはこんなに長生きできたことに驚いた。人間の体と心が、こんなにつらい日々を生きのびられることに驚いた。十六歳になったとき、レイラニは、三日間、嘔吐しつづけたあと、ガラス片で両手首を切った状態で路地に倒れているところを発見された。

十八歳になったとき、ロケットに乗ってRASCOMに着陸し、頭を丸刈りにして兵士になった。

いま、がりがりだった年長の悪童《アーチン》は《アーチン》という名前の恒星船《スターシップ》のなかにすわっていた。いま、かつてのパグパグ娘は伍長に、歴戦の戦士になっていた。いま、本物の——骨ではないし、ごみ容器に捨てられていた残飯でもない、ジューシーな肉がたっぷりついている——チキンウィングを前にすわっているレイラニは、涙で頬を濡らしていた。

徴兵を避けるのが容易なことはわかっていた。スラムに隠れていられた。だが、レイラニは軍に、父親はアメリカ人だと申告した。だれが父親かはわかっていなかった。母親は教えてくれなかった。だが、アメリカ人だとはいっていたし、レイラニはそれを信じた。そのおかげで、アメリカ人とカナダ人とイギリス人とともに西部軍管区で兵役につくことになった。世界の裕福な側、地球のマカティで。レイラニは死ぬためにこの戦争に参加したが、ここで友人ができた。愛と出会った。アディと、ベン‐アリと、マーコと出会った。レイラニの涙がこぼれ落ちつづけているこの本物のチキンウィングと出会った。

そして、《アーチン》が戦場に、数百万人が命を落とすだろう激戦の地に向かって飛んでいるいま、レイラニはただひたすら生きたかった。

チキンウィングを、聖遺物を捧げ持つように手にとった。食べた。皮も脂も残さずきれいに食べた。そしてごみ箱に骨を捨てるとすすり泣いた。

寝棚部屋に戻ると、マーコとアディが、ほかの何人かとポーカーをしていた。

「やあ、デラローザ！」アディがいった。「やるかい？」

レイラニはうなずいた。マーコとアディのあいだにすわった。マーコがカードを配った。みんなでポーカーをした——まわりに壁があり、頭上に天井があり、腹が満たされていた。戦場に向かって飛んでいた。

マーコとアディがルールについて議論しているあいだ、レイラニは窓の外を見た。おびただしい数のほかの船が見えた。それらには数百万人の兵士が乗っていた。人類史上最大の戦いが数日後に迫っていた。

レイラニは何度も信仰に疑問をいだいた。宇宙の残忍さを目《ま》のあたりにしたあとでは、信じることは難しかった。だがレイラニは、軍隊でも小さな十字架を身につけていた。そしていま、声に出さずに祈っていた。

神さま、お願いです。あたしたちを地球に帰してください。この戦争を乗りきらせてください。あたしはずっと死んでました。やっと生きられてるんだから生かしてください。

彼らは闇に向かって飛びつづけていた。

16

何万隻もの恒星船《スターシップ》が超空間内を飛行していた。スカムの母星まであと数光年だった。

マーコは小隊とともに《アーチン》のブリッジに立って窓の外を眺めていた。戦争の準備はできていた。いよいよだ、とマーコは考えた。あとちょっとでアバドンに着くんだ。スカムの惑星に。ぼくたちの世代の最大の戦いに。あとちょっとで地獄の門が開いて、ぼくたちは、人類史上最大の勝利か、最悪の敗北かのどっちかを味わうことになるんだ。

マーコの周囲で、ほかの兵士たちが緊張しているのがわかった。何人かの兵士がごくりと唾を呑《の》んだ。ひとりは声を出さずに祈りを唱えていた。ほとんどは、ただ、両手で銃を握りしめ、きびしい目つきで前を見つめているだけだった。血を、悲鳴を、恐怖を待ちうけているだけだった。

ぼくたちは強いんだ、マーコは自分にいい聞かせた。ぼくたちならできる。ぼくたちなら勝てる。

窓から艦隊がよく見えた。ほとんどのスターシップは、巨大な航宙母艦から、戦闘隊形をとって飛び交って大型艦を護衛している小型のファイアーバードにいたるまでの人類の艦艇だった。地球と宇宙の両防衛軍管区に所属する数百万の人間の海兵隊員を運んでいる、何千隻もの、馬鹿でかい金属の箱のような輸送艦。この戦いで、両防衛軍管区ははじめて力をあわせて戦うことになる。戦士だけでなく、衛生兵と軍医と看護兵も、司祭と牧師と僧侶も、コックと雑用係も、整備兵と工兵も、コンピュータプログラマーも、操縦士と航宙士も、倉庫作業員も、情報将校も、兵士たちをなぐさめるための歌手とコメディアンも、それに軍隊を支えているそのほか無数の専門家たちも。何百万人もの人々。この軍隊の規模の大きさはマーコの理解を絶していた。マーコがいま目にしているのは——人類史上最大の組織、人類防衛軍《HDF》だった。たったひとつの目的、勝利のために創設された、天翔《あまか》ける国家だった。

そして人類船に交じって、ほかの艦艇、銀河系の各地から集まってきたスターシップが何千隻も飛んでいた。水生種族グラミーは、鱗でおおわれた翼を持ち、船内が水で満たされている細長い銀色の船に乗っている。体の周囲に何本もの尾が生えている毛むくじゃらな円盤状の、森に住むシルヴァンは結晶と琥珀《こはく》でできている宇宙船に乗っている。ほかに十数種族が、大きな球体や、蛇のような円筒形や、持ち運べる太陽のようなちらちら光る小塊や、パルサーのように猛烈な勢いで回転している金属球に乗っていた。光の点や、星々を背景にした影にしか見えない船もあった。

きょうがその日だ。

艦隊はまもなくアバドンに到着する。

ベン-アリ中尉がブリッジの奥に歩いていって、窓を背に小隊と向かいあった。

「諸君は全員、このために訓練を受けた」ベン-アリがいった。「諸君は全員、アバドンの巣のシミュレーションで戦った。諸君は全員、銀河系各地のスカムコロニーで戦った。諸君にはこのための準備ができている。到着したら、宇宙空間で抵抗を受けるだろう。スカム艦隊との交戦が予測される。だが本艦隊は突破する。われわれはエグゾフレームを着用し、着陸艇で惑星に降下する。着陸したら、デラローザ、道案内してくれ。巣を感じられているか？」

レイラニは両のこぶしを握りしめながらうなずいた。「かすかにですけど。超空間内で感じとるのは難しいんです。でも、わかります。いるのが。皇帝が」顔をしかめた。「いまこの瞬間も、皇帝を、皇帝があたしに呼びかけているのを感じられます。皇帝はあたしたちがここにいることに気づいてます。かんかんになってます。皇帝は残虐です」大きく息を吸った。「皇帝を見つけられます。皇帝がいるところへ案内できます。そして殺せます」

マーコはレイラニを見た。レイラニはマーコのほうを向いた。マーコはかすかにうなずいてほほえんだ。レイラニもごくわずかに口元をほころばせた。

ぼくがついてるよ、とマーコは内心でレイラニに語りかけた。言葉にする必要はなかった。

わかってる、とレイラニは無言で答えた。

「諸君の何人かとは基礎訓練以来のつきあいだ」ベン‐アリは続けた。「二カ月前にはじめて会った者もいる。だが、このことは知っておいてほしい。わたしは諸君をひとり残らず誇りに思っている。ここにいる兵士全員を信頼している。諸君とともに戦えて光栄に思っている。本小隊は軍で最高の小隊だと信じている。反撃は激烈だろう。皇帝は無慈悲だろう。手ごわいだろう。だが、勝つのはわれわれだ」二本の指を立てた。「勝つぞ」

小隊員たちも二本の指を立ててVサインをつくり、「勝つぞ！」と唱えた。

オシリスは操縦席について窓のほうを向いていた。アンドロイドは小隊のほうを振り向いた。「到着まであと十分です」

ベン‐アリはうなずいた。「各班、所定の砲塔につけ。艦隊はアバドンから三十万キロの位置に出る。それが、超空間に入ったままで惑星に最接近できる距離だからだ。スカム艦隊の防御陣がその三十万キロに敷きつめられているはずだ。そこを突破しなければならない。全員、エグゾフレームを着用せよ。船体を破られるかもしれない。乗りこまれ、《アーチン》内でスカムと格闘しなければならなくなるかもしれない。惑星に侵攻する準備がととのったらわたしが命令を出すから、すぐさま着陸艇に乗りこめ。わかったか？」

「はい、中尉どの！」全員が答えた。

「行け。エグゾフレームを着用して砲塔につけ！」

　小隊員たちはエグゾフレームＷ７８ｂハードスーツが保管されている倉庫に向かって走った。ウェアラブルロボットの巨体に乗りこんだ。マーコが指を曲げのばしすると、金属板が四肢と胴のまわりできゅっと締まり、ヘルメットが閉じた。これでマーコは金属内に閉じこめられ、大きなロボットの乗客になった。スーツ内のセンサーがマーコの筋肉のすべての動きを感知する。マーコが歩こうとすると、スーツの脚が協調して動く。こうしてマーコは背が三十センチ高くなり、ずっと重くなり、力が何倍も強くなった。このスーツを着ているあいだはスーパーマンだ。自動車を追えるほど早く走れるし、その車を頭上に差しあげられる。ファイア7プラズマ小銃は脇にとりつけてあった。マーコは船内を走った。スーツはシューシュー、カチカチという音をたてた。ほかの兵士たちも一緒に走った。

　マーコとレイラニは、《アーチン》の船体から突きでているトーチカのような回転砲塔に飛びこんだ。回転砲塔からは艦隊がよく見えた。回転砲塔は船体の各所にあって、大砲がウニの刺《とげ》のようにのびていた。

オシリスの声が小隊員のヘルメット内のスピーカーから流れた。

「超空間離脱まであと三十秒です」とアンドロイド。「二十九。二十八。二十七。まだジョークを披露する時間はありますが――」

「ジョークはいらない！」ベン‐アリがさえぎった。

「すみません、中尉どの！　二十三、二十二……」

マーコは大きく息を吸って覚悟を決めた。レイラニを見た。エグゾフレームのヘルメットのなかから、レイラニはマーコと視線をあわせた。レイラニはうなずいて、金属のグローブの指を二本立てた。

「勝つぞ」レイラニはいった。

「十七」とアンドロイド。「十六……」

マーコが窓を見やると、艦隊の艦艇の青く輝くアゾスエンジンが次々と停止していた。湾曲していた星の光がまっすぐになりはじめた。

「十三。十二……」

外の光の線が集まってひと塊になった。マーコは吐き気を覚えた。自分が回転砲塔の外に浮かんでいるような気がした。

「八。七……」

世界が収縮してちっぽけになったように感じた。マーコの意識は虚空《こくう》に存在していた。次元が三つだけでなく無数になり、突然、マーコは幼くなり、クローゼットのなかの幽霊におびえながら自宅のベッドで寝ていた。そして非常な高齢になり、ひとりぼっちで別のベッドに寝ていた。時間と空間がマーコの内と外で渦巻いていた。マーコは遠くから自分自身を見つめた。

「三」とオシリスが告げた。マーコの心のなかにオリシスの顔が浮かんだ。「二。一。通常の時空に出ました」

シューッという音とともに《アーチン》は超空間を離脱し、スカムの星系内に出現した。

彼方に――黄色い惑星が見えた。

無数の敵船が、無限の悪意を炎のように放ちながら、猛烈な勢いで艦隊に向かってきた。

マーコは呆然と見つめた。

死。

マーコは死を見つめていた。

戦争なら見たことがあった。生まれたときからずっと戦争が続いていた。子供のころも、スカムから逃げ、怪物から隠れるために防空壕に飛びこんでいた。戦闘に参加し、エイリアンの大群に立ち向かったことがあった。フォート・ジェミラで。コーパスの鉱山で。帝国の境界で。恐怖を知っていた。友人が倒れるところを見ていた。悪が深淵から浮かびあがるさまを見ていた。

だが、こんなのは見たことがなかった。

窓に目をやったまま、マーコは動けなかった。息ができなかった。目に涙がこみあげた。

「死だ」とマーコはささやいた。

マーコは十万隻のスターシップからなる人類艦隊を大規模で強力だと考えていた。だがいま、そんなものはおもちゃの軍隊にすぎないことが明らかになった。マーコの目の前の宇宙空間に、背後のアバドンが隠れるほどの、真の力が迫っていた。真の残酷さが。こんな敵に勝てっこない、とマーコは思った。望みなんかないと。苦しむだけだと。死ぬだけだと。

闇のなかを敵がぐんぐん迫っていた——百万隻のスカム船が宇宙空間を満たしていた。

多くはファイアーバードくらいの大きさの小型船で、紫の炎をまとっている、硬化した皮膚からなる塊だった。数千隻はそれより大型で、人類の最大の航宙母艦と同程度だった。

さらに大きな、山のような大きさの、飛行するスカムの巣とでも呼ぶべき船も見えた。その表面には膿疱《のうほう》があって、そこから黄色い膿《うみ》が噴きだしていた。

ヘルメットの通信機からアディの叫び声が聞こえた。「死ね、くそ野郎ども！」

《アーチン》の船体上の数メートルしか離れていないところで大砲が発射され、砲弾が敵めがけて飛んでいった。

連合軍の何千隻もの艦艇がアディに続いた。人類率いる連合軍の艦砲が火を吹いた。

マーコは両手で大砲のひもをひいた。

ねらう必要はなかった。撃てば敵にあたった。耳をつんざくような爆発音とともに、砲弾が宇宙空間に放たれた。連合軍艦隊がおびただしい数の兵器を発射した。大型艦が砲弾を放った。数千機のファイアーバードが、機関砲とミサイルの両方を発射しながら敵に突っこんでいった。異星から連合軍に参加した艦艇も攻撃を開始し、レーザービームや電撃や金属弾やプラズマビームや結晶のかけらを放った。すさまじい弾幕で何千隻ものスカム船を撃破した。ポッドが砕け散った。何隻かの大型の——浮かぶ臓器のような——ふくれあがった船にも穴があき、黄色い液体と何千匹ものムカデがこぼれだした。大小のポッドの破片が漂うなかを炎が走って、闇を突進してくるスカムをたいらげた。

だが、数えきれないほどの敵船がそのまま連合軍に突進した。殺したスカムの——何千何万という――数は、そのすさまじい大群と比べたらほとんど無視できるほどだった。

敵が武器を発射した。

強烈な酸の塊が撃ちだされた。炎に包まれた人間の頭ほどの玉が、音速の何倍もの速さで飛んできた。それが炎とともに勢いよくべちゃっと連合軍艦隊に激突した。

宇宙が砕けたかのようだった。

ファイアーバードがばらばらになった。輸送艦の船体が裂け、海兵隊員がこぼれだした。航宙母艦ががくんと傾いて輸送艦にぶつかり、両艦とも爆発して近くを飛んでいた百機ほどのファイアーバードを道連れにした。グラミー船にできた裂け目から、水とひれのある異星人があふれだした。

「来るぞ！」レイラニが指さしながら叫び――

炎。

金属が焼ける。

《アーチン》が激しく揺れた。ポッドが激突して船体がへこみ、ムカデどもが飛びだしてきた。スカムは船体を走りまわって大砲に巻きつき、鉤爪を船体に叩きつけた。

「くそっ！」レイラニがいった。「マーコ、来てくれ、ガトリング砲だ！」

ふたりは大砲を離れ、はしごをのぼって、主砲の上に設置されている五〇口径機関砲のハンドルをつかんだ。ふたりが引き金をひくと、砲弾が連続して撃ちだされ、船体を這いまわっているスカムが吹き飛んだ。またしてもポッドが迫ってきた。マーコは飛びおりて砲弾を持ちあげ、大砲に装塡した。レイラニもおりてきて、チェーンソーを始動させるときのようにして大砲のひもをひいた。砲弾が撃ちだされ、スクールバスほどの大きさの敵船に命中した。

炎があがって船がこなごなになり、死体が宇宙空間を満たした。

マーコとレイラニは大砲を連発した。《アーチン》の各所でほかの班も大砲を撃っていた。差し渡し数千キロの宇宙空間で激戦がくりひろげられていた。軍艦が巨大な大砲を撃ちつづけていた。何万機ものファイアーバードが、ミサイルを撃ちながら宇宙空間を飛びまわっていた。昆虫の群れのようになっている大量のポッドが、いたるところで、こなごなになったり、燃えたり、発射したり、連合軍の艦艇に体当たりしたりしていた。

戦っているのは人類ばかりではなかった。連合軍に加わった異星人たちも戦っていた。建物ほどもあるふたつの金属球が、たがいのまわりを回転しながら前進してスカムの肉袋を引き裂いた。結晶と琥珀からなるシルヴァン船が光線を発射したが、スカムに体当たりされ、結晶をむしりとられて撃破された。グラミー船が花のような大砲を開いてレーザービームを発射した。純粋なエネルギーからなる幽霊じみた船が、激しく回転しながらスカムのポッドを焼いた。

だが、いたるところで、強力な異星種族も破れていた。彼らの奇妙な——毛皮でおおわれていたり、鱗があったり、金属質だったり、液体だったり、気体だったり、光波にすぎなかったりする——死体が、人間の死体に交じって宇宙空間を漂った。死体は宇宙船にどすんとぶつかったり、エンジンに吸いこまれたり、大砲の炎で焼かれたりしていた。割れたポッドから出てきて宇宙空間を漂っている何千匹ものムカデは、まだ生きていて死体を食っていた。

「《ＨＤＦＳアーチン》！」スピーカーから声が響いた。ブライアン大将が《ＨＤＦＳテラ》から呼びかけているのだとマーコは気づいた。「きみたちは無防備すぎる。《テラ》の後方につけ！　本艦が守る」

「そうさせていただきます！」オシリスの声が応じた。

「大砲を撃ちつづけろ！」こんどはベン‐アリの声が流れた。「これより、貴艦に向かって移動を開始します、《テラ》」

《アーチン》は方向転換をし、ずっと大きな艦隊旗艦、《ＨＤＦＳテラ》に向かって動きだした。マーコは理解した。

この小隊はもっとも重要なんだ、とマーコは考えた。この部隊にはスカムの皇帝を殺すという使命があるんだ。お偉方は、ぼくたちを――スカムのおもな標的になる――主力艦に乗せたがらなかったけど、ある程度守れるくらいにはそばに置きたがってるんだ。鯨の群れに交じって泳いでる本物のウニ《アーチン》になるってわけか。

《アーチン》は大砲を連射してスカムに対抗したが、敵は四方八方から飛来しつづけた。一機のポッドが《アーチン》の船体に激突した。《アーチン》は激しく揺れ、抗議のうめきをあげた。また一機、ポッドが船尾に体当たりし、回転砲塔の窓から見ていたマーコは、エンジンから火があがったことに気づいた。

「エンジンが一基停止しました！」スピーカーからオシリスが叫ぶ声が流れた。

「《テラ》のうしろにつけろ！」とベン‐アリ。「砲手、大砲を撃ちまくれ」

《アーチン》はよろめき、ぐらつきながら進んだ。数百機のスカムポッドが襲ってきた。砲弾が足りなかった。また一機、ポッドが《アーチン》に体当たりした。また一機。ファイアーバード飛行隊が《アーチン》のほうに飛んできて機関砲を発射し、スカムを阻止した。別のファイアーバード飛行隊も舞いおりてきてミサイルの雨を降らせた。だがスカムは多すぎた。ポッドがひとり乗り宇宙戦闘機に激突して粉砕した。熱い金属片の群れが《アーチン》に降りそそいだ。操縦士が宇宙空間で回転しながら船体にどすんとぶつかった。脈動する球体状の大型スカム船がふわふわと迫ってきたので、マーコはまた大砲を発射して砲弾を撃ちこんだ。

　球体から腐食性の膿が噴出してマーコとレイラニがいる回転砲塔にあたり、窓が砕けた。酸が砲塔内まで飛んできて、空気がかん高い音をたてながら宇宙空間へと吸いだされた。エグゾフレームを着ていなかったら、マーコとレイラニは窒息していただろう。

「空気が漏れた！」マーコがいった。

「スカムだ！」レイラニが指さしながら叫んだ。

　ムカデたちが窓の割れ目を抜けて《アーチン》に入ってきた。

「虫が入ってきた！」アディの声が船の奥から響いてきた。

「スカムだらけだ！」ほかの兵士が叫んだ。

「飛びつづけろ、オシリス！」ベン‐アリが叫んだ。「《テラ》のそばへ行け！　兵士たち、入ってきたスカムを殺せ！」

　ムカデがマーコの前で上体をもたげ、鉤爪をきらりと光らせた。マーコは小銃を撃ってプラズマを浴びせた。さらに二匹のスカムが船体の裂け目を広げて侵入し、飛びかかってきた。レイラニが一匹に体当たりされて銃が手から飛んだ。もう一匹がマーコに襲いかかってきたので銃を撃ったが、はずした。シュッという油圧機構の音をさせながら金属の腕を振って、こぶしを握った籠手《こて》をスカムに叩きつけた。外骨格がへこんだ。マーコは殴りつづけた。鉤爪がエグゾフレームに振りおろされ、金属に傷がつき、歯車が欠けた。スカムがマーコのヘルメットに頭を寄せて大顎を噛み鳴らした。エイリアンが口を開くと、なかで動いている十数本の鉤爪があらわになった。それらの鉤爪がマーコのバイザーのほうにのびて硬化石英を砕こうとした。マーコは怪物を押しのけようとしたが、エグゾフレームで強化された力をもってしてもだめだった。船体の隙間からさらに虫が入ってきたし、なおもポッドの群れが向かってきた。

マーコは覚悟を決めた。

ポッドが《アーチン》に激突して船体ががくんと揺れ、マーコとスカムが宙に浮いた。その機を逃さず、マーコは怪物をつかんで背負い投げをかけた。ムカデを床に叩きつけると、マーコは銃を構えて白熱したプラズマを浴びせた。外骨格が溶け、エイリアンは丸まって哀れな鳴き声をあげた。レイラニは、割れ目から侵入してこようとしているスカムたちを必死で撃っていた。一匹のエイリアンがプラズマをよけてレイラニに飛びかかると、彼女はロボットの腕を振って外骨格を砕き、鉤爪をへし折った。マーコはファイア7プラズマ小銃の火炎放射でとどめを刺した。

「スカムがブリッジに侵入しました！」というオシリスの声がスピーカーから響いた。

「救援を願います！」

「くそっ」マーコはいった。「レイラニ、ひとりで大砲を撃てるかい？」

レイラニはうなずいた。「撃てるよ。オシリスを助けに行って」

マーコは揺れる艦内を走った。

エグゾフレームを着たマーコは通路を走った。金属のブーツが床に重い足音を響かせた。ここでも船体が破れ、《アーチン》にへばりついたポッドから出てきたスカムが艦内にもぐりこんでいた。マーコはスカムにプラズマを浴びせた。破れ目の前を走りすぎるとき、外の戦闘が見えた。新たなファイアーバード飛行隊が、航宙母艦に向かっている《アーチン》を護衛してくれていた。その先では、見渡すかぎりで戦闘がくりひろげられており、何千隻もの連合軍艦艇とスカムポッドが武器を発射し、ぶつかりあい、燃え、壊れていた。惑星アバドンはまだ彼方の球体で、無数のポッドがそれを守っていた。

マーコはブリッジにたどり着いた。オシリスが隅に立って、這い寄ってきているスカムの群れにプラズマ小銃を放っていた。マーコもスカムにプラズマを浴びせた。何匹かのスカムがマーコに向かってきた。怪物の一匹が地獄の業火《ごうか》をくぐり抜けてマーコに体当たりし、鉤爪でエグゾフレームの金属を割った。マーコの脚から血が噴きだした。マーコは倒れながら、その勢いを利用してスカムを床に叩きつけ、金属のこぶしを何度も振りおろしてエイリアンを殴り、殻を割った。スカムを傷つけたかった。この怪物どもを苦しめたかった。母親にしたことの報いを受けさせるために。祖国のために。友人たちのために。エルヴィスやジャッカスやビーストたちのために。ケミを苦しめたことのために。しばらくして、オシリスが肩に触れたときも、マーコはまだエイリアンのぐったりした死体を殴りつづけていた。

「ご主人さま？」

マーコは震える息を吐いてから立ちあがった。金属のこぶしから黄色い血がしたたった。

「なんでもない」マーコはいった。「もうだいじょうぶだ」

だが、なんでもなくはなかった。スカムからかなりの痛手をこうむっていたからだ。スカムはマーコを侵し、ケミとレイラニに感染したようにしっかりと、内から変えてしまっていた。スカムのせいで、マーコは見知らぬ男になってしまっていた。

エグゾフレームを着た小隊のほかの戦士たちがブリッジに駆けこんできた。彼らのこぶしからもスカムの中身がしたたっていた。エイリアンのかん高い鳴き声はもう聞こえていなかった。とりあえず、《アーチン》内に侵入したスカムは一掃できたようだった。

窓の外に目を向けると、前方に《テラ》が見えた。数隻の、より小さい――それでも《アーチン》よりはずっと大きい――人類の軍艦をともなっていた。敵に大砲を撃ちまくっている各艦をファイアーバードが囲んでいた。いまや、《アーチン》のまわりにもファイアーバード飛行隊が来てくれていた。そして一機の宇宙戦闘機が窓の前でホバリングした。操縦士が見えるほどの近さだった。

マーコはどきりとした。

顔をしかめた。

一瞬、ファイアーバードの操縦士と目があったのだ。

「ケミ？」マーコはささやいた。

17

「マーコ？」

ふたりともヘルメットをかぶっていた。ケミはファイアーバードの機内で。《アーチン》の艦内にいるマーコはエグゾフレームをまとっていた。だがケミは、窓とバイザーを通しているにもかかわらず、マーコと目をあわせられた。マーコに間違いなかった。

マーコ。

距離を隔ててケミを見つめたとき、マーコは目を丸くしていた。ぽかんと口をあけていた。

ケミのファイアーバード飛行隊は、《アーチン》を護衛せよ、軍艦の後方について多少なりとも保護が得られるようになるまで随伴せよ、との命令を受けていた。ケミは、マーコを護衛することになるとは夢にも思っていなかった。

《アーチン》のブリッジの横を飛びながら、ケミは操縦装置にタッチし、付近のエグゾフレームのルーターをスキャンした。近くのネットワークのなかにマーコの氏名が表示された。マーコ・エメリー伍長。その氏名にタッチしてマイクに話しかけた。

「マーコ？」

マーコがブリッジから手を振り、彼の声がヘッドホンから流れた。「ケミ！　なにをしてるんだ？　なんだってファイアーバードを操縦することになったんだ？」

「お偉方がイカれてるからよ！」ケミは答えた。「マーコ、あなたの船は大きな損害を受けてる。船体に何カ所も穴があいてる。わたしたちも並んで飛ぶけど、大砲を撃ちつづけて。スカムが――おっと！」

ケミは通話を切った。スカムポッドの群れが襲いかかってきたからだ。

ケミはにやりと笑ってファイアーバードの機関砲を撃った。

砲弾がまき散らされ、スカムポッドが腐ったカボチャのように弾けた。ムカデがあふれだしたので、ケミはプラズマ砲で怪物どもを溶かした。

ケミは《アーチン》をちらりと振り向いた。傷ついたちっぽけな宇宙船は――まともな恒星船《スターシップ》っていうより、さびだらけの浮かぶバケツとでもいうべき醜さね――大型軍艦のあいだで保護されていた。ケミが受けている命令は明白だった。なんとしてでも《アーチン》を守れ。乗っている戦士たちをアバドンまで送り届けろ。

そしてそのなかにマーコがいた。

ケミは、マーコが無事なことを知ってほっとしたが、同時に怖くなった。上層部がマーコをスカムの星へ送ることに決めたのには理由があるはずだった。マーコはエグゾフレームを、ファイアーバード一機とおなじくらい高価な機械を着ていた。軍はだれにでもエグゾフレームを支給したりしない。着られるのは特殊部隊の精鋭だけだ。そしてマーコは——けなすわけじゃないけど——どう考えたって特殊部隊の精鋭じゃない。

なのに、上層部はマーコを危険な任務につけたのよ、とケミは思った。きっとコーパスに関係があるんだわ。そうに決まってる。軍は、マーコがスカムの巣で戦って女王と王を殺したことを知っていた。ケミは身震いした。軍はマーコに、アバドンの巣へ突入させようとしてるんだわ。

ケミは知っていた。それが死刑宣告だということを。

だが、ケミにそれ以上考える時間はなかった。すさまじい激戦が続いていた。ブライアン大将の声がスピーカーから流れた。

「全連合軍艦艇に告ぐ！　《テラ》を先鋒に槍先《スピアヘッド》陣形を組め。惑星をめざして突撃する。邪魔する敵は撃破せよ。ただし、余分な戦闘にはひきこまれるな。アバドンへ到達することが最優先だ。前進して銀河系の諸文明を解放せよ！　アバドンへ到達して勝利せよ！」

《HDFSテラ》――人類史上最大の軍艦――が推進エンジンを吹かして炎を吐き、スカムに突っこんでいった。大砲を斉射した。船首でポッドを引き裂いた。その背後の宇宙空間で巨大な三角形を形成している、おびただしい軍艦がすべての武器を放った。膨大な数の小型艦艇が続き、人類も異星種族もすべての砲を撃った。艦隊は時速数千キロで前方の惑星をめざした。

「ファイアーバード、スピアヘッドを囲め」命令がくだった。

「アヴァレリオン飛行隊、続け」ヴェリッシュ少佐のあとを継いだケミの新しい飛行隊長の声が聞こえた。

ケミは《アーチン》をちらりと振りかえった――マーコが乗っている傷だらけの船は灰とスカムの血で汚れていた。いまは、マーコと別れなければならなかった。

さようなら、マーコ、とケミは考えた。お願いだから生きててね。地下で生き抜いてね。

ケミは操縦桿をひいて飛行隊とともに上昇し、《HDFSテラ》の広い表面の上を飛んだ。

アバドンが近づいていた。山とクレーターと峡谷でおおわれている砂漠の惑星は、地球の何倍も大きい。スカムはこの惑星の洞窟と穴のなかで誕生して進化し、この岩の塊から銀河系へ、星から星へと伝染病のように広がった。この惑星に到達してスカムの母星を攻撃したのはひとりの男——いまケミの下を飛んでいるスターシップから艦隊を指揮しているエヴァン・ブライアン——だけだ。五十年前のあの日、ブライアンが飛ばしていたのは、ケミがいま操縦している小型戦闘機よりもはるかに性能の劣る初期型ファイアーバードだった。

今回は、全艦隊の火力で攻撃するんだわ、とケミは考えた。

だが、スカム艦隊は必死で母星を守ろうとしていた。惑星からポッドが続々と飛びたって連合軍艦隊に立ち向かった。ファイアーバード程度から航宙母艦並みに巨大なぶよぶよした球体にいたるまでの無数のスカム船が、四方八方から火と強酸を吐いて連合軍を攻撃した。次から次へと連合軍艦艇が破壊された。異星種族の船が撃破され、水をあふれださせたり、爆発して結晶のかけらを飛び散らせたりした。ファイアーバードが一機、また一機と撃墜され、火の雨を降らせた。一隻の航宙母艦が燃えあがり、傾いて軍艦に激突した。

だが艦隊は突き進んだ。プラズマ放射と砲弾とレーザーと銃弾で——スカムのあいだに道を切り開いた。艦艇——あまたの艦艇——がスカムの群れを突っ切って岩石惑星に迫った。

ケミの宇宙戦闘機は縦横無尽に飛びまわったが、嵐の海にいるかのようだった。宇宙では音はしない。スターシップが発する悲鳴は、今際《いまわ》の絶叫は、爆発音や炎が燃えさかる音は聞こえなかった。なにもかもが火を描いた無音の絵画のようだった。スターシップがあざやかな紅葉のごとく、炎からあがる火花のごとく落ちるさまを描いた絵画のようだった。なにもかもが、光と怒りと死と溶けた金属と恐怖からなる大がかりなショーだった。ケミは飛びつづけた。任務中に戦死した兄とおなじように飛んだ。人類のために飛んだ。マーコのために。自由のために。だが、内なる恐れのため、鉱山の、目《ま》のあたりにした邪悪の悪夢ためでもあった。

　そしてケミは感じていた。スコロペンドラ・チタニアを。宇宙で音は聞こえないはずだが、スカムの思考を、ざわめく巣を、多くの木の根がからみあってひとつの生命体となっているようにつながりあっているムカデのネットワークを感じられた。スカムは、コーパスの巣で、ケミをそのネットワークにつないだ。そしてケミは、いまもそのネットワークに接続して、戦場に張りめぐらされている意識の分岐を、ポッドからポッドへ、そして下の惑星へとのびている目に見えない線を見ることができた。線は彼にまで、皇帝にまでのびていた。ケミはスカムの動きを完全に先読みできた。どっちにどう動くかがわかるので、向かってくるスカムをよけられた。スカムが酸を放っても、放つ前からわかるので、回避し、反撃して粉砕できた。横を飛んでいたファイアーバードが急降下して《テラ》に激突した。別のファイアーバードが爆発した。一機、また一機とケミの飛行隊の戦闘機が撃墜されたが、ケミは飛びつづけた。

わたしは殺せないわよ、とケミは思った。わたしはあなたたちの一員だから。わたしはあなたたちを知ってるから。わたしはあなたたちだから。そしてわたしは復讐する。あなたたちがわたしをこんな武器につくりかえたのよ。

ほかのファイアーバードが次々とケミの元に集まってきた。飛行隊ごと。一機が炎に包まれても、新たな戦闘機がその位置についた。軍艦が一隻、また一隻と破壊されても、残りは飛びつづけた。そして艦隊の前で――スカムがどんどん減っていた。

ポッドが数百機。数千機。数万機。燃えていた。宇宙空間が、無数の燃えているスカム船のせいで、崩壊しつつある恒星からなる銀河系のようになっていた。

「アバドンへ！」と叫ぶ声がケミのスピーカーから流れた――艦隊司令官ブライアン大将の声だ。

「アバドンへ！」ケミも叫んだ。

「アバドンへ！」ケミの飛行隊の操縦士たちが唱和した。

そして、数百万の死体を、金属の残骸と犠牲をあとに、艦隊はスカムの群れの炎と毒を貫いて惑星へと突進した。

何千隻もの連合軍艦艇が破壊された。何百万人もの兵士が戦死した。大いなる死、大いなる犠牲、宇宙の大量殺戮《さつりく》、人類史上最大の会戦だった。艦隊は前進した。突撃した。一キロ、また一キロと。戦死者を出しながら。艦隊は前へ進みつづけた。

艦隊はスカムの星の軌道に到達した。

進発したとき、艦隊は十万の艦艇と一千万の兵員からなっていた。アバドンに到達したときには、艦艇は数千隻、兵員は百万人程度になっていた。

だが惑星に到達した。

そして、艦隊の全艦艇のコックピットとブリッジのスピーカーからブライアン大将の声が響いた。

「爆撃せよ。破壊せよ」

そして、千もの細い線をひいてミサイルが飛んだ。

火と塵《ちり》と熱がコックピットにそって流れるなか、ケミはミサイルを全弾発射した。白光しか見えなくなった。

「爆撃せよ」スピーカーからブライアン大将の、五十年前にスカムに鉄槌《てっつい》をくだした男の声が響いた。「破壊せよ」

マーコとレイラニは《アーチン》の回転砲塔内に立っていた。窓から外を見ると、視野いっぱいにアバドンの岩だらけの地表が広がっていた。

マーコとレイラニは顔を見合わせた。なにをすればいいかはわかっていた。

レイラニは、赤と青の分子が描かれている白い砲弾を運んできた。それを大砲に装填した。通常の爆薬を使ったふつうの砲弾ではなかった。それは四硝酸エリシトロール弾、つまりエリス弾と通称されている、人類が開発したもっとも破壊力が大きい砲弾だった。核兵器ではないが、匹敵するほどの破壊力があるのだ。

マーコは大砲のひもをつかんだ。レイラニを見た。

「一緒にひこう」マーコはいった。

レイラニもひもをつかんだ。ふたりは力をあわせてひもをひいた。

大砲が発射した。エリス弾が飛びだした。

艦隊がすさまじい数の砲弾を発射した。

一瞬の静寂。戦闘が止まった。

そして宇宙空間に白光が走り、惑星アバドンが揺れた。

「再度砲撃せよ」と命じられた。

ふたりはふたたび砲撃した。

アバドン攻撃は何時間も続いた。マーコとレイラニは次から次へと、砲弾を装填しては惑星の地表を吹き飛ばし、山を崩しつづけた。キノコ雲が一本また一本と立ちのぼって破壊の森が生じた。軍艦が砲撃を続けているあいだ、ファイアーバードがその周囲を飛びまわって、艦隊を攻撃しつづけているスカムポッドの生き残りを掃討した。人類の船がなおも破壊された。連合軍の異星種族船はほとんど残っていなかった。それでも連合軍は砲撃しつづけた。

　大砲を撃ちつづけ、惑星にキノコ雲を生じさせつづけているうちに、マーコは胃にむかつきを覚えはじめた。

「ぼくたちは種族を絶滅させてるんだよな」とマーコはいったが、口のなかに嫌な後味が残った。「うしろめたさを感じるよ」

「スカムは虫だぞ、マーコ」レイラニは大砲にエリス弾を装塡している最中だった。

「だけど知性があるんだ」マーコはいった。「人間並みの知性が。ぼくたちはスカムの艦隊を壊滅させた。ほんとに大量殺戮をするべきなのかな？」

「マーコ」レイラニは目をぎらりと光らせた。砲弾を砲身に押しこむと、マーコの両腕をつかんだ。「いいか、マーコ。あたしはやつらを感じたんだ。やつらを知ってるんだ。あたしはいろんな意味でやつらでもあるんだ。皇帝はあたしに話しかけた。百万ものやつらの声があたしのなかで叫んだ。やつらは純粋な悪だ。やつらは一匹の例外もなく——残忍さを煮詰めたみたいな存在なんだ。悪霊なんだ。殺すことしか考えてないんだ」

「殺すことしか、か」マーコはそういってうなずいた。震える息を吐いた。「ぼくらも彼らみたいになっちゃったような気がするな」

レイラニはきびしい目つきになった。「やわなこといわないでくれ、マーコ。そんな話は聞きたくない。いまは、もうちょっとでこの戦争に勝てそうなときは」ため息をついた。

「それに、この砲撃じゃやつらを絶滅させられない。殺せるのはほんのわずかなんだ」艦隊が砲撃しつづけている惑星を見おろして顔をしかめた。「やつらの叫び声が聞こえる。チップを突破してあたしの心に侵入してあたしを支配しようとしてる。あたしを巣に接続しようとしてるんだ。やつらは地下にひそんでる。地表近くで多少は死んだだろうけど、たいした数じゃない。巣のなかにいるやつらは砲撃じゃ死なないんだ。やつらはあたしたちを待ってる。で、そのなかにやつがいるんだ、マーコ」緊張したささやき声になり、顔から血の気がひいた。「皇帝が。皇帝はあたしを知ってる。あたしの名前を知ってる」

マーコは唇をぎゅっと結んで次の砲弾を撃った。「それなら皇帝を殺そう。きみのいうとおりだ、レイラニ。いま彼らに情けをかけてもしょうがない。自分がやってることを好きになる必要はないんだろうな。絶対に好きになれないしね。だけどきみのいうとおりだ。これはやらざるをえないことだし、ぼくたちは皇帝を殺さなきゃならないんだ。地球のために。ぼくたちの種族の未来のために」

「それにあたしたちのかわいいハーフの赤ちゃんたちのために」レイラニはやっとマーコにほほえみかけた。「それに、あたしたちが飼う子犬たちのために」

砲撃はえんえんと続いた。スカムの艦隊が縮小したので、人類艦隊は惑星を取り巻き、全方位から砲撃した。ついに、マーコとレイラニは寝なければならなくなり、第二班に大砲をまかせた。七時間後にふたりが目覚めたときも、艦隊はまだ惑星を砲撃していた。ふたりはふたたび砲塔で任務についた。輸送艦が《アーチン》とランデブーし、輸送部隊員たちが砲弾がぎっしり詰まった箱を運んできた。砲撃は続き、下の惑星にどんどんクレーターが増えた。

何時間たっても艦隊は砲撃を続けた。

マーコとレイラニはまた寝た。

目が覚めるとアバドン砲撃は三日めになっていた。

「たまげたな」とアディが、三日めに食堂で小隊の半分とすわっているときにいった。もう半分はいまも大砲を撃っていた。「人類防衛軍《HDF》にこれだけの砲弾があるとは思ってもなかったよ」

マーコはアディとおなじテーブルについていた。レイラニも、そのほか二十人の戦士たちも一緒だった。皿に盛られたチキンウィングから湯気が立っていた。骨がボウルに投げ入れられていた。マーコは窓に目をやって下の惑星をちらりと見た。何千発もの砲弾が艦隊から放たれて惑星へ、彗星のように尾をひいて落ちていき、爆発を起こした。

「砲弾を一発残らず撃つつもりみたいだな」マーコはいった。「この戦争のために備蓄してた、何年分、何十年分、何兆ドル分の砲弾を。ブライアン大将は本気みたいだ」

「ブライアン大将はたいしたやつだよ」アディがうなずいた。

しかしマーコは疑問をいだきはじめていた。爆発で揺れる惑星を見おろした。エヴァン・ブライアン大将は、一介の若き操縦士だったころ、まさにこの星を核攻撃し、多くのスカムを殺した。そして地球で、英雄と称《たた》えられた。結局、ブライアンのおかげで、スカムは地球に対する大量殺戮攻撃をやめ、恐ろしい——だがずっとましな——〈消耗戦〉に切り換えた。彼は英雄なのか？　たしかに、マーコはずっとそう思ってきた。ほとんどの男の子がそうだが、マーコもエヴァン・ブライアン大尉がにっこりほほえんでいるポスターを自分の部屋の壁に張っていた。だが、えんえんと続く砲撃を見ていると、ブライアン大将は、英雄というよりも殺戮者に思えてきた——怒りに、復讐に、スカムを根絶やしにしたいという燃えたぎる欲望にとり憑かれている男に。マーコはスカムという異星種族を、あれだけのことをしたにもかかわらず、絶滅させたいと願ってはいなかった。地球を攻撃するのをやめさせたいだけだった。ブライアン大将が望んでいるのは勝利なのか……それとも大量殺戮なのか？

「地球はどれくらいの被害を受けてるんだろうね」レイラニがいった。「もう何日も新しい情報が公開されてないけど」

アディが表情をくもらせた。「ひどいことになってるかもな。地球の現状が悲惨すぎてあたしたちに教えたくないのかも」

「最後に聞いたのは」とレイラニ。「地球では三つの街が完全に壊滅したっていう情報だった。あれから何日もたってる。スカムは地球を、あたしたちがいまアバドンを攻撃してるのとおなじくらい激しく攻撃してるのかもしれない」トレイを押しやった。「戦争ってほんとに馬鹿げてる」

「戦争ってのは悪臭がするものなんだ」とアディ。

「きみの足並みにね」とマーコ。

「それはおまえのケツを蹴るからさ」アディがいったが、マーコは応酬できなかった。

「きさまら！」食堂に大声が響いたので全員が振り向くと、ボー・ジョーンズ一等軍曹が出入口に立っていた。スキンヘッドの大男は戦闘服の袖をまくりあげてとぐろ状のタトゥーをあらわにしていた。「エグゾフレーム着用してシャトル格納庫に集合しろ」

アディは勢いよく立ちあがった。「降下するんですね、指揮官どの？」

「すぐにな」とジョーンズ。「さっさとエグゾフレームを着ろ！　飯の続きはスカム皇帝の食堂で食え」

「じゃあ、ナメクジを食い放題だな！」アディはそういうと出入口に向かって走りだした。ほかの兵士たちも続いた。

マーコは胸をどきどきさせながらエグゾフレームを着た。指の震えが止まらなかった。

いよいよだ、とマーコは考えた。侵攻作戦だ。はじまるんだ。

荒涼とした惑星上に立っているとスカムが襲ってくるという、以前に見た夢を思いだした。レイラニのいうとおりなら、三日間にわたった砲撃のあとでも、スカムは地下の巣に安全に隠れていて、いまも無事なのだ。

三日続いた攻撃が終わり、人類の大砲は静かになった。

地獄の砲火はもうアバドンに降りそそいでいなかった。

遠くから見ていたら、平和が訪れたと勘違いしても不思議ではなかった。惑星を見ると、穴だらけになった地表に塵が積もっていた。

スカムのポッドはもう飛んでいなかった。怪物どもは地下にひそんで待っていた。レイラニに指摘してもらう必要はなかった。何百万匹ものスカムが穴のなかで這いまわっているのを、マーコも感じとれた。ここの巣が、コーパスのように長さ数キロということはありえなかった。巣は惑星全体に張りめぐらされているはずだった。

小隊は、全員がエグゾフレームを着用して格納庫に集合した。三機のシャトルが待機していた。大きな着陸艇は、プロペラとタービンエンジンを備えている装甲された箱だった。

「中尉どの？」アディが手を上げた。「あの、思ったんです。地球で蟻の巣に悩まされたら、毒で駆除するじゃないですか。惑星に着陸する必要はありますか？　上からくそ野郎どもをガス攻撃することはできないんですか？　炭疽菌とかマスタードガスとかマーコの古い下着を使って」

「きみの靴下のほうがいいよ」マーコはいった。「枯葉剤よりも強力なんだから」

ベン-アリ中尉はふたりを見つめた。「もう試したんだ。多くの巣で。スカムは宇宙でもっともタフな連中だ。炭疽菌をいい香りのポプリのように吸える。やつらにとって有毒な病原菌や分子を開発したとしても、何年も息をしないでいられるし、なにを浴びせても装甲にはばまれる。それに、危険を察知すると、やつらはより深くもぐってしまう。スカムに有効な手段はひとつだけだ」小銃をぽんと叩いた。「撃つことだけなんだ」

アディはため息をついた。「それに、オシリス兵を一千万体送りこむのには金がかかりすぎるんでしょうね」

ベン‐アリは苦笑いを浮かべた。「そのとおりだ。オシリス一体で、いま操縦しているこのスターシップよりも高いんだ」中尉はレイラニのほうを向いた。「さて、デラローザ、アバドンは大きな――地球の何倍もある惑星だ。ここが正しい場所なのは間違いないんだな？」

エグゾフレームを着用しているレイラニは小柄でも体力不足でもなかった。金属と怒りの機械になっていた。だが、バイザーのなかをのぞくと、顔は青ざめていたし、目の下に隈《くま》ができていた。レイラニが窓の外を見やると、バイザーに地表が砂漠でおおわれているアバドンが反射した。クレーターも峡谷も、すべて乾ききった死の世界だ。

「はい」レイラニはうなずいた。「やつがあたしに呼びかけてるのを感じます。やつは真下にいます。まっすぐ下に降りればいいんです」金属のグローブで銃をつかんだ。「さっさとけりをつけましょう。この悪夢をきっちり終わらせましょう」

マーコはレイラニに歩みよった。籠手《こて》をレイラニの肩に置いた。「みんなで終わらせよう」

ベン‐アリはうなずいた。「よし、みんな！　オーディンの槍作戦を開始する。シャトルに乗れ！　虫退治の時間だ」

スピアヘッド小隊の三個分隊が、それぞれに割りあてられたシャトルに向かった。ベレット軍曹が第一分隊長だった。長身でタトゥーを入れていて、ヘルメットのなかにプラチナ色のモヒカン刈りが見える女性軍曹はシャトルに搭乗した。彼女の——マーコとアディとレイラニを含む——部下たちが続いた。小隊長のベン‐アリ中尉もおなじシャトルに乗った。一方、ジョーンズ一等軍曹——小隊の副官——は第二分隊のシャトルに乗った。マーコが驚いたことに、オシリスも第三分隊とともにシャトルに乗りこんだ。どうやら、高価なアンドロイドも本日の侵攻作戦に参加するようだった。艦隊全体で、何十万人もの海兵隊員がそれぞれのシャトルに搭乗していることをマーコは知っていた。

　シャトルの機内には両肩を押さえるバーつきの座席が並んでいた。マーコは遊園地の乗り物を連想した。兵士たちが席につくと、バーがおりて体を座席に固定した。兵士たちは巨大な金属製ロボットのように見えた。薄暗いシャトルの機内では、バイザーのなかの人間の顔はほとんど見えなかった。

　兵士たちはかなり長いあいだ待った。無言で。

　やがてスピーカーから雑音混じりの声が聞こえた——エヴァン・ブライアン大将の声だ。

「五十年前、スカムはわれわれの惑星を荒廃させ、何十億人も殺害した。われわれの父母や子供や兄弟姉妹が——敵に殺された。人類は長年、闇のなかにひそみ、打ちのめされ、血を流しつづけた。だが人類は体を起こし、すっくと立ちあがり、ついに宇宙へ復帰した。

あの恐ろしい第一撃から五十年たったいま、勝利まであと一歩のところまで来た。本艦隊はナイトウォールから十万隻と一千万の勇敢な兵士たちと進発した」長い間《ま》。「ここまで来られたのは、五千隻の艦艇と五十万の兵士だけだった。われわれは倒れた戦友を永遠に悼《いた》むだろう。彼らの犠牲を永遠に尊《とうと》ぶだろう。生き残ったわれわれは——強く、勇敢で、勝利する準備がととのっている。まもなく、諸君——五十万の地球の精鋭——は敵の母星アバドンに降下する。そして地下でスカムと戦う。スカムの本拠でやつらを打ち負かす。そして皇帝を討ちとるのだ。戦いは長く困難だろう。敵は強力だ。皇帝を見くびってはならない。スカムは猛反撃するだろう。だが、やつらは敗北する。死に絶える。地球とその連合種族は、本日、激烈に攻撃する。そして勝利するのだ！　地球の戦士たちの健闘を祈る。神と星と宇宙の恵みがありますように」

　格納庫の扉が開きはじめた。シャトルには小さな四角い窓しかないが、その窓から数百キロ下のアバドンの地表が見えた。マーコがすわっているところからでは、ほかのシャトルも艦隊のほかの艦艇も見えなかった。あの岩だらけの闘技場と向かいあっているのは自分たちだけのように感じた。

　あそこへ降りるんだ、とマーコは考えた。皇帝のところへ。おまえはぼくを悩ませてきた。おまえはレイラニを傷つけ、ぼくの友人たちを殺させた。手下を送りこんでかあさんを殺させた。怒りがいきなり湧いてきて、マーコは両のこぶしを握った。これから殺しに行くからな。

「覚悟を決めろ！」ジョーンズ軍曹がいった。

　シャトルが格納庫の開いた扉に向かって動きだした。

「行くぞ！」アディが叫んだ。「びびってないぞ！」

「びびってないぞ！」兵士たちが唱和した。

「勝つぞ！」マーコが、自分でも驚いたことに叫んだ。耳に鼓動の音が響いていた。

「勝つぞ！」全員が復唱した。

　エンジン音が轟《とどろ》いて、シャトルが《アーチン》の格納庫から飛びだし、惑星に向かって急降下した。何千機ものほかのシャトルが同時に降下した。アバドン侵攻作戦の幕が切って落とされた。

18

三万機のシャトルが流星雨のように砂漠の惑星に降りそそいだ。

マーコは座席に体を押さえつけられて歯をカタカタ鳴らしていた。頭を何度もヘルメットのうしろにぶつけながら歯を食いしばった。周囲では、戦友たちも安全バーを握りながらすわっていた。シャトルが激しく揺れた。やかましい音が響いていた。シャトルは宇宙空間を猛烈な速度で降下していて、窓の外では炎が燃えさかっていた。シャトルの壁が熱くなっていた。マーコは汗びっしょりになっていた。シャトルは人間の悲鳴そっくりな音をたてながら、大気圏外層部を高速で突破しつつあった。金切り声じみた音をたてて振動しながらアバドンの空を突っ切っていた。

炎がぱっと消えた。窓には黄色い大空が広がっていて、眼下にひび割れた砂漠が見えた。

シャトルは振動しながらどんどん降下した——速度は秒速数キロにおよんでいた。マーコの体は金属のスーツに押しつけられていた。マーコは意識的に速く短く息をした。窓の外に目をやるとほかのシャトルが見えた。無数のシャトルが見渡すかぎり降下していた。砂漠が傾いていた。地球のどんな山よりも高い山々がそびえ、大地のひび割れのような峡谷が走り、歯を思わせる卓状台地《メサ》が突きだしていた。なにもかもが黄褐色と黄色とさえない茶色だった。まばゆく白い日差しが照りつけていた。シャトル内は熱したオーブン並みの暑さになっていた。

「やつは近い」レイラニが通信機を通じていった。「この真下にいる。脈打ってる。あたしに呼びかけてる。闇のなかで待ってる」あえぎを漏らして大声をあげた。「知ってるんだ！　やつは――用心してる！」

一瞬、シャトルの飛行が安定し、機内が静寂に包まれた。

マーコは外を見た。

惑星の地表で、大きな火山群が破れた腫れ物のように口をぽっかりあけていた。

煙とともに、黄色い溶岩が噴きだした。

溶けた溶岩の流れが、巨大な間欠泉のように何キロも上空へのびた。近くを飛んでいたシャトルが噴流にあたって木っ端微塵になった。空のあちこちで何本もの間欠泉がほかのシャトルを襲って金属を破り、なかの兵士たちを焼いていた。

「よけろ！」ベン＝アリがシャトルの操縦をしているホッキングという兵士に叫んだ。

「了解しました！」ホッキング軍曹は応じ、シャトルの操縦桿をひいた。プロペラがうなりをあげ、シャトルは空中で旋回した。黄色い溶岩の柱がすぐそばでのびた。熱がシャトルの側面をあぶった。飛沫《ひまつ》が船体にあたって金属を溶かし、貫通したため、空気が笛のような音をたてた。風防ガラスが破れ、シャトルはふたたび旋回した。またも溶岩の柱がのびた。おぞましくて酸性で悪臭を放っていた。溶岩がシャトルの側面をかすめ、しずくが機内に飛びこんできた。小さな塊のひとつがマーコの隣の兵士にあたり、装甲を食い破った。しずくはマーコのブーツにもいくつか飛んで金属を焼いたので、マーコはわめきながらそれらを蹴り飛ばした。

「ホッキング、溶岩が来ないところへ逃げろ！」ベン-アリが叫んだ。

「スカムのゲロを食らった！」アディが叫んでスーツのパネルの一枚をむしりとった。そのパネルを膿汁《のうじゅう》が貫通していた。

「また来た！」操縦士が叫んだ。シャトルが傾いた。マーコが割れた風防越しに見やった。間欠泉がシャトルのほうに向かってのびてきていた。

くそっ。

マーコは座席の安全バーをはずしてシャトル内へ飛びだした。しぶきが飛びこんできて座席に降りそそぎ、兵士たちのスーツに穴をあけた。男女が悲鳴をあげた。灼熱の液体は兵士たちのヘルメットにあたってガラスを砕き、なかの顔を焼いた。シャトルはコントロールを失ってきりもみ状態になった。上昇し、下降し、縦回転した。

「ホッキング！」ベン‐アリが叫んだが、マーコが見やると操縦士は死んでいた。シャトルが回転しているので、ほかのシャトルの様子を垣間《かいま》見られた。シャトルは一機、また一機と空中で爆発し、煙をひきながら墜落して惑星に激突していた。

　マーコは壁の裂け目をつかんだ。体をひっぱりながらコックピットにたどり着き、操縦士の死体を操縦席からどかすと操縦桿をつかんだ。

「操縦できるのか、マーコ？」ベン‐アリが大声でたずねた。

「いいえ。でも子供のころ、あいつはしょっちゅう宇宙もののビデオゲームをやってたんです！」腕を火傷しているアディが叫んだ。「それが役に立つかもしれません」

　操縦桿は二本あった。マーコは両手で一本ずつつかんで適当に動かし、シャトルを安定させようとした。一本が左右の動き、もう一本が上下の動きをコントロールしているようだったが、どっちがどっちかわからなかった。シャトルは空中でふらついた。溶岩――だかなんだかのおぞましい物質――の噴出が迫ってきたので、マーコは操縦桿の一本を、正しい選択であることを願いながらぐいとひいた。シャトルは急旋回して溶岩流を回避した。

「マーコ、左！」アディが叫んだ。

マーコは左を見た。別のシャトルが目の前に迫っていた。マーコが操縦桿を右へぐいと倒すと、シャトルはいきなり急降下しはじめた。兵士たちは座席から飛びだし、空気が裂け目からうなりをあげて流れこんできた。マーコは機首を上げて飛行を安定させようとした。急上昇させられたが、こんどは右へ急旋回した。操縦桿はマーコの手から飛びだしそうになっていた。またも噴流がのびてきたので、マーコは回避を試みた。あとちょっとでよけられたが、溶岩はシャトルの尾部をとらえ、タービンエンジンをもぎとった。エンジンはくるくる回転しながら飛んでいき、突然、シャトルも回転しはじめた。間欠泉が近くを飛んでいたシャトルをとらえた。そのシャトルのプロペラがちぎれて飛んでいき、ドアが吹き飛んでマーコのシャトルのコックピットにぶつかった。マーコの機のプロペラも吹き飛び、二機は衝突した。コックピットが粉砕され、マーコのエグゾフレームにおびただしい数の熱い破片が刺さった。後方で、ひとりの兵士が悲鳴をあげながら機体の割れ目から吸いだされていった直後、別のシャトルのエンジンに吸いこまれ、二秒後にそのシャトルが爆発した。

マーコのシャトルは、かろうじて空中分解をまぬがれて縦回転していた。動いているエンジンは一基だけだった。スーツは損傷していたし、コックピットは崩壊しかけていたが、マーコは操縦桿をつかんで機体を立てなおそうとしていた。周囲では火の玉が降っていた

――ほかのシャトルだった。地面がぐんぐん迫っていた。マーコが両方の操縦桿をぐいとひくと、機首が起きてシャトルは地面ぎりぎりを飛んだ。

よし、着陸だ、着陸だ、着陸――

前方に地面から歯のように並んで突き立っているいくつもの大岩が見えた。シャトルはそれらにぶつかった。跳ねあがって回転し、逆さになって地面に叩きつけられた。そのまま滑った。またも兵士が機内から飛びだし、シャトルに轢《ひ》かれた。火花と血が飛び散った。シャトルは燃えながら地面に溝を刻んで進み、ほかのシャトルの側面に激突し、大岩にぶつかりながらなおも前進したが、とうとう、減速し、減速し、回転し、減速し、減速して……ついに止まった。

周囲のいたるところでシャトルが墜落していた。

炎がパチパチと音をたてていた。

マーコたちはアバドンの地表に着いたが、シャトルは大破し、転倒していた。

兵士たちがうめいた。座席に体を固定されたまま逆さまにぶらさがっている者もいた。

「マーコ」アディが呼んだ。「ビデオゲーム修行が足りてなかったようだな」

マーコは身をよじって座席から抜けだすと、ほかの兵士たちを座席から助けだしはじめた。エグゾフレームを着用しているにもかかわらず負傷している者もいた。脚が曲がってしまっている男がいた。金属のフレームのなかで骨が砕けていた。火傷をしている女もいた。黄色い溶岩が装甲の関節を溶かし、肌を焼いたのだ。三人めの男は座席についたまま死んでいた。墜落時の衝撃で首が折れたのだ。生存者たちはシャトルの残骸からアバドンのひび割れだらけでベージュ色の地表に出た。

どこを向いても、見渡すかぎり砂漠の風景が広がっていた。遠くに山々が見えた。地表は岩が多くてひび割れていた。ここは大岩と捨てられた巨大なブロックのようなメサだらけの砂漠だった。フォート・ジェミラに戻ったような気分だった――どちらも生命の気配のないモノクロの荒野だからだ。アバドンの重力は地球より強いようだった。マーコはすぐにそのことに気づき、脚の力を増強してくれているエグゾフレームに感謝した。この作戦に参加している兵士の大半は、高価なエグゾフレームを支給されておらず、ごくふつうの戦闘服しか着ていなかった。この星では、ただ歩いているだけで肩に二十キロの重みがのしかかってくる。

だが、そんな兵士たちでも幸運だった。砂漠のいたるところで、数えきれないほどの戦士が死んでいた。数千機のシャトルが墜落し、炎上していた。つぶれ、溶けた金属のなかで死体が転がっていた。マーコは、三メートルほどしか離れていないところで、シャトルの砕けた窓に死体がひっかかっていることに気づいた。肩から下がなくなっていて、血がしたたっているぐちゃぐちゃが細長くのびているだけなので、髪と歯がくっついている血染めのぼろ切れのように見えた。砂の上でくすぶっている死体も何体かあった。倒れているのは人間だけではなかった。グラミーが砂の上でのたうっていた。水がないので窒息しかけているのだ。人間の伍長が水筒の水をその魚にかけてやっていたが、効果はほとんどなかった。ひとりのシルヴァン、つまり六本の尾がある毛でおおわれた円盤が、結晶と琥《こ》珀《はく》でできている船の残骸から生存者を探そうと、苦労しながら斜面をのぼっていた。

「こんなはずじゃなかったのにな」マーコが惨状を眺めながらいった。

「わかってるよ《ノー・シット・シャーリー》」アディがいった。

「それをいうなら、シャーリーじゃなくてシャーロックだぞ（〝ノー・シット・シャーロック〟は「あたりまえのことをいうな」という意味の決まり文句）」マーコはいった。

「シャーリーでいいんだ」アディはいいはった。「子役のシャーリー・テンプルにひっかけたんだ。シャーリー・テンプルは馬鹿にされたら黙ってなかった《テイク・ノー・シット》んだ」

とはいえ、無事に着陸したシャトルもあった。まだ降下中のシャトルもあった。そして惑星の地表の火山は、あいかわらず黄色い液体を噴きあげていた。間欠泉が噴きだすたびに地面が揺れ、マーコは転びそうになった。着陸できたシャトルは半分程度だった。戦士たちはシャトルを降りて分隊ごと、小隊ごとに集まっていた。何千人もの戦士が砂漠で集合しているさまは壮観だった。だが、それはナイトウォールを出発したときの戦士のごく一部だったので、マーコは胃がぎゅっと縮こまるのを感じた。

「スピアヘッド小隊、集合！」シャトルから出てきたベン‐アリが命じた。

小隊は中尉のもとに集まってきて三個の分隊ごとに整列した。マーコの分隊を率いているのは、タトゥーを入れていて、つねに薄笑いを浮かべているベレット軍曹だった。マーコはベレット軍曹のうしろに並んだ。アディとレイラニが両側に立っていた。全員が砂漠で整列した。スピアヘッド小隊は五十人でナイトウォールを出発した。いまでは四十人になっていた。付近の砂漠で、ほかの小隊もそれぞれの小隊長である中尉のもとに集合し、中隊と大隊に分かれて整列した。

「デラローザ」ベン‐アリがいった。「皇帝とはまだ――」

レイラニが悲鳴をあげた。

マーコは銃を構えた。砂漠がぱっくり割れた。

「スカムだ！」マーコは叫んだ。

砂漠のあちらこちらに数えきれないほどの割れ目や穴が生じ、そこから敵が出現した。

「撃て！」ベン‐アリが叫んだ。

小隊は命じられるまでもなく撃ちはじめた。班に分かれて円陣を組み、発砲を開始した。

プラズマが放たれ、スカムに命中した。マーコはファイア７小銃をオートマチックに切り替えて火炎放射器モードにし、プラズマを連続して放てるようにした。スカムは悲鳴をあげながら焼かれた。スカムは四方八方から迫ってきた。いくらスカムを殺しても、さらに多くのスカムが地下から湧いてきた。砂漠のいたるところで、兵士たちがスカムの餌食になっていた。ムカデたちは男女に襲いかかって肉も骨もずたずたにした。兵士たちは倒れ、内臓を食われた。男が大声で母親を呼んだ。スカムが泣いている女の両脚を切断して食らった。

「小隊、シャトル５６Ａに向かうぞ！」ベン‐アリが叫んで指さした。「ついてこい！」

マーコがそっちを向くと、五百メートルほど先に見えた。墜落したマーコたちのシャトルよりもずっと大型のシャトルだ。兵士たちがシャトルの大きな斜路《ランプ》をひっぱりおろすと、なかの装甲車が見えた。

サンドタイガーだ、とマーコは考えて、基礎訓練でサンドタイガー装甲車に乗ったことを思いだした。あれに乗るんだな。

「第一分隊！」ベレット軍曹が銃を撃ちながらどなった。「ぼさっとしてないで、とっととサンドタイガーに向かうぞ！」

小隊は二列になり、前後左右にプラズマを放ちながら走った。金属のブーツが地面にひび割れを生じさせた。周囲でスカムがばたばた死んだ。だが、プラズマを飛び越えて鉤爪をふるうムカデもいた。マーコの前を走っていた兵士が、鉤爪にエグゾフレームを貫通されて悲鳴をあげた。別のスカムが飛びかかってきたので、マーコは腕を振って殴り倒し、踏みつけて外骨格を砕いた。エグゾフレームを着ていれば、ただのか弱い人間ではなくなる。強さもすばやさも重さもスカムとほぼ同程度になる。小隊のプラズマは怪物どもをなぎ倒しつづけた。

小隊は血路を切り開きながら進んだ。またひとり兵士が倒れた。砂漠のいたるところで、着陸しようとしているシャトルが酸を浴びせられ、船体に穴をあけられていた。どうにか地面に到達したシャトルは、裂け目や穴から飛びだしてきたスカムの群れに襲われた。ファイアーバードが轟音《ごうおん》をあげながら空を飛んでいたが、兵士が道連れになってしまうのでスカムを爆撃できなかった。攻撃ヘリがホバリングしながら、スカムを一匹ずつ片づけていた――効率の悪い攻撃だった。ムカデの群れに圧倒されて、中隊が全滅していた。マーコが走っていると、近くで地面にいきなり峡谷が生じて小隊が呑《の》みこまれた。五十人の戦士が悲鳴をあげながら落ちた裂け目の下ではスカムが待ちうけていた。

こんなところへ来るべきじゃなかったんだ、とマーコは考えた。無理なんだ。敵の本拠地で戦ったって勝てっこないんだ。無謀な作戦だったんだ。

マーコは《HDFSテラ》を探して空を見上げた。遠すぎて見えなかったし、こんなに日差しが強烈ではとうてい無理だった。マーコはブライアン大将の言葉を思いだした——艦隊に向けてのスピーチと、ふたりきりでいるときにした話を。唇をぎゅっと結んだ。

五十年前、ブライアン大将はあきらめなかった。ぼくだってここであきらめるもんか。

マーコは銃を撃ち、こぶしを振るってスカムを撃退しながら進んだ。鉤爪を叩きつけられて装甲がへこんだり切り傷を負ったりしたが、走りつづけた。わずか五百メートルだったが、基礎訓練の最後の長距離走よりも長く感じた。

とうとう、息を切らし、血を流しながら、小隊はサンドタイガーをおろしている最中のシャトルにたどり着いた。総重量六十トンで、上部に五〇口径スティンガー機関銃を備えているキャタピラ走行の装甲車が砂漠に並んでいた。ギアとチェーンと砂色のぶ厚い金属からなる、ずんぐりと不格好でごつごつした野獣は、ほとんど戦車並みに大きかった。サンドタイガーは宇宙防衛軍管区《STC》のすらりとした最新マシンではない。地球防衛軍管区《ETC》が持ちこんだ、粗野で荒削りなけだものなのだ。マーコはジェミラで、サンドタイガーに乗って戦い、このごついキャタピラがスカムを轢きつぶすさまを目《ま》のあたりにしていた。一輛に分隊が全員乗れた。スピアヘッド小隊には三輛で充分だった。

スカムが四方八方から集まってきてはヘリコプターの機銃掃射で死んでいるなか、ベレット軍曹がサンドタイガーの後部をひきおろした。開いた扉がそのまま斜路《ランプ》になった。分隊が駆けこんだ。サンドタイガーの車内は驚くほど狭い。その図体の大部分は、ぶ厚い壁からなっているのだ。補給品と弾薬の箱のあいだに二脚のベンチが設置されていた。細い通路の先に運転席があり、はしごをのぼれば回転砲塔に行けた。

「指揮官どの」マーコはいった。「レイラニと自分は、〝ジェミラの戦い〟でこの装甲車の回転砲塔を担当しました」

ベレット軍曹はうなずいた。はしごを指さした。「ふたりとも砲塔にのぼってスカムを殺せ」

エグゾフレームを着ているので狭かったが、マーコとレイラニはどうにかはしごをのぼって砲塔に出た。砲塔は、周囲に低い金属のリングがあるだけの吹きさらしだった。スティンガーがサソリの尾のように突きだしていた。ジェミラのときと同様、マーコが機関銃を、レイラニがねらいをつけるハンドルを担当した。

「やつを感じます」レイラニが小隊全員のヘルメットに話しかけた。「スカム皇帝を。火山みたいに怒ってます。着陸地点はやつのほぼ真上だったけど、墜落したせいで何キロかずれました。あそこ、あの山々の向こうです」顔をしかめた。「やつはあたしたちが来たことを知ってます。機嫌を悪くしてます」

スカムがサンドタイガーによじのぼりはじめた。マーコは機関銃を撃ってそいつらを吹き飛ばした。

「みんながついてるぞ、デラローザ」別の装甲車に乗っているベン‐アリの声が聞こえた。

「案内してくれ」

下ではアディが運転席につき、サンドタイガーが前進しはじめた。小隊の周囲で、シャトルから何百輛ものサンドタイガーがおろされ、砂漠を走りはじめていた。エグゾフレームは重くて強い。だがサンドタイガーは、それ以上に重くて強かった。キャタピラが六十トンの金属の重みで虫どもを轢きつぶした。

人類防衛軍《HDF》全体が動きだしていた。何百輛ものサンドタイガーが。そして何千輛ものサンドタイガーが。スカムが轢かれてつぶされた。機関銃が火を吹き、スカムの外骨格のかけらが飛び散った。シャトルはなおも降下してきて試練に挑んだ。墜落するシャトルもあったが、着陸できたものは兵士たちと車輛を送りだした。まもなく、ベヒモス・マークⅣ戦車の、サンドタイガーの倍はある金属の獣の大隊が戦いに加わった。ベヒモスは主砲を発射してスカムの群れを吹き飛ばした。いたるところで塵《ちり》と砂の雲が生じていた。轟音をあげながら頭上を飛んでいるファイアーバード編隊が、なおも裂け目からあらわれて連合軍に襲いかかろうとしている無数のスカムに機関砲を浴びせた。

マーコには、何人の兵士が地表に降りられたのかわからなかったが、わかっていることがひとつあった。この星には、人間の戦士ひとりにつき何千匹もの、これだけの砲と航空機と機甲部隊をもってしても殺しきれないほどのスカムがいるのだ。

　ぼくたちがあの山々の向こうにいる皇帝を殺さなきゃならないんだ、とマーコは考えた。それがスカムに最終勝利するための唯一の方法なんだ。

「近づいてます」レイラニの声は、通信機を介して小隊全員に――そしてマーコの推測では上空を飛んでいる《テラ》にいるブライアン大将にも――聞こえていた。「声が大きくなってます。あたしに呼びかけてます。やつは――」ヘルメットの両脇をつかんだ。「もう耐えられない。無理だ。声が聞こえるんだ。やつが見せようとしてるものが見えるんだ。やつがあたしたちになにをするつもりかが。あたしたちをどんなふうに改造するつもりかが」

「がんばれ、デラローザ」そのとき、ベン‐アリの声がスピーカーから響いた。「おまえはよくやってる。わたしはおまえを誇りに思ってる。案内を続けてくれ。わたしたちといれば、やつはおまえを傷つけられないんだ」

　レイラニが指さした。「あっちです。アディ、ちょっと左に曲がって。あのふたつの峰のあいだだよ。見える？」

「ああ、見えるよ」アディが装甲車を運転しながら答えた。

「ふたつの峰のあいだを抜けたところに巣があるんだ」とレイラニ。「深いよ。コーパスよりずっと深い。やつの邪悪さがそこから立ちのぼってる。そこいらの空気にまで染みこんでる。すごい声だ！　やつらみんなの声だ。何百万匹ものやつらがあたしの頭のなかで叫んでるんだ」目に涙がたまっていた。「いっせいに呼びかけてるんだ。やつらは邪悪なんだ」

マーコは機関銃を撃ちつづけ、前方の砂漠のスカムを殺しつづけた。「ぼくたちがそいつらを黙らせてやるよ、レイラニ。全員を。だからがんばってくれ。きみはよくやってる」

何千輌もの戦車とサンドタイガーが、砂煙を上げながら突進して敵に迫っていた。一キロ、また一キロと進んでいた。数メートル進むごとに車輌が落ちた。地面に亀裂が生じ、戦車がスカムの穴に転げ落ちた。大胆なムカデはサンドタイガーに飛びついて銃手を殺し、車内に這いこんでなかの兵士たちを皆殺しにした。そのような無人となった車輌は砂漠に取り残された。だが、ほかの車輌は銃を撃ちまくりながら、じわじわと血路を切り開いていた。数百機だったファイアーバードが、すぐに数千機に増えて、機甲部隊を空から火力支援した。

全部隊がマーコのサンドタイガーに従っていた。全部隊がレイラニに従っていた。きみはヒロインとして死ぬために軍に入ったんだったね、とマーコは考えた。だけど、きみは生きるんだ、レイラニ。ヒロインとして生きるんだ。

「だいじょうぶかい？」マーコは声をかけた。

レイラニは青ざめていたが、うなずいた。「たぶんね。チップがほとんどを防いでくれてる。あたしたちは――」悲鳴をあげてヘルメットをつかんだ。「マーコ！」

「レイラニ、いったい――」

前方の砂漠に裂け目が生じた。

鯨並みに巨大な怪物が飛びだしてきた。

「くそっ！」アディが下で叫んだ。

その瞬間、マーコにできるのは前を見つめることだけだった。鼓動と呼吸が止まった。

そいつは昆虫だった――装甲車よりもはるかに大きな昆虫だった。カニと甲虫を足して二で割ったような姿で、胴は装甲でおおわれ、鉤爪と触角がある。体長三十メートルはありそうだ。砂漠にさらに幾筋も亀裂が走り、さらに何匹も馬鹿でかい怪物があらわれた。軍艦サイズの昆虫は怒りの鳴き声をあげた。

「殺せ！」アディが叫んだ。

「わかってるよ、アディ！」マーコはいった。「轢きつぶすのは無理そうだ！」

マーコは機関銃を撃ちまくった。

上体を起こした昆虫に銃弾を浴びせたが、効果はなかった。砂漠のあちこちで、ほかの車輛が機関銃を撃っていたが、強力な――人体をいちじるしく損壊するほどの威力がある――五〇口径弾ですら、巨大昆虫の外骨格に弾《はじ》かれていた。

一輛の戦車が主砲を発射した。砲弾は一匹の昆虫に命中して装甲をへこませた。怒り狂った怪物はその戦車を木の根のような鉤爪でつかむと、高々と持ちあげて砂漠に放り投げた。戦車――総重量は百トン――はサンドタイガーにあたって装甲車をつぶした。何輛もの戦車が砲撃した。昆虫たちはさらに何輛もの戦車をつかみあげ、機甲部隊に投げつけた。

「擲弾《てきだん》じゃなきゃだめだ！」マーコはサンドタイガーの車内に向かって叫んだ。

ベレット軍曹がマーコとレイラニがいる回転砲塔に上がってきた。かろうじて三人が砲塔に立てた。

「ほら！」ベレットは擲弾をマーコとレイラニに渡した。「それを使え。わたしも――くそっ！　リンデン、よけろ！」

一匹の巨大昆虫が、鳴きながらマーコたちの装甲車に迫ってきた。アディがハンドルをいっきに右に切ると、サンドタイガーは砂の上で傾きながら方向転換した。エグゾフレームの肩にはグレネードランチャーが格納されている。マーコが起動を指示すると、カチカチと音をたてながらランチャーが展開した。マーコは擲弾を装塡した。ねらいをつけた。撃った。

擲弾が発射され、馬鹿でかい昆虫に命中した。直後にレイラニとベレットの擲弾も続いた。

三連続の爆発が超巨大甲虫をふらつかせた。装甲が割れ、中身があらわになった。マーコは機関銃をつかみ、割れ目をねらって撃った。銃弾はやわらかな肉を貫き、昆虫は悲鳴をあげながら倒れた。マーコたちはかろうじてつぶされずにすんだ。砂漠が揺れた。

「アディ、左！」マーコは叫んだ。別の甲虫がマーコたちに飛びかかってきた。マーコはまたも擲弾を発射し、命中させた。続いて銃弾を浴びせた。アディは甲虫をよけた。

「なんにも見えない！」アディが叫んだ。「砂埃《すなぼこり》がひどすぎる！」

砂から怪物がどんどんあらわれて機甲部隊を襲った。轟音をあげながら飛んでいるファイアーバード編隊が昆虫をねらってミサイルを発射した。甲虫の一匹が空につばを吐いて戦闘機に命中させた。ファイアーバードは墜落して戦車に激突した。戦車と戦闘機が爆発炎上した。

「すぐそこだよ！」レイラニが指さしながらいった。「どんどん強くなってる。すぐそこ！　あの尾根を越えたところだ！」

サンドタイガーは砂埃を巻きあげながら突進し、そのあとを何千輛ものサンドタイガーが全速で続いた。機関銃で道を切り開いた。機甲部隊がふたつの峰のあいだの岩がむきだしの稜線を越え、坂をのぼりはじめると――

怪物の群れが上から襲いかかってきた。

一匹が戦艦ほどもある、石の色をした巨大サソリの群れだった。

一匹のサソリが尾を戦車に叩きつけ、金属を貫通し、粉砕した。ファイアーバードが急降下してくると、サソリは跳躍して顎で戦闘機をとらえた。アディはサンドタイガーを走らせつづけ、マーコはまたも擲弾を発射したが、サソリは彼らを追ってきた。

「アディ！」マーコは叫びながら機関銃を撃ち、レイラニとベレットも擲弾を放ったが――

装甲車は鉤爪につかまれてしまった。

巨大サソリはサンドタイガーを宙に持ちあげ、砂漠に放り投げた。

総重量六十トンの巨大な装甲車は、おもちゃのようにくるくるまわりながら飛んだ。レイラニが回転砲塔から放りだされた。マーコは片手で手すりを握りながらレイラニをつかんだ。ふたりは回転しながら宙を飛んだ。車内の兵士たちが悲鳴をあげた。そして装甲車は砂漠に向かって落ちていった。マーコの上にサンドタイガーがあった。下に砂漠があった。

マーコは力をこめてサンドタイガーを押しのけながら、レイラニをひっぱった。

ふたりは砂漠に落下した。ふたりのエグゾフレームの金属がへこみ、石にあたって火花をあげた。サンドタイガーはふたりのすぐそばに落ちた。回転砲塔のなかにいたベレット軍曹はつぶされた。血が流れでた。

マーコは立ちあがった。金属製スーツがきしみをあげた。プレートの半分はへこんでいたし、残りはぐらついていた。ヘルメットの真ん中にひびがはいっていた。マーコはレイラニを助け起こした。サンドタイガーはすぐそばで逆さまになっていた。兵士たちがどうにかなかから出てきた。スカムが襲いかかってきたので、マーコはプラズマを放って怪物を殺した。遠くでは、戦車と戦闘機が巨大サソリと戦っていた。

「だいじょうぶかい？」マーコはレイラニにたずねた。

レイラニは新たなスカムを撃ってから身震いした。「ここだよ。あたしたちはやつの上にいるんだ」レイラニの声は緊張に満ちたささやきになっていた。「皇帝はあたしたちの真下にいるんだ」

ここはふたつの峰のあいだを越えたところだということにマーコは気づいた。マーコたちはサッカー場ほどの広さのクレーターのなかにいた。中央には、宮殿並みの大きさの巨大な蟻塚のようなものがそびえている。

「巣の入口だ」マーコはいった。

「皇帝の巣だよ」レイラニはそういいながら銃をつかんだ。「やつはあたしたちがここにいることを知ってる」

19

何千人もの兵士たちがそのクレーターのなかに集まった。何百輛もの戦車がクレーターを囲んで金属の壁となり、何百機ものファイアーバードが頭上を飛んでいた。クレーターの真ん中に、巣への入口が、土と石からなる山がそびえていた。マーコは、空を見上げてバイザーのズーム機能を使い、惑星の軌道をめぐっている彼方の光のかけらをかろうじて見分けた。ブライアン大将が戦闘を指揮している侵攻作戦の旗艦、《HDFSテラ》だ。

「間違いないんだな、デラローザ伍長？」ベン-アリ中尉は、数人の情報将校とともにレイラニの前に立っていた。

レイラニはうなずいた。「はい、中尉どの。あたしはまだスカムの巣とつながってます。やつらはずっと、あたしとつながろう、あたしをハックしよう、あたしを支配しようとしてます。あたしの頭のなかで叫びつづけてますが、あたしの脳にはブロッカーが埋めこまれてるから、突破はできません」後頭部の、外科医たちがチップを埋めこんだあたりに触れた。「ここでは、信号はずっと強くなってます。真下に皇帝がいる、このスカムの巣では」

　二日間にわたる死闘の末、人類防衛軍《HDF》とその連合軍はこのクレーターとその周辺の山々を確保した。このクレーターにあるもの以外のすべての割れ目と穴に爆弾を落とし、強化コンクリートで固めた。ファイアーバード編隊が峡谷と丘陵を何度も絨毯爆撃して地形を平らにし、スカムの隠れ家を破壊しつくした。

　だがマーコは、怪物どもの大半はまだ生きていて、いまも地底にひそんでいることを知っていた。いまもマーコたちを待ちかまえていることを。

　ひとりの情報将校が手首のコントローラーを押すと、ホログラムが表示された。「超音波探知機によって巣の一部の形状が判明した。正確なマップではないし、地下深くは不明のままだが、判明したトンネルはこうなっているんだ」ホログラムが回転して数えきれないほど分岐しているトンネルが見えた。「くそでかい巣だ。おれには、ナパームをぶちこみまくるべきだと思えるがな」

「だめです」ベン‐アリは首を振った。「大将のご命令です。スカムの皇帝はより深くまで穴を掘るだけです。ナパームでは殺せないんです。化学兵器でも、生物兵器でも。なにをぶちこんでも、スカムは平気なんです。解決法はひとつしかありません。地下深くまでもぐって、皇帝を見つけて、至近距離から撃ち殺すしかないんです」

「さあ！」ジョーンズ一等軍曹が低い声でいった。「穴掘りの時間だぞ」筋骨たくましい下士官はファイア7小銃を高く掲げた。「きさまら、準備はいいか？」

「いいえ」とマーコは応じた。「でも、行くしかないんですよね？」

「ああ、そのとおりだ」

「で、どうするんですか？」アディがたずね、バイザーを上げて砂につばを吐いた。額の切り傷から血が垂れてきたので、その血をぬぐってからバイザーを閉めた。「コーパスとおなじですか？」

「コーパスほど」とベン-アリ。「簡単には行かないだろうな」

中尉はエグゾフレームを鳴らしながら巣をのぼりはじめた。小隊員たちが続いた。山のてっぺんに、噴火口のような穴があいていた。縁にはスカムの鉤爪の跡があった。

「リンデン伍長」ベン-アリが声をかけた。「鬱憤《うつぷん》を晴らすか？」

「爆発するぞ！」アディが叫んで、巣のなかに手榴弾を投げこんだ。奥深くから爆発音が響いてきて巣が揺れた。煙が噴きだした。塵《ちり》がおちつくと、マーコ、アディ、それに数人が穴のまわりに陣どって銃からプラズマを放った。地獄の業火《ごうか》が巣を包んだ。数匹のスカムがなかから逃げだそうとしたが、炎に焼かれてみるみる縮み、穴のなかへと落ちていった。

「撃ちかたやめ！」ジョーンズ軍曹が命じ、マーコたちは長いあいだ立ちつくし、塵がおちつくのを待った。兵士たちは穴のなかをのぞきこんだ。トンネルのなかは真っ暗だ。

「わたしが先頭に立つ」ベン‐アリがいった。「あいだを置かずについてこい。小銃はセミオートに設定して、連続放射ではなくプラズマの塊を放つようにしておけ。味方の誤射は、地下ではスカムとおなじくらい危険だからな」

中尉は巣のなかへ飛びこんで闇に消えた。

縁に立っているマーコは戦友たちをちらりと見た。

「さあ、けりをつけよう」マーコはいった。「ぼくたちならできる。ぼくたちなら――」

「演説はもうたくさんだ」アディはそういってマーコを押した。

「おい、アディ！」マーコはそう叫びながら巣のなかへ転げ落ちた。

マーコは数メートル落下し、どすんとトンネルの底に到達して滑りだした。壁に手をかけ、籠手《こて》を岩に食いこませて滑落の速度をゆるめようとした。ようやく、壁をつかんでおりられるようになった。居間ほどの広さの洞窟にベン‐アリが立っていた。ほかの兵士たちもおりてきた。何匹かのスカムが、手榴弾の破片だらけになり、プラズマで焼かれて床で痙攣《けいれん》していた。

「地下へもぐるぞ」ベン-アリがいった。「デラローザ、だいじょうぶか？　いまも感じているか？」

　レイラニは震えていた。ヘルメットのなかの顔は青ざめていたし、血が出るほど強く唇を噛んでいた。だが、うなずいた。「やつを感じます。あたしたちに来てほしがってます。この真下にいます」

「敵は地下に何匹くらいいるんだ？」ベン-アリがたずねた。

「うじゃうじゃいます」とレイラニ。「この惑星には数えきれないほどのスカムがいます。古いチーズの塊にうじ虫がいるのとおなじくらいのスカムがいるんです」

「マーコ、この星を食わないでくれよな」とアディ。「このチーズを食うと腹をくだすぞ」

「アディ、なんでブーツを脱いで毒ガスでスカムを殺さないんだ？」とマーコ。

　小隊は巣の奥深くへと突き進んだ。トンネルの高さは、兵士たちがかろうじて立って歩けるほどだった。スカムは体長も体重も人間を上まわっているが、這って歩くので、配管程度の細いトンネルしか必要としないのだ。とはいえ、このトンネルは大きめだった。大型の虫のために掘ったトンネルに違いなかった。マーコは、どんな新種の怪物が人間が立って歩ける大きさの通路を必要としてるんだろう、と考えて身震いをした。スーツには空気濾過システムが装備されているが、バイザーにひびが入っているので匂いを嗅げた。ミミズだらけの土を掘りかえしたような臭いがしていた。

まもなく、計器の表示から、地下一キロに達したことがわかった。スピアヘッド小隊のあとにほかの小隊も続いていたから、何千人もの兵士たちがトンネルを満たしていた。トンネルは百メートルごとに分岐していた。分岐点に達するたび、レイラニはダウジングをしているかのように目をつぶって立ち、目に見えない声に耳を傾け、ついに指さして道を示した。ヘルメットに備えつけられているライトが唯一の光源だった。

深くもぐればもぐるほど、マーコの表情は険しくなった。前から声が聞こえるような気がした。最初は、夜、聞こえるような気がする声、ストレスによる幻聴だと思った。だが、さらに進むと、本物の声がトンネルの先から聞こえているのだとわかった。縦穴をおりて水平のトンネルを進むと、声が近くなった。知らない言語が大きく響いていた。

マーコのエグゾフレームには自動翻訳機能が備わっている。翻訳が光る文字でバイザーに表示された。

「助け……て。助け……て」

マーコはベン-アリを見た。中尉はマーコの隣を歩いていた。エグゾフレームは塵と血にまみれていた。ふたりは銃を構えて並んで進んだ。ほかの兵士たちがそのあとに続いた。

ふたりは円形の部屋に入った。肉質の電球状のものがいくつか天井からぶらさがっていた。皮膚でできた奇妙なランプシェードのようだった。その光に照らされて、異星人が、手足を粘着性の膜で固定されて壁に張りつけられていた。その生物は、背の高さが人間の倍ほどあった。体色は緑でやつれはて、球根状の頭部で八つの目をしばたたいている。

ベン‐アリがはっと息を呑《の》んだ。「アルタイル人だ。スカムは一世紀前に彼らの母星を滅ぼした。アルタイル人は絶滅したと考えられていたんだ」

マーコは緑色の異星人に近づいた。「いま助けてあげますからね。ぼくたちは――」顔をしかめて吐き気を抑えた。異星人の腹は切り開かれ、小型スカムの一種だろう、小さなムカデが宿主のなかで卵をかえしていた。「負傷してます！」マーコは肩越しに振り向いて呼んだ。「衛生兵！」

マーコとベン‐アリはナイフを抜き、かなりの時間をかけて異星人を壁につなぎとめている膜を切断した。

「スカムが来たぞ！」アディが叫んでプラズマを撃った。

一匹のムカデがかん高く鳴きながら死んだ。トンネルから、スカムが続々とあらわれた。アディをはじめとする兵士たちが銃を撃っているあいだに、マーコとベン‐アリは怪我をしている異星人を壁からおろした。衛生兵たちが担架を持って走ってきたが、大きな異星人を運ぶために担架をもう一本用意しなければならなかった。兵士たちがムカデを殺しているあいだに、衛生兵たちは異星人を安全地帯へ運んでいった。

「アルタイル人の惑星は一世紀前に破壊されたんだ」マーコはいった。「あの異星人はそんなに長くここに張りつけになってたのかな？」身震いをしてプラズマ小銃を撃ち、向かってくるスカムの最後の一匹を殺した。

「先へ進むぞ」ベン‐アリがいった。「デラローザ、案内してくれ」

だが、レイラニは立ちつくしていた。体が震えているせいで装甲がカチカチ鳴っていた。目が落ちくぼみ、顔は青ざめ、髪が汗で額に貼りついていた。

「レイラニ！」マーコが近づいてレイラニの両手を握った。「だいじょうぶかい？」

レイラニはうなずいた。「なんとかね。すぐにおさまる」涙が頬を伝っていた。「頭のなかにあの緑の異星人の声が聞こえたんだ。あの異星人は長いこと、巣に向かって叫んでた。あの異星人の苦しみがスカムの餌なんだ。やつらはあの異星人の苦痛を味わってやがったんだ！」震える息を吐いた。「先へ進もう。こっちだ。皇帝を殺さなきゃならないんだから。いま殺さなきゃならないんだから」

小隊はくだりつづけた。レイラニはスピアヘッド小隊を道案内したが、多くのほかの小隊が、さまざまな道をたどって巣を満たしていた。銃声があちらこちらのトンネルから聞こえていた。スピアヘッドは進みながらプラズマをまき散らして迫ってくるスカムを殺した。さらに一キロくだったとき、マーコはまた声を聞いた――弱々しく苦しげに懇願していた。

小隊は新たな部屋に入った。異星人が石の台に寝かされ、肉質のシートで体を固定されていた。その白い生物はぶよぶよと太っていて、髪がぼうぼうだった。かつては優美だったのだろうが、チューブが何本も挿入され、肥満した体に黄色い液体が流しこまれていた。うじ虫がその体のなかで育っていた。マーコは嘔吐しないようにがんばった。

「オシリス」ベン‐アリがたずねた。「この種族を知っているか？」

アンドロイドが歩みよった。オシリスは、小隊で唯一、エグゾフレームスーツをまとっていなかった。戦闘服すら着ていなかった。いつもの青い制服姿で、プラチナブロンドの人工の髪にはひと筋の乱れもない。小刻みに震えている白い異星人に片手をあてて首をかしげた。

「ＤＮＡ分析の結果が出ました。くじゃく座アルファ星系のクルリア人です。スカムがクルリア人を滅ぼしたのは二百年以上前です、中尉どの。この個人は、それよりも年をとっていることになります」

マーコは気分が悪くなった。横にいた兵士のひとりがバイザーを上げて嘔吐した。

「くそっ」とアディ。「スカムは滅ぼした惑星の生物をここに集めてやがるんだ。一種の不気味な記念品として」

「それに寄生虫の不気味な宿主として」とマーコ。

レイラニはうなずいて、「ここにいる異星人たちのＤＮＡを収集してるんだ」といった。

「あたしにはやつらがなにを考えてるかが聞こえる。それにこの巣にいるちっぽけなうじ虫どもの声も。やつらは学んでるんだ。出会った異星種族を理解しようとしてるんだ。特徴と考えかたをつかんでより強くなろうとしてるんだ。銀河系を吸収して、征服したすべての種族を自分たちのＤＮＡにとりこもうとしてるんだ。一部の種族が征服した星の技術と資源を収集するように、スカムはＤＮＡを集めてるんだ」

「じゃあ今回、やつらは手を出しちゃいけない種族に手を出すというミスを犯したんだ」とアディ。「なぜならやつらが人間から受けとれるＤＮＡは強烈な核尻蹴り《デバステイティング・ニュークリア・アス・キッキング》だけだからだ」

「それじゃ、頭文字をとったらＤＮＡＫだぞ」とマーコ。

「〝アス・キッキング〟はひと文字なんだよ！」アディはいいはった。

「それに、ぼくたちは核兵器も使ってないぞ」とマーコ。

「ポエット、黙れ！」

マーコたちがぶよぶよと太ったエイリアンを解放すると、衛生兵たちが気の毒な異星人を地表へと運んでいった。小隊は巣の奥深くへと進みつづけた。

通信機からほかの小隊の情報が流れていた。ほかの小隊もここにとらえられていた異星人を発見していた。絶滅したと思われていた数十の種族を。マーコは、蝶ほどの大きさで皮膚に似た物質でできている半透明のボックスに閉じこめられている小さな異星人も見つけた。象ほどもある大きな異星生物は、床につながれて悲痛な鳴き声をあげていた。その生物は、兵士たちに解き放ってもらうと、歓喜の涙を流し、地表をめざしてぎりぎりでトンネルを通っていった。人間そっくりな異星人もいた。肌がちらちら光る藍色で目が金色のその美しい女性には妖精のような翼があった。目と口があるどろどろにしか見えない異星人もいた。その異星人はバケツに入れられて運ばれていった。マーコたちは次々に部屋を訪れては気の毒な異星人を解放していった。そしてどの部屋でもスカムと遭遇して――皆殺しにした。

深くもぐればもぐるほど、襲ってくるスカムが多くなった。

あるトンネルから飛びだしてきた巨大ムカデの群れは、炎をまとっていて、パチパチと音をたてながら火を吐いた。プラズマが効かないので、小隊は手榴弾とナイフと金属のこぶしで戦わなければならなかった。兵士たちは火を浴びせられ、ひとりの兵士が絶叫しなから倒れた。装甲が溶けていた。

別の部屋には奇怪な人間型スカムがいた。ムカデの尾がふたつに分かれて鉤爪のある脚になっていて、胴から刺《とげ》のある腕が生えていた。マーコはファイア7小銃を撃ちつづけて怪物ども焼き殺した。何匹かがマーコの横の女性兵士に襲いかかってヘルメットをむしりとり、顔に酸を吐きかけた。肉が溶けて髑髏《どくろ》になった。

一本のトンネルを、ひとつの広間を過ぎるたびに恐怖が増した。スカムはここで実験し、進化させ、工作していた。大きな広間では羽のある巨大昆虫の群れが飛んでいたので、小隊はそこにプラズマを放ちまくった。昆虫は燃えながら舞いおりて兵士たちに襲いかかった。そいつらの腹からは蜂のような針が出ていた。怪物どもはひとりの女性兵士を刺し、装甲を貫いた。エグゾフレームのなかでその兵士はふくらんで弾け、バイザーの内側に血と脳が飛び散った。毒液に冒《おか》されてさらにふたりの兵士が死んだ。小隊がその怪物蜂たちをどうにか殺す前に、そのふたりの肉がスーツから流れだした。

小隊は部屋から部屋へと怪物を殺しながら進んだ。

さらに多くの兵士が死んだ。

侵攻作戦開始時には五十人の小隊員がいた。トンネルに入ってからばたばたと戦死し、三十人に、二十人に減り、とうとう残りは十人になった。彼らは戦いつづけた。小隊に新たな兵士が加わった。各小隊の人数が減ったので再編成されたのだ。巣のいたるところで、何千人もが死亡していた。

　何千匹ものスカムが深みからあらわれた。あらゆる種類の虫が。マーコたちは手榴弾を投げた。プラズマを放った。後方から走ってきた兵士たちから弾薬の補給を受けては、また前進して戦った。トンネル内がムカデの死体だらけになった。巣が激しく揺れてトンネルが崩壊し、中隊が何個も生き埋めになった。マーコは自力で大岩の下から抜けだしてトンネルを掘り、次の部屋にたどり着いて戦友たちを導き入れなければならなかった。エグゾフレームを着ている者は助かった。それ以外の者たちは岩につぶされて死んだ。スピアヘッド小隊は銃を撃ちながら前進した。ただひたすらより深くへと。

　完全な地下文明だった。恒星船《スターシップ》内とおなじくらいの大広間があり、なかでうじ虫が動いている卵がうずたかく積まれていた。兵士たちは卵を焼いた。ほかの広間では捕虜たちが天井から吊るされていた――異星人も人間もいた。捕虜たちのぎょっとするほどふくらんだ腹部にはスカムが吸うための栄養物が詰まっていた。異臭を放つ肉でいっぱいの広間も、蜜がしたたっている広間も、闇のなかでスカムがつがっている部屋も、スカムの死体が腐っている広間もあった。スカムの養育係やスカムの建設作業員、それにスカムの奴隷と主人がいた。兵士たちはことごとくを焼いた。

　ベン-アリとマーコが先頭に立っていた。アディとレイラニが続いた。ジョーンズ一等軍曹。アンドロイドのオシリス。そのほか数人の、黒ずくめの軍曹たち。スピアヘッド小隊の生き残りはそれだけだったが、まだ戦っていた。敵をなぎ倒しながら、一キロ、また一キロとより深くへ、巣の地下深くへと進みつづけた。

「スカムが多すぎる！」アディが叫びながらトンネルから戻ってきた。「くそっ、地下には百万匹もいやがる」手榴弾を投げた。

「こっちだ！」レイラニが叫んで別のトンネルを示した。「こっちはそれほど多くいない。わかるんだ」

　一行はもう一本のトンネルへと駆けこんだ。そのトンネルは、前かがみになって走らなければならないほど小さかった。前方からスカムの群れが近づいてくる音がした。

「来るぞ！」アディが叫んで銃を撃った。

　マーコは前方を見つめながら歯を食いしばった。蒸し暑かったが寒けがした。下から何千匹ものスカムが駆けあがってきているような音だった。

　レイラニは目を閉じて立ちつくしていた。マーコは、レイラニのまぶたの下で眼球が動き、唇が声を発さずに動いていることに気づいた。突然、スカムの群れが前方のトンネルで向きを変えて別のトンネルに入っていった。レイラニは目をあけて安堵の吐息を漏らした。

「やった」レイラニはつぶやいた。「ネットワークを通じて信号を送ったんだ。方向転換しろって」身震いした。「別の小隊に向かえって」

別のトンネルから悲鳴と銃声が聞こえた。

「行こう」マーコはいった。「レイラニ、きみは脳を使ってスカムの群れが寄ってこないようにしてくれ。ほかの小隊が片づけてくれる。ぼくたちの任務は皇帝を見つけることなんだ」

一行は戦いながら進んだ。何時間も、昼も、夜も戦いつづけた。地下十キロ、二十キロ、三十キロともぐった。巣のなかのいたるところから、兵士たちがスカムを殺し、殺されたという報告が来た。何千人も死んでいた。旅団が何個も全滅した。多くの戦いを経験し、伝説となっていた有名な旅団が——巣のなかで皆殺しにされた。スピアヘッド小隊のさらにふたりが、馬並みに大きな幼虫に食われて死んだ。新たな兵士が補充された。生き残りたちは戦いつづけた。

時がたつにつれ、レイラニはどんどん弱った。肉体的な疲労だけではなかった。いままでは、ほとんどつねに、目をつぶってスカムネットワークにつながり、スカムたちに指令を送って道を選ばせていた。百匹ものスカムが走ってきたので、マーコは銃を撃とうとしたが、レイラニが目に見えないネットワークを通じて虫たちにメッセージを送ったことが何度もあった。毎回、スカムたちは別の道へ方向を変えた。レイラニは、どんな手榴弾や銃よりも強力な武器だった。スカムに遺伝子操作され、ホームレスの女性の子宮に入れられたレイラニが、成長して敵のスパイになったのだ。九十九パーセントしか人間ではないレイラニが。たった一パーセントの、ほんのちょっとのスコロペンドラ・チタニアのＤＮＡのおかげで、レイラニは怪物を理解できるし、思いどおりに動かせるのだ。レイラニはきょう、人類を率いていた。

そしてついに、地下で三十時間——睡眠も休憩もなしで——戦いつづけた末に、レイラニが歩くのをやめてうなずいた。縦穴を指さした。そしていった。「ここにいる。皇帝だ。やつを見つけた」

20

縦穴はまっすぐ下にのびていた。そして、エグゾフレームのひびから、マーコは冷たい風と腐臭を感じた。マーコは穴の縁に立ってなかをのぞいた。レイラニの言葉が脳裏でこだましていた。

ここにいる。皇帝だ。やつを見つけた。

マーコは暗い縦穴を見おろした。ライトで照らしてもなにも見えなかった。皇帝はほんとにこのなかにひそんでるのか？　スカムの皇帝が？　この巣を滅ぼすため、この残虐な帝国を倒すためにぼくたちが殺さなきゃならない怪物が。

マーコは影を透かし見ようとしたが、なにも見えなかった。だが、低いうなりがかろうじて聞こえた。ほとんど呼吸音のようだった。夜、寝棚で横になっているときに聞こえる、くぐもったささやき声のような、想像力が言葉という形をつくっているだけの音だった。

マーコ……マーコ……みな待っているぞ、マーコ。早く来て彼らに加われ……

マーコは深呼吸をした。「自分が最初に入ります」といって片足を深い穴の上に出した。

「わたしが行く」ベン‐アリがいってマーコの肩をつかんだ。

マーコは首を振った。「中尉どのには多くの戦いで自分たちを導いていただきました。中尉どのはもう何度も先陣を務めるという危険を冒《おか》しました。今回は先に行かせてください」

「待て」アディがいった。「爆発するぞ！」

そして縦穴に手榴弾を放った。塵《ちり》が落ちつくのを待ってから、まずマーコが縦穴をおりた。籠手《こて》と鋼鉄の足の爪先を壁に食いこませて深みを見おろしながら、ゆっくりとくだった。ライトで照らしてもなにも見えなかったが、音はあいかわらず聞こえていた。あの呼吸音は。あのくぐもったつぶやきのような音は。たぶん、トンネル内の石のきしみと風の音にすぎないのだろう。

マーコ……来よ……おまえが見えるぞ、マーコ……

マーコは歯を食いしばっておりる速度を上げた。

たくさんだ、とマーコは考えた。もうたくさんだ！　こんなクソはもうたくさんだ。マーコは鋭く息を吸った。怒りが不安を圧倒するほど高まったことに驚いていた。スカムのことでストレスを受けすぎてるんだ。もうけりをつけなきゃだめだ。

マーコは縦穴の底にたどり着くと、トンネルを進んで大きな広間に出た。

大聖堂の内部ほどもある部屋だった。肉と皮のランプがごつごつした壁で光っていた。床は頭蓋骨でおおわれていた。数えきれないほどの頭蓋骨はさまざまな種族のものだった。身の毛のよだつ征服の記念品だ。人間の頭蓋骨のように見えるものまであった。ビー玉ほどの頭蓋骨もあった。車ほどの頭蓋骨、角のある頭蓋骨、丸い頭蓋骨、細長い頭蓋骨、黒い頭蓋骨、赤い頭蓋骨、苦悶や怒りに満ちた頭蓋骨もあった。ふたつの眼窩《がんか》で見つめている頭蓋骨も、数百の目で見つめている頭蓋骨もあった。ここには銀河系各地の戦利品が集められていた。膝までの深さで骨の海が広がっていた。広間の中央で、おびただしい数の頭蓋骨が積みあげられ、粘着性のある膜で固定されて塔状になっていた。その塔の上に骨の玉座があったが、だれもすわっていなかった。

戦士たちが広間に入ってきた。ベン‐アリ中尉。マーコ。アディ。レイラニ。ジョーンズ軍曹。そのほかに数人。小隊の生き残りはそれだけだった。マーコはほかの兵士が、ほかの部隊の戦士たちが来るのを待ったが、だれも来なかった。頭上から戦いの音が聞こえていた——悲鳴、かん高い鳴き声、銃声、肉が裂かれる音。

レイラニが鋭く息を吸って、「何千匹ものスカムが上の穴を離れてる」とささやいた。

「何十万匹もが、ほかの巣から、惑星じゅうのほかの巣から集まってきてるんだ——ここへ」おりてきた縦穴のほうをちらりと見た。「もうすぐここへ来る。だから急がなきゃ」

部屋が揺れはじめた。天井から塵が降った。骨の海がカタカタ鳴った。

「罠だ！」アディが叫んだ。

「おちつけよ、大将」マーコはアディに声をかけた。大きく息を吸ってからレイラニのほうを向いた。「ここでなにかを感じるかい？　なにか——」

レイラニは骨の柱を見つめていた。「あそこだ」とささやいた。「あそこにいる！」

マーコは頭蓋骨とそのほかの骨からなる塔に、そのてっぺんの玉座に視線を戻した。玉座は巨人でもすわれるほどの大きさだが、だれもすわっていない。マーコはよく見ようと目を細くした。待て！　いる。薄闇のなか、玉座の上でなにかが動いた。小さくて淡い灰色のなにかが黒い目でこっちを見ている。

床の骨がカタカタと大きく鳴った。壁が揺れた。塔から声が聞こえた。

「マーコ……」乾いた笑い声が響いた。「エイナフ……レイラニ……アディ……」

声はどんどん大きくなりながら名前を呼んだ。ついに金切り声になり、悪魔的な哄笑《こうしょう》になった。やかましいほどだった。いや、やかましすぎる！　マーコは耐えられなかった。思わず手で耳をふさごうとして、ヘルメットをかぶったままなことに気づいた。やかましい！　マーコは絶叫した。隣にいるアディがヘルメットを脱ぎ捨てて耳をふさいだ。レイラニは両膝をついていた。部屋が揺れた。

「殺せ——塔の上にいるぞ！」マーコは叫んだ。プラズマ小銃を向けて引き金をひいた。戦友たちの銃から放たれたプラズマが続いた。

玉座の上の怪物はすばやく逃げた。ただの影のように見えた。赤ん坊より大きいはずはなかった。プラズマが玉座にあたって骨が溶けた。部屋のなかでかん高い笑いがこだました。

「おまえたちが来ることはわかっていた」声は、同時にいたるところから聞こえてくるように思えた。「わたしがここへ誘いこんだのだ。おまえたちが生まれてからずっと呼んでいたのだ」

「殺せ！」ベン‐アリが叫んだ。「あそこだ！」

中尉は指さした。怪物は壁に張りついていた。濡れた毛のない猫のように白く光っていたが、次の瞬間にはすばやく移動していた。プラズマが壁にあたって岩を溶かした。

「エイナフ・ベン‐アリ……」声がいったが、かん高くて悪魔的な声も、ありえないほど低い声も含め、百もの異なる声が同時にしゃべっているかのようだった。「家のない娘。基地生まれの娘。家出をし、倍の年の男たちと寝、酒を飲み、自分自身を憎んでいた娘。国がなく、父や祖父や先祖のヒロインのように尊敬されることがない娘。内なるモンスターしか育てられない、不毛な子宮を持つ娘。枯れかけの木の、しなびた最後の一枚の葉」

　ベン‐アリは目に涙を浮かべていた。「殺せ！」と叫んであちらこちらに銃を撃ちまくったが、怪物はすばしこく跳びまわり、幽霊のようにあらわれたり消えたりした。一瞬しか見られなかったので、どういう姿をしているのかわからなかった。

「あれが皇帝だ！」とレイラニがいった。「ここにいるんだ！　部屋じゅうを動きまわってるんだ！　殺せ！」

「レイラニ・マリタ・デラローザ」と怪物が、この節足動物の皇帝がいった。「少女娼婦の子供として生まれた娘。われらの甘き血に感染して生を受けた娘。ごみ捨て場をあさって飢えを満たし、男たちのために踊ってわずかばかりのペソを得、何度も手首を切って死にたいと願った娘。我輩《わがはい》への忠誠を証明するために友を殺した娘。主人のもとへ戻ってきた娘。ふたたび我輩のものとなる娘」

「二度とおまえのものになんかなるもんか！」レイラニが叫んだ。泣いていた。「もう二度と！　あたしはもう、おまえのためにだれも殺したりしない！」涙が流れた。「あたしはエルヴィスを殺したりしてない――殺したのはおまえだ！　おまえが殺したんだ！　あたしが手首を切ったのはおまえから自由になるためだった。いま、とうとう、あたしはおまえから自由になったんだ！」

レイラニは手榴弾をつかんで部屋の向こう側に放った。影は逃げ、手榴弾が爆発して部屋のなかに破片が飛び散った。熱いかけらがマーコの装甲に突き刺さった。耳鳴りがした。床をおおっている頭蓋骨が砕けた。天井の割れ目から塵が降ってきた。

「そしておまえだ……マーコ」と影。「我輩の戦士に母親を食われた少年。ああ、おまえの母親はうまかったぞ、マーコ。我輩もあそこにいたのだ。おまえの母親を食らっていた兵士たちの心のなかにいたのだ。それにおまえの心のなかにもいた。おまえが子供だったとき、おまえはベッドの下にひそんでいた我輩を恐れていた。おまえがひとりぼっちでいたとき。おまえが幼かったとき。ひとりぼっちで傷つき、悲しんでいたとき。空が黒雲でおおわれ、痛みが激しかったとき。我輩はおまえとともにいたのだ。幼かったころ、ポルノ雑誌を読んで恥じていたとき。おまえが愛していた娘、ケミを裏切ったとき。レイラニを裏切ってアディをベッドに連れこんだとき。自分が裏切者だと気づいたとき。おまえは生きているのに友人たちが死ぬのを見て、自分が彼らとともに戦えなかった臆病者だと気づいたとき。だが、ここに罪悪感はない。闇のなかに裏切りはない。すぐにおまえも巣とひとつになる。すぐに無数の肉体の、終わりない征服の味を楽しむようになる」

「ぼくたちはおまえに屈したりしないぞ！」マーコは叫んだ。「好きなようにあざければいい。臆病者はおまえじゃないか！　こそこそ隠れてるのはおまえじゃないか！　おまえは自分を、勇敢で強くて偉大な皇帝だと思ってるんだな？　それなら姿をあらわせ！　顔を見せろ」

　怪物は笑い声をあげた。マーコは壁の上のほうに白いものを認めて銃を撃ったが、それはまた消えた。

「教えてくれ、マーコ」皇帝が、あざけるような調子の声も、理解不能なほどゆがんでいる声も含まれている千もの声でたずねた。「おまえは友人たちを悼《いた》んでいるのか？　おまえのせいで死んだ友人たちを？　我輩は彼らも味わったのだ。彼らもおいしくいただいたのだ。彼らをこの巣に持ち帰ったのだ。そして彼らをおまえのためにつくりかえたのだ、マーコ。新たな友人たちへと」皇帝は笑った。「起きよ！　起きよ、我輩の子らよ！　マーコがこれからどうなるかを見せてやれ！」

　すると、部屋に広がっている頭蓋骨の海から影が立ちあがった。

　マーコと戦友たちは銃を構えた。

「なんてこった」アディがつぶやいた。「なんてこった」

　マーコの喉に吐き気がこみあげた。マーコの横ではベン‐アリがダビデの星のペンダントをつかんで祈りだした。レイラニは息を呑《の》んで十字を切った。涙が頬を流れていた。

「やめろ！」マーコは皇帝に叫んだ。「こんなまやかしはやめろ！」

だが、残忍な笑い声が部屋に響くばかりで、影たちが近づいてきた。

それらはある程度まで人間だった。ほとんど人間といってよかったが、ムカデでもあった。体長はマーコの身長の倍はあった。何人もの人間の胴をつなぎあわせた奇怪なムカデだ。ひとつの胴体から人間の手が二本出ているが、手の先は鉤爪になっている。スカムではない。人間でもない。だがマーコは、それらの顔を知っていた。

それらは友人たちの顔をしていた。

スキンヘッドで白目をむいたビーストがいた。襲いかかろうとしているコブラのように這いずってきたが、体の大部分はまだ頭蓋骨に隠れていた。それと並んで、かつてマーコの分隊の指揮官だったディアス伍長——というか、すくなくともディアスの顔を持つ怪物——も近づいてきていた。シン軍曹もいた。いまも顎ひげをたくわえていた。マーコはぐるりと見まわして荒い息をついた。頭がくらくらした。自分の目が信じられなかった。幻に違いなかった。そうに決まってる！　けれども、友人たちが全員、そこにいた。スカムに殺され、食われた友人たちが。フォート・ジェミラで訓練を受けていたときの両脚がない分隊長、ウェッブ伍長もいた。アスファルトの上で死んだケイブマンもいた。そして——離れたところでうつろな目をこっちに向けているのは——エルヴィスだった。マーコの親友だったエルヴィスだった。そしてあけた口からシューッという鳴き声を発しながら、エルヴィスが多くの脚で這ってきた。友人の顔を持つ怪物ども。その胴体は人間の部分からなる異形のムカデだ。

「やあ、マーコ」ビーストがいった。

「やあ、親友」とエルヴィス。

「ここはいいぞ」とディアス。

「おまえも仲間になれ」とシン。

「仲間になれ！」唱和した。

マーコは銃を撃って怪物ども殺したかった。だが撃てなかった。引き金をひけなかった。マーコのそばで立っているほかの兵士たちも、嫌悪に顔をゆがめながら銃を構えていた。彼らも銃を撃てなかった。

「本物……本物だ」レイラニがいった。「感じるんだ。彼らなんだ。彼らのＤＮＡが使われてるんだ。スカムは殺すときにＤＮＡを奪ったんだ」

「くそっ！」アディがいった。「どうすりゃいいんだ？」

怪物の群れは近づいてくると、鉤爪をのばしながら生き残った兵士たちを囲んだ。

「いや、本物じゃない」ベン‐アリがおだやかにいった。「たしかに友人たちのＤＮＡが使われているのかもしれない。だが、だからといって彼らだということにはならない。こいつらが赤ちゃんだったことはない。愛情に満ちた家庭で育ったわけでもない。こいつらが知っているのは憎しみと、命に対するあざけりだけだ。こいつらはわたしたちの友人じゃない。友人たちの肉体をつなぎあわせてつくったゾンビにすぎない」銃を構えた。「そしてわたしたちがそれを終わりにするんだ」

ベン‐アリは撃った。プラズマが放たれ、シン軍曹の顔を持つムカデに命中した。

怪物は絶叫した。

シンの顔が溶け、頭蓋骨があらわになったが、ベン‐アリは涙を浮かべながら撃ちつづけた。その唇が動いている。マーコは彼女がなんといっているのか聞きとれた。すまない。すまない。

ほかの怪物たちが飛びかかってきた。

ケイブマンの顔をしたモンスターがマーコに襲いかかってきた。手を振るった。短剣並みに長い鉤爪がマーコの装甲に叩きつけられた。超硬質炭素素材《グラフェン》と鋼鉄が缶詰のように開いた。マーコは頭蓋骨の上に倒れた。脇腹から出血していた。ケイブマンの顔をしたムカデがマーコを見おろした。よだれを垂らし、狂った目をぎらつかせた。

「マーコ……」それがいった。「マーコ、なんでおれを見殺しにしたんだ？」

またも鉤爪を打ちつけ、マーコの脚の金属プレートを裂き、皮膚を傷つけた。

「おまえはケイブマンじゃない！」マーコは叫んだ。

「おまえはおれを殺したんだ、マーコ」ケイブマンはそういって上体を起こした。多くの胴体が連なっている体から多くの手が突きだしていた。「おまえもおれたちのようになるんだ。おまえも――」

マーコは引き金をひいた。ケイブマンは放たれたプラズマを浴びた。怪物は絶叫した。そして絶叫しているうちに、焼かれているうちに、その絶叫がモンスターというよりも人間の声に聞こえてきた。懐かしい友人の声に。

そしてその声は懇願していた。命乞《いのちご》いをしていた。

マーコは撃つのをやめた。すると、なかばケイブマンだった怪物の死骸が倒れた。

「ごめん」マーコはささやいた。「ごめんな」

そして、突然の怒りに駆られて絶叫した。涙を浮かべながらまた銃を撃った。ほかの兵士たちも撃った。そして怪物どもを焼いた。何人かの――トンネル内で小隊に加わった、エグゾフレームを着用していない――兵士たちは怪物の鉤爪にかかって死んだ。床に広がる頭蓋骨の海から、ハイブリッドがどんどん出現した。

三匹の怪物がオシリスを襲い、制服と人工皮膚を裂いて、パチパチと火花を散らしている内部をあらわにした。アンドロイドはマーコのほうを向いた。白いプラスチックの頭部でラベンダー色にきらめいている目でマーコを見つめたが、すぐにその光が消え、オシリスは倒れた。

ジョーンズ軍曹がプラズマの切れた銃を放り捨てた。筋骨たくましい下士官は大声をあげながらナイフを抜くと、エルヴィスの顔をしたムカデに飛びかかった。怪物はナイフを叩き落としてジョーンズの頭をつかみ、ヘルメットを、頭蓋骨を砕いた。血が飛び散った。小隊副官の巨漢戦士は、頭をつぶされて骨のなかに倒れこんだ。

マーコは泣き叫びながら引き金をひきつづけてプラズマを浴びせた。ジョーンズの死体に。エルヴィスに。変わりはてた友人たちに。このくそったれな戦争と、彼のすべての悲しみと記憶と喪失に。するとそれらが燃えあがった。マーコはすべてを燃やした。何度も撃っているうちに、部屋に煙が充満し、炭化した肉と溶けた骨だらけになった。

マーコは荒い息をつきながらがっくりと両膝をついた。

怪物は全滅していた。

マーコ。ベン‐アリ。アディ。レイラニ。残っているのはその四人だけだった。その四人の生き残りはこの死の部屋に閉じこめられていた。

いや、その四人のほかに……やつがいた。

皇帝が玉座にすわって四人を見おろしていた。この惑星に降りたとき、マーコは、コーパス鉱山近傍の宇宙空間で戦った王のような、超巨大な虫だろうと想像していた。だがこの怪物は赤ん坊並みに小さかった。マーコはその姿をやっとはっきり見られた。どんな種に属しているのか判然としなかった。スカムではなかった。すくなくとも完全には。大顎が突きだしているが、節足動物の特徴はそれだけだ。体は人間型だが、体格は貧弱で、白い皮膚に肋骨が浮きでている。首の鰓《えら》が閉じたり開いたりをくりかえしていて、背中には未発達な翼がある。手足は一本一本が違う。ひづめ、鉤爪、触手、脚、尾、先が手になっている腕。

「いろいろな生き物の寄せ集めなんだな」アディがいった。

マーコはうなずいた。「スカムは道具を使わない。人間のように技術を積みあげない。スカムは遺伝子工学を使うんだ。スカムの宇宙船、スカムの兵士――なにもかもが、銀河系のあちこちで盗んだＤＮＡを操作することによってつくられてるんだ。あいつは皇帝っていうよりも科学者なんだ。実験をしてるんだ」

玉座についている怪物が笑った。「我輩は宇宙だ。命だ。この銀河系の種族はすべて弱い。我輩はそのすべてから奪う。みずからを強化する。すべての文明の長所が我輩の体のなかで震えているのだ。人間……まったく、人間ってやつは。じつに賢い。じつに残酷だ。そして殺しに長《た》けている。我輩は、おまえたちのずる賢さと残酷さをたっぷり取り入れさせてもらった」

マーコは怪物が負傷していることに気づいた。マーコたちが放ったプラズマがあたったに違いなかった。脇腹を火傷し、血を流していた。だから部屋のなかを飛びまわるのをやめたのだろう。マーコは銃を構えて皇帝にねらいをつけた。

撃った。

だが怪物は、まだすばしこかった。玉座から飛びだして天井に張りついた。アディが撃つと、皇帝はプラズマをよけて飛びおりた。歯をむきだしてうなり、横へ飛びのいて、ベン-アリの銃から放たれたプラズマをよけた。狂犬のようにシューッとうなり、にたにた笑いながらふくらみだした。体が膨張し、背骨がのび、牙からよだれを垂らした。すぐに人間と同程度の大きさになった。

「さて……死んでもらおうか」

皇帝は吠え、猛《たけ》り狂った雄牛のようにマーコたちのほうに突進した。

マーコたちは撃った。皇帝はプラズマをよけた。うなり、鉤爪をのばし、牙をむきだしながら、信じられないほどの速さでジグザグに疾走し、跳躍して——

皇帝は凍りついた。

かん高く鳴いた。

どさっと落ちた。下敷きになった頭蓋骨が割れた。マーコのすぐ前だった。

レイラニが皇帝に歩みよった。ヘルメットを脱いで、たちまち縮んで赤ん坊並みに戻った怪物を見おろした。

レイラニの頬を涙が流れた。

「おまえはあたしの脳に巣を仕込んだ」レイラニはささやいた。「あたしをこのおぞましいネットワークの一部にした。だけど、治してもらったんだ。人間が治してくれたんだ。おまえはもう、あたしを支配できないんだ」銃のねらいを皇帝につけた。「だけど、あたしはまだおまえを支配できる」

皇帝は金切り声を発しながら立ちあがろうとした。どうにか鉤爪をのばしたが、レイラニがうなりながら見つめると、皇帝はまた倒れた。レイラニが両手をひねると、皇帝の手足もねじれ、きしみ、折れた。怪物の悲鳴があまりに大きかったので、床の頭蓋骨が砕けた。

「せいぜい恐れろ」とレイラニ。「あたしは長いあいだ恐れてた。この前はおまえがあたしを支配できた。あのとき、あたしの脳はおまえのものだった。だけど、いまじゃ、ちっぽけなチップがそのなかに入ってる。あたしの仲間がチップを入れてくれたんだ。あたしは人間だ。聞いてるか？」叫び声になっていた。「あたしは人間だ！　おまえはあたしを支配できないんだ！　でもおまえがあたしに与えた武器で、あたしはおまえを傷つけられる。ネットワークを通じておまえにつながれるんだ。おまえの脳を感じられる——弱ってるし怖がってるじゃないか。おまえは何者でもない」レイラニは震えながら涙を流していた。「おまえは盗んだ種族のどれでもない。ただの泥棒、他人の服を着てるだけの泥棒だ。だけどあたしは人間なんだ」レイラニはマーコを見た。泣きながらほほえんだ。「生まれてはじめて、あたしは完全な人間になったんだ」

皇帝は牙をむきだしてわめきながらレイラニに飛びかかった。

レイラニは銃を撃った。

皇帝はプラズマを浴びた。ハイブリッドは倒れ、苦悶の叫びをあげた。

ほかの兵士たちも炎を放射した。皇帝はプラズマに焼かれて泣き叫び、命乞いをした。床で身もだえし、鉤爪を上にのばした。大きさが人間ほどになり、馬ほどになった。ネズミほどに縮んだ。のたうつムカデになった。痙攣《けいれん》しつづけ、悲鳴をあげつづけた。

「助けてくれ！」怪物は叫んだ。「助けてくれ！」

だが、兵士たちは焼きつづけた。

ぼろぼろの炭になるまで。灰になるまで。動かなくなるまで。

まず、アディの銃のプラズマが切れ、カチッという音がするだけになった。ベン－アリとレイラニの銃が続いた。マーコは引き金から指をはずし、あと一回、撃てるだけの残量があることを確認した。

　スカムの皇帝は死んだ。

　マーコたちは銃をおろした。すると、トンネルから騒然とした音が聞こえた。ベン-アリの通信機から雑音混じりの声が響いた。

「スカムが！」巣の上のほうのどこかにいる兵士が叫んだ。「スカムが逃げていきます！巣から逃げだしてます！」

　マーコはレイラニに歩みよった。ふたりは抱きあって膝をついた。震えながら涙を流した。

「終わった」レイラニがささやいた。「終わった。終わった。終わ――」

　なにかが砕ける音がした。

　四人は振りかえって、部屋の中央にそびえている骨の柱を見た。

　塔から頭蓋骨がいくつも転げ落ち、巣穴から動物が這いだすようにして、白髪が長くのび、苦悩をたたえた目をしている老婆が歩みでてきた。

21

兵士たちは目を丸くして見つめた。

老婆は彼らのほうに歩いてきた。顔がしわだらけで目が深く落ちくぼんでいる。ぼさぼさの白い髪は腰までのびている。ぼろ切れをまとっているだけだし、血管に挿入されたチューブを床にひきずっている。

人間の捕虜だ、とマーコは考えた。スカム皇帝はペットとしてさまざまな異星種族を手元に置いていた。人間もいたってわけだ。

老婆がマーコたちのもとにたどり着いた。手足は骨と皮ばかりになっていた。老婆は歯のない口をあけたが、言葉は出てこなかった。古い写真で見たことがある、解放された直後のホロコーストの生き残りみたいだな、とマーコは考えた。マーコはほかの三人とともに老婆に駆けよった。アディが背嚢《はいのう》から毛布を出して老婆に巻きつけた。

捕虜がまたなにかいおうとした。だがしゃがれたささやきしか出てこなかった。老婆は膝をつき、泣きながらマーコの脚にしがみついた。

「ありがとう」不明瞭だったが、老婆はそういっているようだった。「ありがとう」

息を詰まらせる音が背後から聞こえた。

マーコは振り向いて驚愕した。

なんと、エヴァン・ブライアン大将――五十年前の戦争の英雄、この大侵攻作戦の総司令官――が部屋に入ってきたところだった。

大将の頬を涙が伝っていた。

白髪の大将は駆けよってきて老婆の前で膝をついた。

「ヘレナ」大将は涙を流しながら声をかけた。「ヘレナ、ぼくだよ。やっと来られたんだ。戻ってこられたんだ」

老婆は震える指でブライアン大将のしわだらけの頬に触れた。「エヴァン。エヴァン、あなたなのね。ほんとにあなたなのね」

エヴァンは泣きながら女性を抱きしめた。「もう放さないぞ、ぼくの愛する奥さん。もう終わったんだ。もう自由なんだ。うちに帰ろう」

老婆――ヘレナ・ブライアン――は震えながらすすり泣いた。「わたしの旦那さま。ずっと待ってたのよ。五十年間、待ちつづけてたのよ。だけど、必ず戻ってきてくれるとわかってた。ずっとわかってた。希望は一度も失わなかったわ。愛してる」

　兵士たちは夫婦を囲んで立ってふたりを見つめていた。マーコがほかの三人を見ると、アディもレイラニも、ベン‐アリまでが目に涙を浮かべていた。

「大将の奥さんなのか」アディがつぶやいた。「大将の奥さんは、ずっとここに閉じこめられてたのか。〈激変〉からずっと」

「衛生兵を呼びます」ベン‐アリがいってヘルメットの通信機に手をのばした。「奥さまには助けが必要です。すぐに――」

「動くな」ブライアン大将がいった。そしていきなり、老人はベン‐アリに銃を向けた。

「連絡はするな」

　兵士たちは凍りついて大将を見つめた。

「大将、ですが――」ベン‐アリがいいかけた。

「ヘルメットを脱げ」ブライアン大将が命じた。ベン‐アリに銃口を向けたまま、妻から一歩離れた。「全員だ。横に放り投げろ。通信機を使うな。さっさとしろ！」

　兵士たちはちらりと目を見合わせた。

「大将閣下、奥さまは助けを必要としておられます」ベン‐アリがいった。「どうして――

――」

ブライアン大将は銃を撃った。プラズマの塊がベン-アリの胸にあたって金属の装甲を貫き、肌を焼いた。中尉は倒れた。

「中尉どの！」マーコは叫んで、ベン-アリに駆けよろうとした。「中尉――」

「動くな！」ブライアン大将が叫び、こんどはマーコに銃を向けた。「武器とヘルメットを捨てろ。全員だ。捨てなければこいつも撃つ」

アディとレイラニは動きを止め、銃を構えかけたまま鋭く息を吐いていた。

「ぐずぐずするな！」ブライアンは叫んだ。「これは命令にして脅しなんだぞ」

アディとレイラニはぶつくさいいながら銃を捨て、通信機が組みこまれているヘルメットを脱いで放り投げた。マーコもそうした。ベン-アリは床で倒れていた。マーコには、まだ生きているのかどうかわからなかった。三人の伍長――マーコ、アディ、レイラニ――は、武器と通信機を失って大将の前に立っていた。ヘレナは離れたところで、膝をついたまま、震えながら目を丸くして見つめていた。

「くそ野郎め」アディが、大将をにらみながらつぶやいた。「中尉どのを殺しやがった。殺しやがったんだ。なぜだ？」

「なぜかだと？」とブライアン。「わからないのか？　愛についてなにも知らないのか？」突然、大将の目にふたたび涙がこみあげた。「ヘレナはわたしの妻だ。そしてわたしはヘレナを心から愛している。宇宙よりも。そのことはだれも知らない。ヘレナがわたしの妻だということはだれも知らないのだ。わたしはヘレナを自分で衛生兵のもとへ連れていく。そして、ここで発見した捕虜だとしかいわない。見知らぬ女性だとしか。そしてわたしは、その見知らぬ女性と、数ヵ月後に結婚する。秘密は、五十年前、妻もわたしとともに操縦士として対スカム戦争に参加したという秘密は、だれにも知られてはいない。エイリアンが妻をとらえていたのだ。五十年間、わたしは妻を取り戻そうと努力していたのだ」

「なんでこんなことをしてるんだ？」アディが叫んだ。「なんで秘密にしてるんだ？」だがマーコは気づいた。肩を落として低い声でいった。「この戦争は避けられたからだよ。おびただしい数の人命を救えたからだよ。和平を結べたからだよ」

　大将はうなずいた。「そのとおりだ。よく気づいたな。エメリーは頭が切れる。最初からそうだと思っていたよ」ブライアンは壁に目をやった。昔のことを思いだしているようだった。「五十年前、スカムは地球に壊滅的な打撃を与えた。何十億人もが死亡した。いわゆる〈激変〉だ。わたしたち、少数の勇敢な操縦士が戦場におもむいた。わたしはまだ二十一歳だったから、命知らずだった。恋人で操縦士仲間だったヘレナと数日前に結婚したばかりだった。わたしはスカムの母星を核攻撃し、無数のスカムを殺した。だが、ヘレナがアバドンに不時着した。スカムにつかまった。そして、甚大《じんだい》な被害をこうむったスカムが……和平を申しこんできた」

「和平だって？」ベン‐アリの隣で膝をついているレイラニがつぶやいた。「五十年前に和平を結べたんだって？」

「だが、妻は取り戻せなかった」とブライアン。「ヘレナはやつらを爆撃した。やつらには、平和条約の一環としてヘレナを解放する気はなかった。この地下室に、暗い部屋に一生閉じこめておくつもりだったんだ。だからわたしは、和平の申し込みを拒絶した」きつい目になった。「その次の申し込みも拒否した。その次も。数えきれないほど何度も。そうとも、この五十年間、スカムが和平を申しこんでくるたびに拒絶したんだ。〈消耗戦〉が沈静化するたび、わたしはやつらの巣に新たな攻撃をしかけた。戦争を続けなければならなかったからだ。戦争を激化させなければならなかったからだ。四年前、スカムからわたしに連絡が届いた。ヘレナが病気になって、寿命がつきようとしているという連絡が」震える息を吸った。「だからわたしは、コーパスの防御をがらあきにしてスカムに占領させ、あそこで繁殖させた。そしてバンクーバーの防衛システムを切ってやつらに破壊させた。そうすれば衝突が全面戦争にエスカレートし、国連と人類防衛軍《HDF》の参謀総長がこの侵攻作戦を、わたしが十万の船と一千万の兵員を動員することを許可してくれるからだ。ここへ来ることを。皇帝を殺すことを。そしてこの女性を、わたしの妻、わたしのいとしい人を、ついに救いだすことを」

「何百万人も死んだんだぞ！」アディが、目を真っ赤にし、両のこぶしを握りしめながら叫んだ。「あたしの両親も死んだ！　マーコのおかあさんも死んだ！　地球で何百万人もが死んだんだぞ。宇宙で何百万人もの兵士が死んだんだぞ。和平を実現できたのに！　みんな助かったのに。おまえが殺したんだ。おまえが殺したんだ！」

　ブライアン大将は目に涙を浮かべていたが、胸を張って顎を上げた。「そうとも。わたしが殺したのだ。何百万人もの命を助けられたのに。だが、わたしはひとりの命を救うためにそれだけの犠牲を払った。愛する女性を助けるために。その重荷は、わたしが一生負う。それにこれから……」銃をマーコに、アディに、そしてレイラニに向けた。「あと三人を犠牲にしなければならない。秘密を知る三人を。すべてを終わりにする前にあと三人を」

　大将はマーコに銃を向けて引き金をひいた。

「だめ！」ヘレナが叫びながら夫の腕をつかんで銃をそらした。

　マーコは横へ飛んだ。プラズマの塊が肩の上をあぶった。

「エヴァン、だめ！」ヘレナは叫んだ。「わたしのためにこれ以上殺さないで！」

ブライアン大将は妻を振りほどこうとした。ふたたび撃ったが、ヘレナがこんども夫の手首をひっぱったので、プラズマは壁にあたった。マーコはさっき捨てた自分の小銃に飛びついて拾いあげ、最後のプラズマを放った。

プラズマの塊はブライアン大将の胸にあたり、貫通して背中から飛びだした。大将は膝からくずおれて横倒しになった。

マーコは荒い息をつきながら呆然と立ちつくし、老人を見おろした。

ブライアンが手を上にのばして妻の手をつかんだ。ヘレナは膝をついて夫にかがみこんだ。涙が落ちた。

「ヘレナ」大将はささやいた。「すまない。すまない……愛してる……」

ブライアンは妻に抱かれながら息絶えた。命の消えた目が天井を見上げていた。

マーコはベン‐アリ中尉のもとに駆けつけた。中尉は頭蓋骨の上に倒れていた。胸に穴があいていたが、まだ息があった。マーコは床に落ちている自分のヘルメットを拾って通信機をオンにした。

「衛生兵を要請する！」マーコは叫んだ。「最下層の部屋だ！　急いでくれ！」

マーコは震える指でベン‐アリの傷に絆創膏を貼り、中尉の手を握った。指揮官はマーコを見上げた。目が落ちくぼんでいたし、顔が土気《つちけ》色になっていた。ベン‐アリはまばたきをし、なにかささやこうとしたが、声は出てこなかった。

「だいじょうぶですよ、中尉どの」マーコは小声でいった。「きっとだいじょうぶです。すぐに助けが来ますから」

ベン‐アリは血まみれの手をマーコの手に重ねた。おだやかにほほえんだ。まぶたを閉じた。

22

艦隊は帰途につこうとしていた。

戦闘が、悲嘆が、喪失が、苦痛が何カ月も続いたあとで帰還しようとしていた。

マーコは人類艦隊旗艦《HDFSテラ》のラウンジに立って窓から外を見ていた。眼下に、荒廃したスコロペンドラ・チタニアの母星、アバドンが、壊滅した惑星が広がっていた。巣はすべて破壊され、コンクリートを流しこまれていた。皇帝は死に、配下の兵たちとのつながりは断たれた。指揮していた中央権力が消えうせたため、すでに銀河系各地で、ほかの星にある巣が混乱におちいり、スカムが逃げだしたり死んだりしていた。

戦争は終わった。

人類が勝利した。

だけど、勝つために手痛い代償を払わなきゃならなかったんだ、とマーコは考えた。

《テラ》の後方に人類艦隊の生き残りが集合していた。艦隊はここに向かって、十万隻で進発した。いまは一万隻ほどしか残っていない。一千万人の兵員が皇帝と戦うためにここに向かった。だが故郷へ戻れるのは二十五万人だけだった。人類と連合した異星種族の船で生き残っているのはほんのひと握りだった。残りが故郷の惑星へ戻ることはない。未来の歴史書で、これは〈激変〉以来、もっとも激しい戦闘だったと記されるに違いないな、とマーコは思った。

　地球から届いた知らせも吉報ではなかった。人類艦隊がアバドンを攻撃しているとき、スカムも地球を攻撃していた。アイアンスフィア防衛システムはほとんどの襲撃を撃退したが、すべてではなかった。都市がいくつも廃墟になった。何百万人もが命を落とした。この戦役は新たな〈激変〉と呼ばれていた。

「人類は亡くなった人たちを悼《いた》むことになるね」マーコがおだやかにいった。「決して忘れないし、決して許さないし、永遠に悲しむんだろうね。第二の〈激変〉は地球に大打撃を与えた。だけど、今回も、人類は灰のなかからよみがえるはずだよ」自分の制服に縫いつけられているフェニックスを、人類防衛軍《HDF》の、おそらく全人類のシンボルを見おろした。

「フェニックスみたいに、ぼくたちはよみがえるんだ」

　隣に立っているレイラニがマーコと手をつなぎ、腕に頭をもたせかけた。「あたしたちはよみがえるんだ」

反対側に立っているアディは、マーコの肩に手を置いた。「そうとも、よみがえるんだ」

マーコは、軍艦のあいだを飛びまわっているファイアーバード編隊を見やった。近くを巡回飛行しているのがケミのファイアーバードだと気づいた。コックピットのなかにケミの姿があった。大型艦は、すでにアゾスエンジンを起動しており、噴射口が青く輝いていた。あと二時間ほどで、艦隊は超空間に飛びこみ、三週間かかる地球への帰路につく。

「ほかのみんなも一緒に帰れたらよかったのにな」マーコがいった。「エルヴィス。ビースト。ディアス伍長どの。シン軍曹どの。みんなが」

「みんなのことは忘れないさ」アディがいった。「いつまでも」

マーコは小隊の最後の生き残りのことを思いだした。指揮官のことを、マーコが心から――友人として、家族として――愛するようになった女性のことを。

艦隊が集合し、帰還する前の最後の準備をしているあいだに、マーコはラウンジを出た。《テラ》のカーペット敷きの通路を歩いた。この船は摩天楼並みに巨大なので、エレベーターに乗って数階上がった。艦内の病院区画に着くと、看護兵と軍医が、あわただしくストレッチャーを押して通路を進んでいく。多くのドアの窓の向こう側で、軍医たちが負傷者の手術をおこなっているのが見えた。毛布ですっぽりとおおわれている遺体を乗せた車輪つきベッドを押している看護兵とも何度もすれ違った。

ようやく、マーコは探していたドアを見つけた。ノックをして狭い病室に入った。

なかに入ると、ベン-アリがベッドで点滴を受けていた。

マーコは敬礼した。

上官は弱々しくほほえんだ。「敬礼は不要だ、マーコ。答礼をはぶけるほうがありがたい」

マーコはうなずいてベッド脇に置かれている椅子にすわった。ベン-アリはやつれていたが、頬にはいくらか血の気が戻っていた。傷は絆創膏でおおわれていた。

「ご気分はいかがですか、中尉どの？」マーコはたずねた。

「プラズマは肺を貫通していた」ベン-アリは答えた。「二センチずれていたら心臓をやられていたし、脊椎もそれよりちょっとずれているだけだった」弱々しく咳をした。「新しい肺が必要なんだそうだ。これだけの戦死者がいるんだから、きっと適当な肺が見つかるだろう」

マーコはうなずいた。「中尉どのがご無事でほっとしました」つかのま考えてから、ずっと気になっていたことをたずねた。「撃ったのは自分です。殺したのは自分です——大将を。殺したのが自分たちのだれかなのはわかっているはずです。ひょっとしたら——」

「もうすべてが明らかになっている」ベン‐アリはさえぎった。「わたしの通信機はずっとオンになっていたんだ。撃たれる前にオンにしておいたんだ。大将の告白は録音されている」ため息をついて窓のほうを向き、艦隊を眺めた。「大将の名声は地に落ちた。五十年間、彼は英雄だった。これからは怪物として記憶されることになるだろう」

「自分には大将が怪物だったとは思えません」とマーコ。「完全には。考えたのです。もしもレイラニがスカムに監禁されたらと。自分はレイラニを救うためにほかの人たちを犠牲にするだろうかと。わかりませんでした。大将がしたような選択を迫られたくはありませんね」しばらく考えこんだ。「ですが、大将を殺したことは後悔していません」

　ベン‐アリはマーコの手をぎゅっと握った。「おまえはよくやったんだ、マーコ。おまえのような部下を持てて誇らしいよ。おまえのような友人を持てて」

　ベン‐アリの制服がドアにかかっていた。そしてマーコは、肩の階級章が新しくなっていることに気づいた。金色に輝いていた二本線が三本線に変わっていた。

「自分もあなたのもとで戦えて光栄です、ベン‐アリ大尉どの」とマーコ。「それに、大尉どのの友人になれて」一瞬、ためらったが、気になっていたふたつめの疑問をたずねた。

「大尉どの、これからどうなるんですか？　ＨＤＦは？　自分たちの軍役は？」

「われわれの軍役に変わりはない」とベン‐アリ。「われわれはスカムに勝った。だが、銀河系には高度な技術文明種族が約一万存在する。スカムが残した空白を埋めようとする種族も出るだろう。人類に挑戦しようとする種族も出るかもしれない。HDFはこれからも必要なのだ。人類のために。しばらくは平和が続くだろうから、銃をホルスターにおさめておけるだろう。だが、銃をしまいこむことはまだできないんだ」マーコの目を見つめた。「以前にわたしがした提案をもう一度考えてみる気はないか？　士官候補生学校に入学する気は？　これからでも推薦状を書くぞ。一年もたたないうちに自分の小隊を率いることができるようになるぞ」

「自分も考えてみました」マーコは告白した。「ですが、やはり、大尉どののありがたいご提案をお断りせざるをえません。それが、ときには一生続く職業になります」ため息をついた。「自分は、服する義務がある五年間の兵役はきちんと務めるつもりでいます。ですが、軍人を一生の仕事にする気はありません。徴募兵のままでいることにします。それに、ひょっとしたら、戦争が終わったのだから、兵役が短縮されるかもしれません。これから死ぬまで平和に暮らせるかもしれません。故郷で。家族と一緒に」

ベン‐アリはかすかにほほえみながらマーコを見つめた。そして窓のほうを向いた。

「見ろ、マーコ。星がのびはじめた。超空間に入ったんだ」

ベン‐アリはマーコの手を握った。マーコは、ベン‐アリのかたわらで、手をつないですわりながら、星の光がのびるさまを眺めた。艦隊は帰還の途についたのだ。

　マーコたちは故郷に戻ってきた。

　長く続いた戦争が終わり、故郷に戻ってきたのだ。

　ここまで、みんなでおなじロケットに乗ってきた。マーコ。アディ。ケミ。レイラニ。四人とも、ネイビーブルーの宇宙防衛軍管区《STC》の制服を着ていた。マーコとアディとレイラニは伍長の、ケミは少尉の階級章をつけていた。四人ともファイア7小銃を持っていた。戦争が終わったので、四人は軍から一週間の休暇を与えられた。全員がここ、トロントで過ごすことに決めた。ここで一週間の骨休めをすることに。一週間、故郷で過ごすことに。

　この街はスカムの攻撃目標にならなかった。千人の死傷者が出たが、大きな被害は受けなかった。降下するロケットから見たかぎりでは、かつての、マーコとアディとケミが生まれ育ったトロントと変わりなく見えた。北米に来るのがはじめてのレイラニは、目を丸くして窓から見つめていた。

「なんだか……マニラほど人が多くないみたいだね」レイラニはそううなずいた。「あたしは好きだよ。やっぱり故郷が懐かしいけどね」

　彼らの横に置かれたキャリーボックスにはスタンピー軍曹が入っていた。スカムに占領されたコーパス鉱山から救出された犬は、窓から外をのぞきながら、同意するようにハアハアと息をした。

宙港で、マーコの父親が待っていてくれた。カール・エメリーは息子をハグした――長く、強く抱きしめた。

「痩せたみたいじゃないか！」父親はいった。「たっぷり食べないとな！」

「だいじょうぶだよ、とうさん！」マーコは笑ったが、父親は聞く耳を持たなかった。図書館長は、もよりのハンバーガー屋に寄るといって聞かなかった。そこは、ぼろぼろのボックス席があって鉄板がジュージューいっている、脂じみた小さな店だった。涙ぐんでいるのを隠そうとしながら、父親は全員にオニオンリングとチーズバーガーを注文した。ケミの両親もその店に来て、全員で食べた。食べおえると、父親は、マーコたちには太る必要があるし、家に戻るまで待てないといいはって、二個めのハンバーガーを注文した。ラジオから音楽が流れていた――マーコが聞いたことのない新しいポップソングだった。そのハンバーガー屋には、マーコたちのほかに何人かの若者の客がいて、笑いあったり、携帯をいじったりしていた。母親が赤ん坊をあやしていた。

これが世界なんだ。ほんとの世界に戻ったんだ――脂っぽくておいしい食べ物、音楽、民間人、家族、そして暮らし。

だが、マーコは黙って食べた。

それにアディとケミとレイラニも——やはり無言だった。

マーコはときどき、友人たちが彼をちらりと見ては、すぐに視線をそらしていることに気づいた。それで彼女たちも、マーコとおなじく思いだしているのだとわかった。コーパス鉱山を思いだしているのだと。地下のハイブリッドたちを。艦隊が攻撃されて大勢が死んだことを。音楽が大きすぎるように感じた。そして、赤ん坊が泣きだしたとき、マーコはぎくりとした。

ハンバーガー屋のトイレが壊れていたので、マーコは店の裏の路地に出て立ち小便をした。ズボンのチャックを上げながら、ぼくはなにをしてるんだろう、とマーコは思った。ほんの何カ月か前だったら我慢しただろうが、軍隊に入ってからは、しょっちゅう路地や岩陰で立ち小便をしている。そして自分が、あとで、空腹なときに食べるために食べかけの二個めのハンバーガーをポケットに入れていることを思いだした。何カ月か前なら捨てていただろう。マーコには、いまの自分が何者なのか、戦争中にどんな人間になったのかわからなかった。

両親の車で自宅のアパートメントに向かう前に、ケミはマーコの頬にキスをした。マーコはしばらく立ちつくして、走り去る車を見つめていた。マーコの父親は残りの三人を車に乗せて図書館に戻った。

家はなじみ深かったが、なぜか狭く感じた。図書館の上のアパートメントには、なぜか違和感があった。きれいすぎ、きちんとしすぎているように感じた。なにもかもがちょっぴり変てこになる超空間にまた入ったかのようだった。父親は、家に帰ってもまだマーコたちに食べさせようとしてスパゲッティをつくった。アディですら、デブになっちまうとこぼした。ビートルズの古いレコードをかけてビールを飲み、アイスホッケーの試合を見た。スタンピー軍曹はマーコのうしろで、ソファの半分を占領していびきをかきはじめた。これこそマーコたちがずっとやりたかったこと、夢に見ていたこと、つらかったときの心の支えにしていたことだった。マーコたちは黙ってソファにすわってテレビを見た。ゴールが決まったときも声をあげなかったし、動きもしなかった。

その夜、アディとレイラニはリビングのカウチをベッドにして一緒に寝た。マーコは自分の部屋で、ひとり、暗い天井を見上げた。

スカムがトンネル内を走った。

エルヴィスが死に、彼の心臓が床に落ちた。

宇宙船が燃えた。

マーコはひと晩じゅう、あいかわらず戦争を戦いつづけた。夜明けの薄明かりが窓を明るませるまで、冷や汗を流し、荒い息をつきつづけた。

その日、マーコとレイラニは、リードにつないだスタンピーを連れて街を散歩した。六日たったら、マーコたちは軍務に戻って、あと四年、軍隊で過ごさなければならない。この日、マーコはレイラニに故郷を見せた。オンタリオ湖をめざしてヤング・ストリートを歩き、板張りの遊歩道から船を眺めた。ホットコーヒーとジャムドーナツを買った。鴨に餌をやった。だが、ふたりはほとんど無言だった。おたがいをちらりと見ては、視線があうとあわてて目をそらした。それにこの街は、もうマーコの故郷ではなかった。

もう、街角ごとに銃を持った衛兵は立っていなかった。民間人はガスマスクを携帯していなかった。スカムに対する勝利を祝って、トロントじゅうで戦勝パレードがおこなわれていた。人々が地球の旗を振っていた。歌い踊っていた。バーのテラス席にすわっていた老人の一団が、起立してマーコとレイラニに、通りかかったふたりの兵士に拍手を送った。だが、マーコは光栄だと思えなかった。その老人たちに叫びたかった。体をつかんで揺さぶりたかった。なんで拍手喝采できるんだ？　なんでぼくを褒《ほ》めたたえられるんだ？　なんでみんな、通りで歌ったり踊ったりできるんだ？　数えきれないほどの人が命を落とし、数えきれないほどの人が、命はあっても心が壊れて死んでるっていうのに、どうして喜べるんだ？

「ぼくたちの世代は失われたんだ」マーコが、街角に立って、近くのステージでおこなわれている戦勝セレモニーを見ながらいった。「ブライアン大将みたいな連中。大統領みたいな連中。将軍や政治家。そういう連中がぼくたちを送って死なせたんだ。もっとひどいことに――壊したんだ。こなごなにしたんだ。世代が丸ごと――失われたんだ」

「失われてなんかないよ」レイラニがいった。

「ぼくは失われたって感じてるんだ」とマーコ。「何百万人もが。ぼくたちの幽霊が故郷に戻った。だけど、ぼくたちはコーパスで、アバドンで死んだんだ。無意味な戦争で」

「あたしは幽霊なんかじゃないよ、マーコ」レイラニはマーコの両手を握って彼の目を見つめた。「あたしを見て。あたしは生きてるよ、マーコ。傷ついてはいる。心が壊れてもいる。それはあんたもおなじだ。だけど、あたしたちは生きてる。これからも生きていける。傷痕は残ってても」自分の両手首の傷痕をちらりと見おろしてから、ふたたびマーコの目を見つめた。「消えない傷痕もある。体の傷痕も、魂の傷痕も。あたしたちの傷痕は消えそうにない。あたしたちの傷痕はずっと痛みつづけるだろう。だけど、死ぬのはまだずっと先だ。あたしは残りの人生を生きるつもりなんだよ」

生きる、か。マーコは街を見渡した。高層ビル。湖。公園。この街で、大勢が死んだ。つい先月も、千人が殺された。まだ荒廃から復興していない、焼け野原になって何百万もの人が死んだ世界の街。まだ生きている街。

生きようとしてるんだ、とマーコは考えた。復興しようとしてるんだ。

「ぼくたちはまた喜びを見つけられるのかな？」マーコはたずねた。「あんな苦痛を見たあとで？　また笑ったり、踊ったり、美しいと感じられるのかな？」

「わからない」と答えたレイラニの目には涙が浮かんでいた。「だけど、息を一回ずつするしかないんじゃないかな。一日一日を生きてくしか。生きてることを感謝するしか。もしかしたら喜びは見つけられないかもしれない。ずっと傷ついたままかもしれない。それが、あたしたちが年長者に、宇宙の無慈悲さに、次の世代に対して払わなきゃならなかった犠牲なのかもしれない。でも、たとえそうだとしてもしょうがない。あたしたちは生きていくしかないし、次の世代があたしたちには生きられなかった世界で生きるのを見られる。すばらしい世界で。それじゃ足りないかもしれないけど、それしかないんだったら、それを受けとるしかないんだ」

焼きついた記憶、とマーコは考えた。痛み。壊れた世界。しつこい悪夢。それしかないなら、それを受けとるしかない。

「じゃあ、それを受けとるしかないな」マーコがおだやかにいった。声がしゃがれていた。

レイラニはマーコを抱きしめた。「許すんだよ、マーコ。それしかできないんだから。

あたしたちの指導者を、両親を、敵を許すんだ。あたしたちの人生を許すんだ。世界のすべての苦しみと残酷さとクソと不公平さを許すんだ。とにかく許すんだ。ただ受け入れるんだ。すべてを受け流すんだ。人は、自分は強い、自分の運命をコントロールできる、自分のことは自分で決められるって思いがちだ。だけどそうじゃない。人はただの塵《ちり》だ。塵でしかないんだ。だから許すんだ、マーコ。あたしたちに起こったことを許すんだ。傷ついてる自分を許すんだ。思いだす自分を許すんだ。あたしを許すんだ」

　マーコは涙を流しながらレイラニを強く抱きしめた。「最初から許してるよ」

　レイラニは泣きながらほほえんで、マーコの鼻をつついた。「それから、忘れないでよ、あたしはまだ、あんたと結婚してかわいらしいハーフの子供たちを生むつもりでいるんだからね。すぐにじゃない。何年かあとにはなる。だけど、いつかはそうするつもりなんだ。そのときを楽しみにしてるんだ。そのすばらしい出来事を」

　ぼくたちの子供たちがよりよい世界で生きられますように、とマーコはレイラニを抱きながら願った。子供たちが戦争を知らずに生きられますように。喪失を体験せずにすみますように。恐怖と苦痛と消えない記憶を知らずにすみますように。ぼくたちが子供たちのために新しい世界を、すばらしい世界を築けますように。失われた世代が平和の世代を生みだせますように。

ふたりは通りを歩いて板張りの遊歩道に出た。湖畔に立って湖を眺めた。ヨットが何艘も帆走し、頭上でカモメが鳴いていた。

「愛してるよ、レイラニ」マーコはいった。

レイラニはマーコの胸に頭をもたせかけた。「あたしも、あいちてる」

ふたりは手をつないで並んで立ちながらヨットを眺めた。

ケミ・アバシ中尉はファイアーバードを操縦して、地上を見おろしながら音速の数倍で飛んでいた。

地球は惨憺《さんたん》たるありさまだった。

ケミが操縦する小型戦闘機が上空を飛んでいるインドでは、多くの都市が、いまだにくすぶっている廃墟と化していた。戦車部隊と歩兵大隊が、いまも瓦礫《がれき》の街で、大戦中に侵攻してきたスカムの生き残りを掃討していた。チベットでは、破壊された山上の寺院で、僧侶たちが、死体を解体してハゲワシに食わせる鳥葬をおこなっていた。中国の歴史ある都市は見る影もなくなっていた。日本の城は旗を掲げて、あたり一面が廃墟と化しているにもかかわらず、軒昂《けんこう》たる意気を示していた。ケミは、長いあいだ海の上を飛んだあと、かつてバンクーバーだった瓦礫の原にさしかかった。

大勢が死んだんだわ、とケミは考えた。何百万人もが。

夜になり、カナダのサスカチェワン州の真っ暗な平原上を飛んでいるとき、コックピットから空を見上げた。星が輝いていた。そして星々のあいだにアイアンスフィアの光が見分けられた。アイアンスフィアは、史上最大にしてもっとも費用がかかったミサイル防衛システムだ。軌道上の何千基もの人工衛星にはミサイルが装備され、いかつい砲手が常駐して、敵ポッドの群れが地球に迫ってきたらただちに迎撃できる態勢をととのえている。五百光年離れたアバドンでケミが爆撃しているあいだ、アイアンスフィアの勇敢な兵士たちがスカムの侵攻部隊と戦っていたのだ。彼らはスカムポッドを何十万機も撃墜したのだが……それでも何千機かが防御網を突破した。

何千機ものポッドが、同時に地上に激突した。たんなる消耗戦ではなく大規模攻撃だった。炎に包まれたポッドは、毒を吐き、ムカデを放って甚大《じんだい》な被害をもたらした。

何百万人もが死んだんだわ、とケミは、大地の上を飛びながら思った。いくつもの街が壊滅したんだわ。わたしたちは勝った。スカムに勝った。だけど代償が高すぎた。

世界はめちゃくちゃになった——それにケミの人生も。

ケミはマーコを、愛する人を失った。この戦争ではすでに兄を失っていた。兄は、いまケミが操縦している戦闘機を操縦しているときに戦死した。ケミは途方もない恐怖を目にした。スカムの巣でわめいているハイブリッドたちを、なかば人間、なかばエイリアンの怪物に変えられた人々を目にした。チューブとフェロモンによって巣の残虐さにつながれ、その魂をのぞきこみ、その一部となった。百万匹ものスカムの目を見つめた。その恐怖は忘れられなかった。コーパスであの恐怖を体験して以来、夜、眠れなかったし、ムカデが心のなかを走りまわる夢を見ては、一時間ごとに冷や汗をびっしょりかき、荒い息をつきながら目を覚ましていた。

だが、飛びつづけているうちに、絶望のなかに希望を、死のなかに生を見いだした。廃墟のなかでトラクターが動いていた。クレーンが首をのばしていた。人々は再建にとりかかっていた。

「フェニックスのように、わたしたちは何度でも灰のなかからよみがえる」ケミはひとりごちた。

ケミも廃墟からよみがえるだろう。新しい人生を築くだろう。

ケミはうなずいた。どの世代もひどい目に遭うものなのかもしれない。祖父母は〈激変〉中に難民としてアフリカから逃げだした。両親は〈消耗戦〉中に育ち、息子は戦死した。そしてケミ自身も、この新たな破壊を目《ま》のあたりにした。だが、どの世代もよみがえった。

それはわたしたちが人間だからよ、とケミは考えた。人間はよみがえるものなのよ。わたしはもう、男の子を追いかけて銀河系を横断するような馬鹿な娘じゃない。わたしはHDFの将校なのよ。操縦士なのよ。ただの生存者じゃない。わたしは成功する。世界とわたしの人生を再建する。

「レッドバード、聞こえるか？」ケミのヘッドホンから声が聞こえた。

ケミは首をひねって飛行隊のほかの機を見た。十四機のファイアーバードがケミのほうに向かっていた。ケミはいま、所属する飛行場があるヒューストン上空を飛んでいた。

「聞こえている」ケミは応答した。「巡回飛行完了、異状なし。ただいま帰還した」

ほかの操縦士たちがケミを囲むような隊形を組んだ。V字編隊となって飛んだ。彼らは地球の守護者だった。戦争の英雄だった。これがケミの新しい生活だった。

砂漠を歩くマーコは、くすんだ色の戦闘服を着てヘルメットをかぶっていた。T57アサルトライフルを背中にかけているし、弾倉がベストのポーチのなかで音をたてていた。有刺鉄線フェンスにそって進み、さびた蛇口をまわりこんで、砂のなかに張られているテント群をめざした。この北アフリカの荒野、山と緩慢な死のあいだのどこかにある忘れられた穴に、日差しが照りつけていた。マーコは一年前、数百キロ離れているが似たような基地に来たときのことを思いだした——そのときのマーコは、右も左もわからなくておびえきっている子供だった。

マーコはかすかな笑みを漏らした。奇妙なことに、いまはまったく違って見えた。この砂が舞う荒野のただなかでも、高所から見おろしているかのように、はっきり、くっきりと見えた。

マーコは友人たちを見た。アディを。レイラニを。ふたりはマーコと並んで歩いていた。三人は、ふたたび地球防衛軍管区《ETC》の緑色の制服に身を包んでいた。ごついブーツが砂を巻きあげていた。

「準備はいいかい？」マーコはたずねた。

アディはうなずいた。「ああ。新米どもをしごきあげてやる」

レイラニもうなずいた。「しごきあげてやる！」

マーコの笑みが大きくなった。アディとレイラニの部下たちは、マーコの部下たちよりもずっと大変そうだ。

新兵の小隊がテントの前でマーコたちを待っていた。男女の青年たちが、電撃警棒を持った軍曹の点検を、直立不動で受けていた。新兵たちはまだ子供だった。十八歳の、おびえているただの子供だった。痩せていてぶ厚いメガネをかけている少年は震えていた。赤毛の少女は頬に涙を流していた。まったくもって新米だった。

「よし、くそうじ虫ども！」軍曹がどなった。「この三人がきさまらの分隊長だ。こいつらは、きさまらがオナニーをした回数よりも多くのスカムと戦った経験がある。こいつらがきさまらを一人前の兵隊にしてくれるんだ！　マーコ・エメリー伍長。アディ・リンデン伍長。レイラニ・デラローザ伍長。この三人がきさまらを殺し屋にしてくれる。そうならなかったら、このおれがきさまらを砂に埋めてやるからな」

マーコは顔がほころばないように我慢した。こうして砂漠に戻ってきて新兵の戦闘訓練をすることになるとは夢にも思わなかった。記録保管所に配属され、薄暗い部屋でコンピュータ画面をにらんで五年間を過ごせればいいのにと願っていた。数カ月前には転属願いを出そうとすらした。だが、薄暗い部屋にいたら、しょっちゅう戦争のことを思いだすだろう。閉じこめられているような気がして不安になり、恐怖すら感じるだろう。銀河系各地で異星種族がスカム帝国の一部を手に入れようと、次の脅威になろうと、星から星へと――さらには地球へと――拡大しようとしているという報告を数多く目にしていた。

だから、ずっとここにいることになるとは思えなかった。だが、以前、レイラニにいわれたように、だれも自分が宗教裁判にかけられるなんて思わないものなのだ。

マーコは目の前の新兵たちを見渡した。

きみたちが戦わなくてすむことを願うよ、とマーコは考えた。戦争を知らずにすむことを。地球が永遠に平和であることを。だけど、万が一、戦わなくちゃならなくなったときは、人類の息子たち娘たちが地球を守る戦いへと飛んでいかなければならない日がふたたび訪れたら……きみたちは準備がととのっているはずだ。

小隊は三個の分隊に分かれ、マーコとアディとレイラニの前で新たな隊列を組んで立った。新兵たちは、まだ銃も支給されていなかった。

新兵のひとりがはっと息を呑《の》んで、マーコとふたりの友人を指さした。「この人たちを知ってるぞ！　『われわれはなぜ戦うのか』っていうニュース映画に出てた！　スカムの皇帝を殺した人たちだ！」

ほかの新兵たちも、目を丸くしてマーコたちを見つめながらささやきあいはじめた。

「いま、ここにいるくず《スカム》はきさまだけだ！」アディが、発言した新兵を指さしながらどなった。「二度と無断で口をきくな。腕立て三十回！」

その新兵は砂の上でうつ伏せになって腕立て伏せをはじめた。マーコは、ぼろぼろのペーパーバックと写真をポケットに入れて基地へ来たときの自分を思いだした。その少年は、図書館に隠れて本を読んだり小説を書いたりしていたいとしか思っていなかった。こんな男になるなんて思ってもいなかった。こんな兵士になるなんて。こんな記憶を持つはめになるなんて。

　許すんだ、とマーコの心のなかでレイラニがいった。受け入れるんだ。それしかないんだったら、それを受けとるしかないんだ。

「よし、新兵ども！」マーコは自分の分隊の新兵たちにいった。「ついてこい。これから銃の撃ちかたを教える。おまえたちが兵隊になる時間だ」

　小隊は砂地を、この砂漠の訓練基地を行進した。マーコは新兵たちが自分のような試練を体験せずにすみますように、戦争に行かずにすみますようにと祈った。

　ぼくが知ったことをきみたちが知らずにすみますように、とマーコは願った。友達が死ぬのを見ないですみますように。壊れて故郷に帰らないですみますように。ぼくたちがきみたちのためによりよい世界を築けますように。将軍ではなく詩人が、殺し屋ではなく治療者が率いる世界を、もう燃えたりしない世界を。きみたちが平和しか知らずにいられますように。

23

闇のなかで、彼は見ていた。

影のなかで、彼は待っていた。

夜の森で、彼は身をひそめていた。

宇宙に広がるまでのあいだ。百万もの星の光を焼くまでのあいだ。百万もの世界を踊らせるまでのあいだ。滅びた領域を、埋めなければならない領域を前に。

彼は注視するものだ。巣を張るものだ。糸をあやつるものだ。彼は年をとっている。いまは子らを孵《かえ》したばかりだ。彼は飢えている。彼はマルファス、あまたの目を持つものだ。

背後でシューッという声とカタカタという音が聞こえる。「ムカデ……が……滅び……ました」

　きしむ音。ひっかく音。震える喉声。マルファスは六本の脚の一本をのばした。鉤爪になっている長い指を広げる。牙から唾液がしたたり落ちてジュージューと音をたて、巣に染み渡る。糸の一本をつかむ。ひっぱる。巣が震える。別の脚を、解体するための、骨を断つための鉤爪をのばすが、ここ、みずからの住みかでは、それらは滑るように、繊細に、愛情をこめてひっぱる。ガラス球が動く。露《つゆ》で囲まれたレンズがしかるべき位置に動く。

そしてマルファスは見た。

星々を見た。ムカデの帝国が焼け崩れて灰と化したことを確認した。広大な宇宙を眺め渡した。さまざまな創造がおこなわれた星々の心臓部に巨大な空白と融解が生じていることに気づいた。十億もの星々の泥のなかで生命のささやきが震え、立ちあがろうとしているのを、消え去ろうとしているのを見た。どろどろから姿をあらわそうとしている生き物たちを見た。生き物たちがその空白に進出しようとしているのを見た。生き物たちが渇望しているのを見た。生き物たちが恐れているのを見た。彼はあまたの目を持つものだからだ。

そしてマルファスは大きな網を見た。糸が星から星へとのびていた。光でできているマルファスの鉤爪がその糸を、繊細に、愛をこめてひいた。

またも背後から声が聞こえた。マルファスに仕えるものの声が。戦うものの声が。食らうものの声が。

「人間……が……栄える……でしょう」

マルファスは宇宙から向きを変えた。網が震えた。マルファスは四つの地の目を奴隷に向けた。

その生き物はマルファスの前で巣の上に立っていた。開いていてよだれを垂らしている顎は、人間を丸呑《まるの》みできる大きさだ。鉤爪は人間を串刺しにできる大きさだ。奴隷の腹から、戦利品である百もの頭蓋骨の眼窩《がんか》が見つめていた。それらは体に貼りつけられ、カタカタと鳴る鎧となっている。このしもべは、あらゆる点でマルファスよりも劣っているが、ムカデどもをやつらのねぐらで破った最強の人間の戦士どもですらむさぼり食えるだけの強さがある。そしてマルファスは人間の戦士どもの顔を、名前を知っていた。マルファスはあまたの目を持っているし、遠くまで見通せるのだ。

マルファスは顎を開いてカタカタ、ブーブー、キーキーという声を発し、版図《はんと》を揺るがした。

「ならば……われらが……人間どもを打ち倒そう」

奴隷がシューッという声を発した。「われら……が……食らいましょう」

マルファスの腹が飢えでぴくりと動いた。マルファスの戦利品の頭蓋骨が、百もの倒した敵の記念品が全身でカタカタと鳴った。食らう？　いかにも。ほどなく、マルファスの子らが食らうことだろう。ほどなく、子らは闇に広がるだろう。ほどなく、子らは無数の星で子を孵すだろう。ほどなく、子らは栄え、ほどなく、人間は滅びるだろう。

だがいま、この闇と霧の星では、食欲をかきたてるべきときだ。

マルファスは、六本の脚を上げたりおろしたり、六本の脚でひいたり切ったりしながら巣の上を移動した。水がしたたる黒い幹が林立している地上に降りると、飢えに駆られながら原始林を忍び歩いた。マルファスはつねに飢えていた。いま、天の星々を離れ、より深くより濃い闇へと身を沈めた。そこでは、冷えた土から霧が湧き、年ふりた根が不浄な大聖堂を形づくり、甘ったるい腐敗臭がたちこめている。

暗闇のなか、彼女が待っていた。マルファスのおやつが。

大人になったばかりの人間の若い女だ。その白い裸体を巣がぐるぐる巻きにしている。

マルファスは息を吸い、その甘い香りを、肌の、恐怖の匂いを満喫した。

「お願いです」女はささやいた。「どなたか知りませんが、お願いします。あなたに悪意はありません。わたしたちの種族はあなたと同盟できます。だから――」

マルファスは脚をのばして鉤爪で女の頬をなでた。女は震えながら目をつぶった。そして、ああ、女の香りが、ここの空気の豊かな匂いとなんと絶妙に混じりあっていることか。

マルファスは、早くも味わっていた。

「おまえ……は……恐れているな」マルファスは牙をなめた。

「はい」女はささやいた。片目から流れた涙が鉤爪にかかった。

「よしよし」マルファスは鼻孔を広げた。「恐怖は風味を増す」

別の脚をさっとのばして女の頭をがっちりと押さえた。

女は悲鳴をあげた。

鉤爪が頭蓋骨をじわじわと断って上部をはがし、ぷるぷる震えている脳をむきだしにするあいだ、女は叫びつづけた。いい叫びっぷりだ！

「お願いです」女はいった。「お願いです、怖いんです、怖いんです、怖いんです……」

マルファスはもう待てなかった。顎から舌をのばした。舌は頭蓋骨のなかにもぐりこんだ。マルファスは脳をすくいあげ、なめとってごくりと呑《の》んだ。恐怖がたっぷり含まれていた。栄養がたっぷり含まれていた。知性ある獲物でしか味わえない、豊かで純粋な風味を存分に楽しめた。

飢えが満たされると、黙々と作業にいそしんだ。頭蓋骨の残りを胴体から切り離し、肉と血をきれいになめとった。すぐに頭蓋骨がぴかぴかになった。それを鎧の背中の部分に加えた。人間の戦利品は初だった。

だが、最後ではない。

マルファスは巣にのぼった。

霧のなか、根を伝ってのぼった。
空に戻ると、糸をひき、レンズを調節して見つめた。
遠くに見えた。彼方の太陽が小さく。その太陽をめぐっている――薄青い点が。
「われらは飢えております」と奴隷がいった。
マルファスはにんまりと笑った。「ほどなく、われらはみな、たらふく食らえる」

訳者あとがき

『地球防衛戦線3　スカム皇帝殺戮指令』（原題 *Earth Rising*）は、〈地球防衛戦線〉（**Earthrise**）シリーズの第三巻にして、人類とムカデ型異星人スカムとの戦いを描く三部作の最終巻でもあって、ストーリーは本巻で大団円を迎え、一段落する。

作者ダニエル・アレンソンは、自身のウェブサイト（danielarenson.com）の **Writing Tips**（書くためのヒント）と題したコーナーで、作家をめざす人たちのために小説の書きかたを紹介している。そしてそこには、エージェントや出版社と契約することなくインデペンデントな専業作家として活動を続けているアレンソンらしく、〝マーケティング〟という項目が設けられている。アレンソンの作家としての特徴があらわれていて興味深いので、ここで要約してご紹介しよう。

アレンソンは、個別の新作を売ろうとする以上に、忠実なファンを獲得・維持するために不断の努力を続けるほうが重要であり、そのためにはFacebookやTwitterやメーリングリストなどをおおいに活用するべきだと説く。そのためにアレンソンは、それらのSNSを通じて近況を報告したり質問に答えたりしてファンと積極的に交流し、ときには長篇をプレゼントしたり、表紙イラストのポスターが抽選で当たるようにしたりしている。メーリングリストに登録するとアレンソンのウェブサイトから長篇を三冊、無料でダウンロードできるようになっているのだが、コロナ禍の最中には、無条件で長篇を無料配布したり、〈地球防衛戦線〉シリーズの一～六巻セットを〇・九九ドルに値下げしたりもした。そしてどの本の末尾にも、アレンソンのメーリングリストと個人Facebookのページと Facebookグループのページと Twitterへのリンクが張られている。

とはいえ、新刊が数カ月途絶えると売上ががくんと落ちるので、新作は着実に出しつづけなければならない。それに、既刊の点数が増えれば増えるほど、全体の売上も増える。アレンソンの場合は、単独の長篇よりもシリーズもののほうがずっと売上がいいのだそうだ。

だからアレンソンは、二〇一〇年にAmazonではじめて電子書籍を販売して以来、シリーズものを中心に、年に五、六冊のペースで新作を刊行しつづけている。SNSを利用したプロモーションのほかに、イラストレーターにカバーイラストを描いてもらったり、編集者を雇って原稿の整理や校正をしてもらったり、さまざまな契約を結んだり（海外で作品を翻訳刊行する際の海外の出版社との交渉も、当然、本人がしているのだろう）、会計や税金を処理したりという仕事が多く、執筆に割《さ》ける時間は労働時間のせいぜい四分の一程度だという。それにもかかわらず超ハイペースで長篇を書きつづけているのだから、アレンソンは、作家としては希有《けう》な卓越した事務能力の持ち主であるだけでなく、とんでもなく筆が早いのだろう。

二〇一六年に『地球防衛戦線１　スカム襲来』を刊行したときは、発売初週に〇・九九ドルの特別価格で販売し、思惑《おもわく》どおりにAmazonのベストセラーリスト入りをはたしたが、その後は二・九九ドルに上げた。〇・九九ドルのままのほうが一時的な売上は増えただろうが、安すぎると、買っただけで読まずに放っておく人が多く、長期的なファンの獲得にはつながらないからだそうだ。

その時点では、アレンソンはファンタジー作家として知られていたので、オースン・スコット・カードの『エンダーのゲーム』やジョン・スコルジーの『老人と宇宙《そら》』などが好きなＳＦ読者にアピールするために、紹介文をみずから考えたり、イラストレーターにミリタリイＳＦとスペースオペラでよく売れている本のカバーを見せて、こんな感じの宇宙船のイラストを描いてくれと依頼したりした。また、Facebookグループを通じて読者から希望を募って、刊行二週間前までに四十人にコピーを配り、発売直後にAmazonなどへレビューを投稿してもらった。

事務処理に長《た》けた作家らしく、アレンソンの作品には読者を楽しませるための配慮が行き届いている。工夫が凝らされていてよくできているのだ。だが、それだけだったら、多くの読者の心の琴線《きんせん》には触れず、これほどの人気は得られていないだろう。アレンソンがファンタジーとＳＦのファンを獲得できているのは、幼いころからファンタジーとＳＦが大好きだったアレンソン自身のジャンルに対する愛が、作品の端々《はしばし》にまで浸透しているからなのだ。売上を考えて、ミステリやロマンスなどの、より読者が多いジャンルの作品を書く誘惑に駆られることもあるが、結局、大好きなファンタジーとＳＦを書きつづけている、とアレンソンは述べている。

アレンソンは、二〇二〇年も、新刊を途切らすことなく、着々と既刊の点数を増やした。二月には、〈地球防衛戦線〉シリーズのスピンアウト、〈Soldiers of Earthrise〉シリーズの第三巻 *Earthling's War*、四月には第四巻 *I, Earthling*、六月には第五巻 *The Earthling's*

Daughter、八月には第六巻 *We Are Earthlings* が出た。

　六月には初の短篇集、*Star Stuff: Science Fiction and Fantasy Stories* も刊行された。タイトルの〝Star Stuff〟は、アレンソンの幼いころからのヒーローのひとりである天文学者カール・セーガン博士の、「わたしたちは崩壊した星の材料（Star Stuff）でできている」という言葉にちなんでいる。わたしたちの体を構成している原子のうち、鉄よりも重い元素、たとえば銅や亜鉛やヨウ素などは、重力崩壊による超新星爆発によって合成されたと考えられている。その意味で、わたしたちの体は、まさに星のかけらでできているのだ。

　さらにアレンソンは、二〇一九年六月刊の第十二巻 *Earth Unleashed* でいったん完結させた〈地球防衛戦線〉シリーズを再開し、二〇二〇年十月には第十三巻 *Earth Remembers*、十二月には第十四巻 *Earth in Darkness*、二〇二一年二月には第十五巻 *Earth, Our Home* を刊行すると発表した。

〈地球防衛戦線〉シリーズの第四巻 *Earth Fire* は、五年間の兵役を務めあげた主人公マーコが故郷トロントに戻るところからはじまるのだが、彼の苦闘はこの先もまだまだ続きそうだ。

訳者略歴　1958年生，早稲田大学政治経済学部中退，翻訳家　訳書『シンギュラリティ・トラップ』〈われらはレギオン〉テイラー，『物体E』キャシディ＆ロジャーズ，『火星無期懲役』モーデン（以上早川書房刊）他多数

HM=Hayakawa Mystery
SF=Science Fiction
JA=Japanese Author
NV=Novel
NF=Nonfiction
FT=Fantasy

地球防衛戦線《ちきゅうぼうえいせんせん》3
スカム皇帝殺戮指令

〈SF2303〉

二〇二〇年十月 二十 日　印刷
二〇二〇年十月二十五日　発行

（定価はカバーに表示してあります）

著　者　ダニエル・アレンソン
訳　者　金《かね》子《こ》浩《ひろし》
発行者　早川　浩
発行所　株式会社 早川書房

郵便番号　一〇一 - 〇〇四六
東京都千代田区神田多町二ノ二
電話　〇三 - 三二五二 - 三一一一
振替　〇〇一六〇 - 三 - 四七七九九
https://www.hayakawa-online.co.jp

乱丁・落丁本は小社制作部宛お送り下さい。
送料小社負担にてお取りかえいたします。

印刷・株式会社亨有堂印刷所　製本・株式会社フォーネット社
Printed and bound in Japan
ISBN978-4-15-012303-1 C0197

本書は活字が大きく読みやすい〈トールサイズ〉です。